好女人的爱情

[加拿大] 艾丽丝·门罗 著
杨雪 译

The Love of a Good Woman

Alice Munro

北京出版集团
北京十月文艺出版社

新经典文化股份有限公司
www.readinglife.com
出 品

献给安·克洛斯

我尊敬的编辑和永远的朋友

目录 Contents

- 1 好女人的爱情
- 76 雅加达
- 114 科提斯岛
- 143 唯独割麦人
- 180 孩子们留下
- 215 富得发臭
- 255 变化之前
- 296 我妈妈的梦

好女人的爱情

过去的几十年里，沃利有一家博物馆，里面陈列着照片、黄油搅拌器、马具、旧式牙医椅、笨重的苹果削皮器，以及一些诸如此类稀奇古怪的玩意儿，比如电线杆上精巧的玻璃或瓷制小绝缘体。

博物馆里还有一个红色的箱子，上面印着"验光师 D. M. 威伦斯"，旁边的标签上写着："验光师工具箱里的仪器虽不甚古老，但对本地意义重大。箱子的主人威伦斯先生一九五一年在佩里格林河溺亡，工具箱幸免于难，后来被人找到，匿名捐赠给博物馆，作为特色展品陈列于此。"

眼膜曲率镜可能会让你想到雪人。它的上半部分——固定在空心把手上，是一个大圆盘上加一个小圆盘。大圆盘上有一个观察孔，可以换不同焦距的镜片。把手很重，因为里面还装着电池。要是把电池取出来，再把一根两端带圆盘的配套短棒放进去，就可以接电线了。不过这个仪器可能经常要在没有通电的地方使用。

检影镜看上去更为复杂。圆形前额夹下面有一个精灵脑袋似的东西，扁平的圆脸上扣着尖尖的金属帽。检影镜呈四十五度角斜靠在一根细柱上，柱子的顶端本应有一个发光的小灯。扁平的圆脸是玻璃制的，是一种颜色较深的反射镜。

仪器整个是黑的，但那只是漆的颜色。在一些验光师的手经常触碰的地方，漆已经掉了，露出里面闪亮的银色金属。

一　日德兰

这个地方叫日德兰。曾经有过一家磨坊和几个小聚居点，不过到上世纪末都消失了，这里也一直没发展起来。很多人以为，这里叫日德兰是为了纪念一战中那场著名的海战，但实际上早在海战打响的多年前，这里就已是一片废墟了。

一九五一年早春的一个星期六上午，三个男孩来到这里。他们和大多数孩子一样，认为这里叫日德兰是因为河岸边那些向外凸出来的旧木板，还有近岸河水里竖立的其他厚木板，共同构成了一道崎岖不平的围栏。[①]（那些木板其实是大坝的残骸，因为那时还没有水泥。）几块木板，一堆基石，一丛丁香，几棵因为黑色结痂而变得畸形的高大的苹果树，以及每年夏天长满荨麻的磨坊水槽，就是这里曾有过的唯一痕迹了。

从镇公路出来，有一条小路，路面连石子都没铺，画在地

[①] 日德兰原文为Jutland，其中jut有伸出之意，所以孩子们会有这样的理解。——译者注（若无特殊说明，本书注释均为译者注）

图上只有一段虚线，意思是这条路尚待修建。夏天很多人开车经这条路去河里游泳，晚上情侣们会在这条路上找地方停车。掉头的地方离水沟还有一段距离，有一年雨水多，整片地都长满了荨麻、防风草和野毒芹，有时车要回到镇公路上，就得一路退回去。

那个春天的早晨，通向河边的车辙十分明显，但几个孩子没注意，他们满脑子都是游泳。或者说，他们管这叫游泳。他们回镇上的时候，会吹嘘说日德兰的雪还没化，他们就下河游泳了。

上游比镇子附近的河滩冷一些。岸边的树木一片新叶都没长，唯一能见到的绿色，是入河的水流边一簇簇野葱和菠菜一样新长出来的沼泽金盏花。在对岸的雪松下，他们找到了要找的东西——一片长长的、低矮的雪堆顽强地留守着，暗淡如石头。

还好没有消失。

于是他们跳到水里，寒冷像冰凌一样刺来。冰凌从看不见的四面八方刺入他们体内，又从体内往外突围。他们胡乱挥了两下，就赶紧从水中钻了出来，牙齿打着寒战，浑身发抖。又把冻僵了的四肢塞进衣服，感觉身体里的血液逐渐回温，他们放下心，吹出去的牛也算成真了。

他们没注意到，一条车辙从水槽上轧过——现在那里已经寸草不生，只有去年死掉的枯草。车辙径直通向河里，毫无掉头的痕迹。男孩们从车辙上踏过去。这时他们已经离水边很近了，比车辙更不寻常的东西吸引了他们的目光。

水面上有一块淡蓝色光泽，显然不是天空的倒影，而是一辆车，斜插在池塘里，前轮和车头陷进水底的淤泥中，后备厢几乎翘出水面。那时，浅蓝色的车并不多见，鼓胀的样子也很不寻常，他们当即就知道这是谁的车了。是那辆英国小汽车，奥斯汀牌，全县就一辆。车主是验光师威伦斯先生。他开着这辆车，就像个卡通人物，因为他又矮又胖，肩膀浑圆，脑袋很大。他总像是被塞进车里的，仿佛穿了不合身的衣服，随时可能挤破。

　　车顶有个天窗，天气暖和时，威伦斯先生会把它打开。现在天窗就开着。他们看不清里面什么样。车身的颜色让它的轮廓在水里很容易辨认，但水有些浑浊，光线弱的地方看不清楚。男孩们在岸边蹲下，然后趴在地上，像乌龟一样伸着脑袋，使劲儿想看明白些。水下有个黑色的毛茸茸的东西，像动物的尾巴，从车顶的天窗伸出来，在水里摇曳。很快他们辨认出，那是一只胳膊，外面是条袖子，一件厚毛绒材质的深色夹克。看样子车里有一具男人的尸体——显然是威伦斯先生无疑——卡在了奇怪的位置。大概是水流的力量——虽然只是磨坊的水槽，这个季节的水流还是很有力的——把他从座椅上托起，又不断冲刷，使肩膀到了车顶附近，一只胳膊伸出天窗。他的脑袋一定挤到驾驶座那边的窗玻璃上了。一只前轮往水底扎得深些，说明车不仅前倾后翘，左右也不平衡。车窗肯定是开着的，脑袋伸了出来，身体才会卡到那个位置。不过他们没法看见那场景。他们在脑海中勾勒出威伦斯先生的面孔——一张大方脸，眉头夸张地皱着，但从不真的让人害怕。头顶上稀疏的红棕色卷发被刻意梳到前额。他的眉毛比头发颜色深，毛茸茸的很浓密，就像眼睛上方长了两条毛毛虫。这张脸对他们来说已经够古怪的了,不过很多大人的脸都很古怪,他们也不怕见他溺死的样子。但这时他们只见到了那条胳膊和他苍白的手。习惯了水里的光线之后,那只手可以清晰地辨认出来。它看上去像面团一样结实,在水中颤抖地、迟疑地摆动着,又像一根羽毛。一旦你习惯了它的存在,连手指也变得清晰可见了。一片片指甲像整洁的小脸,一副日常打招呼的聪明样,好像在理智地否认真实的境况。

"好家伙。"男孩们说。他们渐渐恢复体力,带着不断加深的敬佩,甚至有些感激地说:"好家伙。"

今年他们还是头一回出门。他们走过佩里格林河上的桥,这是一条单车道的双拱桥,当地人管它叫"地狱之门"或"死亡陷阱"——其实真正危险的不是桥本身,而是桥南端的急转弯。

桥上有条人行道,但他们没走。他们总不记得走人行道。也许很多年前,他们很小的时候,大人牵着他们走过。可那段光阴早已过去,即便在照片里见到,或者听家人谈到,他们也不会承认。

他们走在人行道另一边的铁架子上,大概八英寸宽,离桥面一英尺高。佩里格林河冲刷着融化了的冰雪,将它们带到休伦湖。年年泛滥的洪水把平地变成了湖泊,新长出的树木、河边的船只和小屋都遭了殃,现在洪水还未退回到河道以内。田里的泥流搅浑了河水,惨淡的阳光下,河水像煮沸了的焦糖布丁。可要是真下了水,你会一头撞上河堤,或者血液被冻成冰,然后整个人被冲到湖里。

　　沿途的车朝他们按喇叭——可能是提醒，也可能是责备——但是他们不在乎。他们一个跟着一个，梦游一般自顾自地走。走到桥的北端，他们下到河滩，寻找去年走过的小径。前不久刚发过洪水，那些路并不好找。灌木丛被冲得七零八落，得把它们踢开，遇到泥泞的草地得跳过去。有时他们稍不注意，会跳到水里或泥里，一旦打湿了脚，后面就不在乎了，索性大步走过泥地、水塘，橡胶靴子都进了水。风很暖和，把云吹成丝丝缕缕的羊毛，海鸥和乌鸦在河面上喧闹着滑翔而过。秃鹫在他们头顶盘旋，俯瞰着下面的一切。知更鸟刚飞回来，红翅黑鹂成双成对地掠过，颜色明亮夺目，仿佛刚从颜料里浸过一样。

　　"应该带把点22口径的枪来。"

　　"应该带点12口径的。"

　　他们已经过了把木棍当枪，嘴里发出射击声的年纪。他们语气中带着遗憾，就好像真有枪可以带似的。

　　他们爬到北岸的一片沙地上。据说沙地里有海龟产卵，可现在为时尚早，而且这个传闻已经是多年前的了——这些男孩并没有亲眼见过。不过他们还是在沙上踢来踩去，万一真有海龟蛋呢。然后他们又开始找去年发现被洪水从屠宰场冲过来的牛髋骨的地方，是他们中的一个和另外一个男孩发现的。每年洪水都会从别处带点什么东西过来，有稀奇玩意儿，也有寻常物件。比如铁丝卷，完好的梯子，弯了的铲子，水壶。牛髋骨是在漆树的树枝上发现的——看起来还挺搭，那些光滑的树枝像牛角或鹿角，有的还带有铁锈色的尖儿。

他们折腾了一阵——赛赛·奋斯把那根树枝给他们看——可他们什么也没发现。

当初发现的人是赛赛·奋斯和拉尔夫·迪勒。要是问赛赛·奋斯牛髋骨去哪儿了，他会说："拉尔夫拿走了。"现在跟他在一起的两个男孩——吉米·博克斯和巴德·索尔特——知道这是怎么回事。赛赛从不往家拿东西，除非是可以藏起来不被他爸发现的小玩意儿。

他们讲着过去发现的和今天可能发现的好东西。围栏可以造木筏，散落的木料可以收集起来搭棚屋或者造船。运气好的话，可能会找到一些简易的麝鼠夹子。然后就可以做生意了。撑皮的木板总能捡到，剥皮的刀可以去偷。他们琢磨着把一个废弃的棚屋据为己有，就在从前马场后头的那条死胡同里。门上了锁，或许可以从窗户进去，晚上把挡板取下来，白天再放回去。干活儿的时候拿个手电筒，不——用灯盏。可以在那里给麝鼠剥皮，再把皮毛撑开，能卖好多钱。

他们越想越觉得可行，已经开始担心白天把那么贵重的皮毛留在那里是否安全了。看来得派一个人守着，其他人继续去找夹子。（没人提上学的事。）

他们一边讲着，一边出了镇子。他们那架势，好像个个都来去自由——或者几乎来去自由，好像他们不用上学，家里没人管，也不会因为年纪太小而被人看轻。仿佛野外的环境和别人的东西都可以为他们所用，他们不费吹灰之力、不冒一点风险就可以得到似的。

他们的对话还有一个变化，他们已经放弃叫名字了。他们本来就不怎么叫对方的大名，连家里人叫的小名也不用。在学校，人人都有一个诨名，有的跟他们的长相或说话方式有关，比如"大眼""结巴"；还有的，比如"腚疼""基佬"，则跟那个人真实遇到的或者编排在他身上的故事有关；还有的名字，是一代一代传下来的——事情可能发生在那人的兄长、父亲或叔叔身上。等他们到了树林里，或者河边的平地上，就不用这些名字了。要是想叫对方，他们就说"嘿"。那些丢人的、不雅的、背着大人才能用的诨名，他们不想叫，免得破坏了氛围，一种相貌、习惯、家庭、过去全都不重要的氛围。

然而，他们也没把彼此当朋友。他们才不会像女孩那样，选这个当最好的朋友，那个当第二好的朋友，过两天再调调次序。就拿这三个男孩来说，缺了谁，都有不下十个其他男孩可以补上，不管来的是谁，剩下两个男孩都会对他一视同仁。他们差不多都在九到十二岁之间，这个年龄，家附近已经圈不住他们了，可是要正经找个工作又太小——哪怕是扫人行道或是骑车送货都不够。他们大多住在镇子北边，等到了年龄就去找份这样的工作，家里的条件既不会好到能去爱普比学院或者加拿大男子学校继续念书，也不会差到去住棚屋，或者有坐牢的亲戚。不过他们的家庭状况，以及家里对他们的期望并不相同。可只要他们离县监狱、谷仓、教堂尖顶远点，走到法院的钟声都到不了的地方，差别自然就消失了。

回去的路上他们走得很快，三步并作两步，就差跑起来了。不蹦跶，不玩水，也不东看西瞧了；来的时候一路叫喊，现在也不作声。洪水带来的意外之财，看到了也不去管。他们像大人一样往前走着，保持稳定的速度，挑最合理的路线，心里装着下一步的路线和计划。前面有事情在等着他们，有一幅画面将他们和现实世界隔开，很多大人都有过这种时候。池塘、汽车、胳膊、手。他们隐约觉得，等走到某个地方，就可以嚷嚷出来了。他们要把这桩新闻说给全镇的人听，让他们震惊得说不出话来。

他们和往常一样，从架子上过了桥。这么做倒不是为了刺激或者冒险，走那边的人行道也是一样的。

他们没走之前那条转得很急、可以直接到码头和广场的路，而是沿着一条靠近铁路车棚的小路直接爬到了河岸上。钟每十五分钟响一次。现在是十二点一刻。

这是大家回家吃午饭的时间。坐办公室的人今天下午休息。但看店的还跟平常一样——星期六的晚上，店也得开到晚上十一点，甚至十一点。

多数人家已经准备好了一顿丰盛的热饭。猪排、香肠、煮牛肉或者农家肉卷。当然还有土豆，土豆泥或者炸土豆；还有冬天囤的根茎类蔬菜、卷心菜或者奶油洋葱（有钱的或者不太会持家的主妇会开一罐豌豆或者黄油豆）。还有面包、松饼、腌菜、馅饼。无家可归或者有家不想回的人，也会在坎伯兰酒吧或者麦彻特酒吧买这些食物吃。如果想少花点钱，窗户上带着雾气的舍威尔酒吧也是个不错的选择。

往家走的多半是男人。女人已经在家了——她们一天到晚都在家。有些中年的女人会在店里或办公室上班，出于迫不得已的原因——家里男人死了或病了，或者压根没嫁过人。她们和这些男孩的妈妈都认识，即使隔着一条街，也会大声跟男孩们打招呼，语气轻快活泼，仿佛男孩们家里的各种琐事、小时候出的糗，都尽在不言中（巴德·索尔特最惨，她们还管他叫德德）。

男人们懒得叫他们的名字，即便跟他们很熟。他们管男孩们叫"小崽子"或者"小伙子"，有的时候还叫"先生"。

"日安呀，几位先生。"

"小崽子们这是要回家了？"

"几位小伙子今天上午忙什么去啦？"

这些叫法都带有一丝打趣的成分，但是又各有不同。管他们叫"小伙子"的比叫"小崽子"的显得——或者希望显得——友好一些。如果叫了"小崽子"，下一步似乎就要挑刺了，有的是确有原因，有的是没事找事。"小伙子"给人感觉这么叫的人也曾经年轻过。"先生"则完全是戏谑，但后面不会跟着责骂，因为这么叫的人一般脾气比较好。

回话时，他们的视线不会高过女人的钱包或者男人的喉结。他们会大声说"您好"，因为不问好可能会挨骂。有时对方还往下问，他们就回答"是，先生""不，先生"或者"没干什么"。即便在今天，他们对这样的问话也保持警惕，回答得很谨慎。

走到某个街角，他们该分开了。赛赛·奋斯总是最着急回家的那个，早早脱了队。他说："吃了饭见。"

巴德·索尔特说："好，我们到时候去镇上。"

他的意思大家都懂，去镇上，就是"去镇上的警察局"。他们没有讨论就达成了新的行动计划，用更稳妥的方式来讲述他们的见闻。但他们并没有说好不能在家里走漏风声。巴德·索尔特和吉米·博克斯没有理由隐瞒。

赛赛·奋斯什么都不和家里人说。

赛赛·奋斯是家里的独子。他的父母比其他孩子的父母年龄大些，也有可能只是看起来大些，因为他们生活比较困难。和两个男孩分开后，赛赛小跑了几步，他总是这样走过回家前的最后一个街区。倒不是因为着急回家，他知道早点回家也没用。跑两步只是为了让时间过得快些，因为回家的最后一段路他总是很忧虑。

他妈妈在厨房。很好。她虽然起床了，穿的还是睡衣。他爸爸不在家，这也很好。他爸爸在谷仓工作，星期六下午休息。如果这个时间他还没回来，很可能是直接去了坎伯兰。这意味着到晚上才需要应付他爸爸。

赛赛的爸爸也叫赛赛·奋斯。在沃利，大家都熟悉这个名字，觉得它很亲切。即便三四十年后，大家讲起赛赛·奋斯的故事，也都明白指的是父亲，不是儿子。如果镇上哪个新来的人不明就里，说"听起来不像赛赛呀"，人们会告诉他，他们说的不是那个赛赛。

"不是他，我们说的是他家老头子。"

他们讲那次赛赛·奋斯去医院——或者被抬去医院——治疗肺炎，或者其他严重的病。护士用湿毛巾或湿床单把他裹起来，给他降温。他浑身大汗，退了烧，把毛巾和床单都染黄了。因为他体内尼古丁过多。护士从未见过这样的人。赛赛却很得意，宣称他十岁就开始抽烟喝酒了。

他们还讲他去教堂那次。奇怪的是他去的是浸礼宗的教堂，可能因为他妻子信浸礼宗，为了讨好她他才去的。可他居然会讨好妻子，这更说不过去了。那个星期天他去的时候，他们正在领受圣餐。在浸礼宗的教堂，面包还是面包，但葡萄酒换成了葡萄汁。"这是什么玩意儿？"赛赛·奋斯惊呼道，"这要是羔羊的血，那它肯定是贫血了。"

奋斯家的厨房里正在准备午餐。一条切好的面包放在桌上，甜菜丁的罐头已经开了。几片博洛尼亚大红肠煎好了，正放在炉子上保温——然后再煎鸡蛋，虽然顺序应该换一下才对。赛赛的妈妈开始煎鸡蛋。她俯身在炉子边，一手拿着煎蛋铲，一手捂着肚子，忍着痛。

赛赛从她手中拿过煎蛋铲，然后把炉子的温度调低，之前太高了。等待降温的时候，他只好把锅从炉子上拿开，免得鸡蛋煎得太干，或者边缘烧焦。他没能赶在他妈妈之前擦掉锅上的旧油渍，再扔一块新鲜猪油进去。他妈妈从不擦掉旧油渍，总是上顿用了下顿用，不够了再加一点新的。

炉子温度合适之后，他把锅放回去，把鸡蛋的边缘煎得漂亮一点。他找了把干净的勺子，滴了一点热猪油到蛋黄上，让鸡蛋定型。他和妈妈喜欢吃这样煎出来的鸡蛋，但是他妈妈经常煎失败。他爸爸喜欢两面都煎的鸡蛋，像煎饼一样压平，最好和皮鞋一样硬，再撒上厚厚的、黑乎乎的胡椒粉。这种赛赛也会煎。

别的男孩都不知道他的厨艺有多纯熟，他们也不知道他在外面有一个藏身处，就在家门口餐厅窗户下一丛日本伏牛花后面的一个死角。

他煎蛋时，他妈妈就坐在窗边的椅子上，盯着外面的街道。他爸爸仍有可能突然回家吃饭。他可能没喝醉。但他怎么对他们与他醉不醉没有直接关系。如果他现在走进厨房，可能会叫赛赛给他也煎几个蛋。然后他会问他围裙在哪儿，会说他快够给人当老婆了。这是他心情好的时候。如果心情不好，他一上来就瞪着赛赛——一副凶神恶煞的样子——告诉他最好老实点。

"浑小子，你最聪明，嗯？我告诉你，你最好老实点。"

如果赛赛敢瞪回去，或者不回瞪，但是把煎蛋铲甩到一边，或是放铲子的声音大了点，即便他小心翼翼、什么动静都不敢有，他的父亲还是会像狗一样龇起牙，变得狂躁起来。那样子或许显得可笑——也确实可笑——但他是来真的。过不了一分钟，食物和盘子统统被摔到地上，椅子倒了，桌子也翻了，他会追着赛赛满屋跑，嘴里叫嚷着这次绝不会放过他，要把他的脸摁到炉子上烫平，怎么样？你一定觉得他疯了。可如果这个时候有人敲门——比如他的朋友正巧过来叫他——他脸上的表情会立刻恢复正常,然后他打开门,活泼逗乐地和朋友打招呼。

"马上就来。应该请你进来的,但是我老婆又在砸东西了。"

他压根就没打算让人家进。他说这话是为了把家里发生的事变成一个笑话。

赛赛的妈妈问他,天气是不是暖和起来了,早上他去了哪儿。

"是啊,"他说,"去河边了。"

她说她好像能闻到他脸上风的气息。

"你知道吃完饭我打算干什么吗?"她说,"我要拿个热水壶,回床上躺着,等我休息好了,就有精神做事了。"

她每次说到接下来的安排,都是这几句,可她的样子却好像这主意是她新想出来的,让人憧憬。

巴德·索尔特有两个姐姐,都是那种不催到头上绝不会干活儿的人。原本应该在卧室或浴室做的事,梳头、涂指甲、擦鞋、化妆,以及换衣服,她们一点也不避讳。她们到处乱扔梳子、卷发筒、散粉、指甲油、鞋油,把东西弄得满屋子都是。每把椅子上都搭着她们新熨好的裙子和衬衫,地上的每一块空地都被她们铺了毛巾,晾洗好的毛衣。(只要你一靠近,她们就朝你尖叫。)她们遇到镜子就要照一下——过道里衣帽架上的镜子、餐具柜上的镜子,还有厨房门边的镜子,镜子下面的架子上摆满了别针、发卡、硬币、纽扣和铅笔头。有时,她们中的一个会在镜子前一站就是二十分钟,从各个角度欣赏自己,检查牙齿,把头发捋到后面去,再甩到前面来。最后,终于心满意足地走开,或者好歹是告一段落——可是到了下一个房间，下一面镜子前，她又会把所有步骤重来一遍，仿佛那颗脑袋是刚刚新长出来的。

此刻他的大姐，那位公认长得好看的姐姐，正站在厨房的镜子前取她头上的发卡。她有一头亮晶晶的卷发，就像爬满了蜗牛。他的二姐正按妈妈的吩咐，在捣土豆泥。他五岁的弟弟坐在桌旁，一边敲着刀叉一边喊："快上菜，快上菜。"

这是跟爸爸学的，爸爸常这样逗他们。

巴德从椅子后面绕到弟弟身边，悄悄对他说："快看，她又往土豆泥里加块块了。"

他一直误导弟弟，土豆泥里的块块是从橱柜里拿出来，往菜里加的一种东西，就像把葡萄干加进米饭布丁里一样。

他弟弟不喊了，开始抱怨。

"我才不吃她加了块块的呢。妈妈，她要是加块块，我就不吃了。"

"别犯傻了。"巴德的妈妈说，她正在煎猪排，用来配苹果片和洋葱圈，"别像个小孩子一样，哼哼唧唧的。"

"都是巴德逗他的，"大姐说，"巴德跟他说她往里放块块了。巴德每次都骗他，欺负他不懂事。"

"巴德的脸又欠打了。"多丽丝，就是那个正在捣土豆泥的姐姐。她可不是随便说说，有一次她真在巴德脸上留下了一道抓痕。

巴德走到碗柜旁，一块大黄馅饼正放在那儿等着晾凉。他用叉子小心翼翼地戳它，馅饼里的肉桂散发出诱人的香味。他想从上面戳开一个口，尝尝里面的馅儿。他弟弟目瞪口呆地看着，不敢出声。弟弟是家里的宠儿，姐姐们都向着他——巴德是这个屋里他唯一敬畏的人。

"快上菜。"他继续表演，但是声音不如刚才张扬了。

多丽丝去碗柜拿装土豆泥的碗。巴德一不小心，馅饼上面塌了一块。

"他在祸害馅饼，"多丽丝说，"妈妈——他在祸害你的馅饼。"

"你给我闭嘴吧。"巴德说。

"别动那个馅饼，"巴德的妈妈对此习以为常，语气平静中带着严肃，"都别吵了。还告状呢。都成熟点吧。"

吉米·博克斯在一张拥挤的餐桌旁坐下，准备吃午饭。他、他父母、四岁和六岁的两个妹妹，都跟外婆、玛丽姨婆和单身汉舅舅一起，住在外婆的房子里。他爸爸在房子后面搭了个棚子，开了家自行车修理铺，妈妈在昂纳克百货商店上班。

吉米的爸爸腿瘸了——二十二岁时脊髓灰质炎发作导致的。他走路时弓着腰、撅着腚，拄一根拐杖。他在修理铺干活儿时，瘸腿不太显眼，因为修车本来就要经常弓着腰。可走在街上时，他的奇怪样子就很醒目了，不过没人笑话他，也不会有人模仿他。他曾经是镇上有名的曲棍球和棒球手，过去的荣光依然环绕着他，让人们并不因他的现状看轻他，只把这当作他人生的一个阶段（虽然是最后一个阶段）。他也会开些愚蠢的玩笑，用强装乐观的口吻来维持这种印象，不肯叫那凹陷的双眼里痛苦的神情和许多个无法入睡的夜晚出卖他。他和赛赛·奋斯的爸爸不同，他不会一回到家就换一副面孔。

当然，这里算不上他自己家。妻子是在他瘸腿之后嫁给他的，不过瘸腿之前两人就订婚了。当时觉得搬去和她妈妈一起住是很自然的事情，这样孩子出生以后，她妈妈可以照顾孩子，而他妻子就可以继续工作。对他妻子的妈妈来说，除了照顾他们，再多照顾一家人似乎也很正常——玛丽是她的亲姐妹，失明后一起住是应该的，她的儿子弗雷德性格腼腆，在找到满意的去处之前，也理应继续住在家里。一家人对家里的重担早已习惯，比接受糟糕的天气还要镇定自若。大家很少把吉米爸爸的瘸腿、玛丽姨婆的视力当作问题，同样不成问题的还有弗雷德的性格。缺陷、苦难，大家并不在意，更不会刻意将其与生活的幸福之处相区别。

全家人相信吉米的外婆厨艺高超，可能曾经确实是这么回事，但近几年她的厨艺有所退步。他们很节俭，哪怕现在首先需要考虑的不是这个。吉米的妈妈和舅舅收入不低，玛丽姨婆有退休金，修理铺的生意也不错，可是做饭的时候，能用一个鸡蛋，一定不会用三个，做肉面包也要多放一杯麦片来充数。于是为了提味，就得多放辣酱沫或者多撒肉蔻粉。不过没人抱怨。大家都赞不绝口。在这个家里，抱怨就跟球形闪电一样少见。如果撞到别人，他们都会说"抱歉"，就连两个小女孩也会说"抱歉"。大家坐在餐桌边，互相递东西，"请""谢谢"不绝于耳，就好像天天都有客人在似的。家里太挤了，他们只有这样才能生活下去。

每个钩子上都挂满衣服，每条栏杆上都搭着外套，餐厅里长期摆着两张简易床，给吉米和他舅舅弗雷德睡，餐台上堆着一大摞需要熨或补的衣服。谁也不会把楼梯踩得咚咚响，不会大声关门，不会把收音机声音放大，也不会说让人不快的话。

是否正因为此，那天中午吉米才什么也没说呢？他们三个谁都没有说。赛赛没说不难理解。他爸爸一定不会相信赛赛有这么重要的发现。他会说他骗人。他妈妈呢，不管事实如何，只在意他爸爸的反应。她会觉得，光是他想去警察局这件事，就会让家里不得安宁（确实如此）。所以她一定会让赛赛趁早闭嘴。可其他两个孩子家里气氛都不错，本来是可以说的。吉米的家人肯定会惊愕一番，可能会不同意他去报案，但他们会理解这不是吉米的错。

巴德的两个姐姐会问他是不是疯了。她们可能还会颠倒黑白，把事情说成是因为他不听话，才会遇到死人的。不过巴德的爸爸脾气好，讲道理。他是火车站的货运代理人，离奇的故事也听过不少。他会让巴德的姐姐们闭嘴，严肃地跟巴德谈谈，确保他没有夸大其词后，再打电话报警。

只不过，他们的家太拥挤了，琐事太多了。赛赛家是这样，另外两个男孩家也差不多。即便赛赛的爸爸不在家，他带来的恐惧和留下的记忆也始终萦绕在家里。

"你说了吗？"

"没有。你呢？"

"我也没说。"

他们往镇上走去,没有仔细想该走哪条路。他们拐上西普卡街后,从威伦斯夫妇住的灰泥平房前走过,走到房子跟前时他们才认出来。大门两侧各有一个小飘窗,门前的台阶很宽,夏天的傍晚,威伦斯和妻子会搬两把椅子坐在门口,不过现在那里没有椅子。房子的一侧还有一间屋子,门朝街面开着,有单独的路进出。门牌上写着:验光师 D. M. 威伦斯。这几个孩子都没去过威伦斯的诊所,但吉米的姨婆玛丽常去拿眼药水,他外婆在那里配过眼镜。巴德·索尔特的妈妈眼镜也是在那儿配的。

房子的外墙是灰粉色的,门和窗框漆成了棕色。防风窗还没有拆除,镇上大多数人家都还没拆。这所房子没有什么特别之处,不过前院的花一向有名。威伦斯太太园艺出色,她种花不像吉米的外婆和巴德的妈妈那样,把花种在蔬菜园旁边长条形的花盆里,而是种在圆形或月牙形的花盆里,然后再让花盆在树下围成一圈。再过几周,院里的水仙花就该开了。现在只有墙角开了一丛连翘。连翘长得快有屋檐高了,一朵朵小黄花倾泻而下,像喷泉一样。

这时,连翘摇晃了起来,不是有风,而是因为钻出了一个弯着腰的棕色人影。是穿着旧园艺服的威伦斯太太。她是一个胖乎乎的矮个子女人,穿着宽松的长裤,套着破夹克,头戴一顶可能是她丈夫的鸭舌帽——帽檐滑得太低,都快遮住眼睛了。她手上拿着一把大剪刀。

他们停下脚步——不然就只能赶紧跑掉。也许他们以为她发现不了，她不会注意。可是她已经看见他们了，所以才匆匆出来。

"我看到你们盯着我的连翘看，"威伦斯太太说，"要不要拿点回去？"

他们盯的不是连翘，而是整个场景——那栋看起来普普通通的房子、诊所前的牌子、敞开的窗帘。毫无空旷或不祥的感觉，根本看不出来威伦斯先生不在家，或者他的车不在车库而在日德兰的池塘里。威伦斯太太仍在打理院子，这是再寻常不过的事情——雪化之后她就开始忙活了——镇上人人都是这么想的。她的声音依然是熟悉的烟嗓，有点突兀，有点凶，但其实并非不友善——隔着半个街区或者在任何一家商店里，她的声音都清晰可辨。

"等等，"她说，"先别走，我给你们拿点。"

她灵巧地选了几枝开花的枝条，然后抱着一大把把脸都遮住了的黄花走过来。

"拿上吧，"她说，"拿回家给你们的妈妈。连翘是春天开的第一种花，寓意很好的。"她把手中的枝条分给三人。"就像高卢一样，高卢就分成了三部分。你们要是学了拉丁语，肯定知道这个。"

"我们还没上高中呢。"吉米说，他的家庭让他比其他孩子更擅长和女士说话。

"还没上吗？"她说，"那你们还有很多可期待的事呢。回去跟你们的妈妈说，枝条要放到温水里。不过，她们应该都知道。我给你们的花有的还没全开呢，这样可以开很久。"

他们道了谢——吉米先说的,其他人赶紧跟上。三个人手捧着连翘,继续往镇中心走。他们不打算掉头把花带回家去,他们赌威伦斯太太不知道他们住哪里。走了半个街区,他们偷偷回头,看她有没有在看他们。

她没有。而且人行道旁的那所大房子挡在了中间,什么也看不见。

连翘让他们有点动摇。拿着花走路很难为情,不拿又不好丢掉。可要是不丢,他们就总会想到威伦斯先生和他太太。怎么会她还在院子里忙着,他却在车里溺死了呢?她知不知道他在哪儿呢?看样子她不知道。她知道他不在家吗?她一副什么事也没有的样子,好像一切正常,他们站在她面前时,几乎都要相信确实如此了。他们之前的所知所见,似乎都被她的不知情挡了回去,灰飞烟灭了。

两个骑自行车的女孩从转角那边过来了。其中一个是巴德的姐姐多丽丝。女孩一见到他们就嚷了起来。

"哟,还拿着花呢,是谁在办婚礼呀?瞧瞧这些帅气的伴郎们。"

巴德只好冲她们喊出他能想到的最恶毒的话。

"你屁股上全是血。"

这当然是无中生有,但这事确实曾发生过——在某次放学回家的路上,她裙子上就有血。所有人都看见了,这段历史是甩不掉的。

他以为多丽丝回家后一定会告他的状,可是她没有。那段经历对她来说太丢人了，因此她宁愿放他一马，也不想再提起。

他们意识到还是得赶紧把花扔了，于是便随便扔到了一辆停着的汽车底下。然后他们掸了掸身上的花瓣，走上了广场。

那个时候，星期六还是很重要的日子，乡下的人都会在这天去镇上。广场上、马路边停满了汽车。大孩子、小孩子，乡下的、镇上的，都赶着去看下午场的电影。

第一街区的昂纳克百货商店是必经之地。吉米透过一扇橱窗清楚地看见了他妈妈。她已经开始下午的工作，这时正把一顶帽子戴在假人身上，调整了面纱，又整理了连衣裙的肩部。她个头儿很矮，得踮起脚来才够得到。因为要在橱窗后的地毯上走动，她把鞋脱了。透过丝袜，可以看见她厚厚的玫瑰色脚后跟；当她踮起脚时，能透过裙子的开衩看见她的腿窝。再往上，是宽大匀称的屁股，透出内裤或腰带的痕迹。吉米能想象出她发出的嘟囔声，能闻见她脱下的丝袜的味道；有时她一回家就会脱掉丝袜，免得勾丝。丝袜、内裤，即便是干净的女性内裤，也有一种淡淡的私密的气味，既惹人皱眉，又让人向往。

他有两个希望。一是别人注意不到她（其实大家都注意到了，可一个母亲，每天精心打扮，去镇上抛头露面，大家觉得不便评论，只好假装没看见）；二是她千万不要转过来看见他。她要是看见了，肯定会敲着窗户，做出打招呼的口型。她工作时，不复在家里的那种轻声细语和温文尔雅，亲切的温柔变成了主动的热情。他过去很高兴他妈妈还有这样爽朗的一面，正如他喜欢跑到昂纳克百货商店里,欣赏那巨大的玻璃柜台和涂了清漆的木头,以及楼梯顶部的大镜子,他能从镜子里看见自己爬上二楼的女装区。

他妈妈见到他,会说"我的小淘气来了",有时还会偷偷塞给他一块硬币。可他待不了一分钟,因为昂纳克先生或者他太太可能会看见。

小淘气。

曾经像钱币叮当一样悦耳的声音,如今却让人羞赧。

他们安全地走过去了。

下一个街区,他们得经过坎伯兰食府,不过赛赛并不担心。如果他爸爸中午没回家吃饭,说明他已经在里面待了几个小时了。但是"坎伯兰"三个字还是沉沉地压在他心头。在他还不明白它的意思的时候,他就已经从中感到了一种忧伤的失落感。就像一个重物跌入深深的水底。

坎伯兰食府和镇政府之间有一条没铺路面的小路,镇政府后面就是警察局。他们拐进这条小路,与街面上不同的喧闹声向他们袭来。声音不是从坎伯兰传来的——那里的声音是闷闷的,它的窗户又小又高,像公共厕所一样。声音是警察局里的。天气不错,警察局的门敞开着。外面的小路上也能闻见里面的烟草和雪茄味。坐在里面的不仅有警察,尤其是像今天这样的星期六下午,这里冬天烧炉子,夏天吹风扇,还开着门透气,舒服极了。博克斯上校也在——他们已经听到了他呼吸时的喘气声和他哼哧哼哧的笑声。他是吉米家的亲戚,但不怎么来往,因为他反对吉米爸爸的婚事。他认出吉米后,总是用一种惊讶、讽刺的语气和他说话。"不管他给你什么,零花钱或是别的,你都说不需要。"吉米的妈妈嘱咐过他。但博克斯上校从未提出这样的馈赠。

波洛克先生也在,他刚从药店退休。还有弗格斯·索利,他看起来很傻,但其实不是,他在一战中中过毒气。这些人整天聚在这里打牌、抽烟、闲聊,还用政府的公费喝咖啡(巴德的爸爸说的)。但凡有人想来这儿投诉或报告点事,都得在他们的眼皮底下,说的话也会被他们听了去。

简直是四面围堵。

他们走到敞开的门外,几乎要停下来。没人注意到他们。博克斯上校说着"我还没死呢",是在重复某个故事的最后一句。他们慢慢地走过去,低着头,踢着地上的石子。走过警察局拐角,他们加快了速度。公共男厕入口旁的墙上有一块新鲜的呕吐物痕迹,地上还有几个空瓶子。他们只好从垃圾桶和公职人员办公室高高的窗户之间挤过去,沿着碎石路,回到广场上。

"我有钱。"赛赛说。这句郑重其事的宣告让大家都松了口气。赛赛把他口袋里的硬币掏得叮当响。钱是他帮忙洗碗之后,他妈妈给他的。当时他走到前屋的卧室,跟他妈妈说他要出去。"从我桌子上拿五十分吧。"她说。有时候她有钱,虽然他从未见过他爸爸给她钱。每次她说"自己拿"或者给他一点钱的时候,他都明白他妈妈其实很愧疚,对他感到愧疚,不愿直视他。每到这时,他也不想看见她(虽然有钱让他很高兴)。尤其当她说他是个好孩子,她为他所做的一切而欣慰的时候。

他们走上通往码头的路。帕克特加油站旁有个售货亭,帕克特太太在那儿卖热狗、冰淇淋、糖果和香烟。她不肯卖烟给他们,哪怕吉米说是给舅舅弗雷德买的。不过她并没有因为他们撒谎而对他们态度不好。她是一个丰满漂亮的法裔加拿大女人。

他们买了几个黑色和红色的甘草糖,准备等午饭消化之后,再去买冰淇淋吃。他们找了两个旧汽车座椅坐下,座椅在大树下的篱笆旁,夏天可以遮阴。他们把甘草糖分着吃了。

特维特船长就坐在旁边的座椅上。

特维特船长是个真正的船长,他在湖上开过好几年船。现在他是个协警,负责在学校前面引导交通,帮助孩子们过马路,冬天的时候还要制止孩子们在路边滑雪玩。他吹着哨子,伸出一只大手,戴着白手套,像小丑的手似的。尽管年事已高,头发花白,但他依旧身形高大,肩膀宽阔。车辆、孩子都愿意听他指挥。

晚上,他会检查街上的商户是否关好了门,同时留意是否有人在里面偷东西。白天他就在大庭广众之下睡觉。天气不好的时候,他去图书馆睡;天气好的时候,就在户外找个长椅。他很少待在警察局,可能是因为他耳背,不戴助听器根本跟不上别人的对话。而和大多数耳背的人一样,他讨厌戴助听器。他已经习惯了独来独往,总是盯着湖里的船发呆。

他闭着眼,仰着头,好让阳光照到脸上。他们走过去跟他说话（他们做决定前并没有商量，只是交换了一个没有把握又别无选择的眼神），得先把他从睡梦中叫醒。他面露疑惑，过了一会儿才反应过来——哪里，何时，什么人。然后他从怀里掏出一个巨大的老式怀表，仿佛孩子们叫他一定是想问时间似的。可他们见他醒了，立刻就张口说话，表情激动，还带着羞涩。他们说"威伦斯先生在日德兰池塘里"，还说"我们看见他的车了"，以及"都淹在水里了"。他只好一只手做出"嘘"的手势，另一只手在裤兜里摸索，找到助听器。他一边戴上助听器，一边认真地点点头，带着鼓励，好像在说，别着急，慢慢来。然后他举起双手——安静，安静——他要调试音量。终于，他又点了一下头，这次更干脆，语气也更严肃——可说的话却不那么严肃——他说："继续吧。"

三个男孩中话最少的赛赛——吉米最有礼貌，巴德最嘴欠——扭转了这一切。

"你的裤子拉链没拉。"他说。

三人哄笑着跑开了。

紧张激动的情绪并未就此消失。可是他们也没法谈论或分享：他们得分开了。

赛赛回家继续建他的藏身所。硬纸板铺的地板在冬天里被冻过，现在一化全湿透了，得换新的。吉米爬进车库的阁楼，发现了一箱旧的《萨维奇博士》杂志，是他舅舅弗雷德的。巴德回到家，发现家里只有他妈妈，她正在给餐厅的地板打蜡。他看了一个小时的漫画书，然后对她坦白了。他想他妈妈应该不懂家务以外的事，肯定得打电话问过他爸爸之后才拿得定主意。他没想到的是，他妈妈立即就给警察打了电话，然后才打给他爸爸。赛赛和吉米也被人找了过来。

一辆警车从镇公路开到了日德兰，一切确认属实。一位警察和圣公会牧师去见威伦斯太太。

"我不想麻烦你们，"据说威伦斯太太是这样说的，"我本打算晚上再去找他的。"

她说，威伦斯先生昨天下午开车去了乡下，给一位眼盲的老人送眼药水，有时候他会多留一阵，去别人家串串门，也有可能车坏了。

他情绪低落吗，有没有什么异常？警察问她。

"绝对没有，"牧师说，"他可是我们唱诗班的重要成员。"

"他可不会情绪低落。"威伦斯太太说。

男孩们居然藏着这么大的秘密吃了一顿午饭，后来又买了一把甘草糖，人们开始猜测背后的原因。一个新的诨名——"傻棍儿"——被安到了他们每个人的头上。吉米和巴德直到离开小镇，才甩掉这个绰号。赛赛结婚早，后来在谷仓里干活儿，这个绰号又传给了他两个儿子。那个时候已经没人知道它的来由了。

羞辱特维特船长的事一直是个秘密。

他们指望他给点反应，指望下次他们在他高举的胳膊下过马路上学的时候，他能看他们一眼，带着伤心也好，谴责也罢。可他只是举起他那只戴着手套的手，那只高贵而又像小丑一般的洁白的手，脸上是和往常一样的慈祥和镇定。他示意通行。

继续吧。

二　心力衰竭

"肾小球肾炎。"伊妮德在她的笔记本上写道。这是她见过的第一例。奎因太太肾脏衰竭，且无药可救。她的肾慢慢干涸，变成坚硬且无用的颗粒状肿块。她的尿液少而浑浊，皮肤和呼出来的气都散发出一股不祥的苦味。除此以外还微微有一种类似于腐烂水果的气息，伊妮德觉得应该跟她身上那些褐中带紫的斑点有关。她的腿因骤痛而痉挛，皮肤奇痒无比，伊妮德只得不断用冰块为她擦拭。伊妮德把冰包在毛巾里，帮奎因太太缓解皮肤上的痛楚。

"你怎么会得上这种病呢？"奎因太太的大姑子问。她丈夫姓格林。她叫奥利芙·格林。（她说她之前没想过这个名字和姓放在一起会怎样，结婚之后才发现所有人都拿这个取笑她。[①]）她住在几英里外的农场，在高速公路旁边。每隔几天她会过来，把床单、毛巾和睡衣带回去洗。孩子们的衣服也是她洗，送回来的衣物都是熨过又叠好的。就连睡衣上的缎带也熨过了。伊妮德对她很感激——她去过的有些病人家，得她自己洗衣服，甚至更糟，得扔给她妈妈洗；她妈妈只好把衣服拿到镇上，花钱叫别人洗。

---

① 奥利芙·格林（Olive Green），英文意为绿橄榄。

她不想表现得无礼,也知道这个问题背后的意图,只好答道:"这个不好说。"

"你肯定听说了,"格林太太说,"有的女人会吃一些药,治疗月经延迟。如果是为了调经,老老实实遵医嘱,不会有问题。可是如果吃得太多,为了别的目的,肾脏就会出问题。我说得对不对?"

"我没有见过这种情况。"伊妮德说。

格林太太高大又结实。和她弟弟鲁珀特——奎因太太的丈夫——一样。她的脸圆圆的,鼻子翘翘的,连皱纹都长得很讨喜——属于伊妮德妈妈所谓的"土豆似的爱尔兰脸"。虽然看上去脾气很好,但鲁珀特的神情中总透露着一股谨慎和克制。而格林太太似乎隐藏着一种渴望。伊妮德不知道她渴望的是什么。即便最简单的谈话,格林太太也兴致勃勃。可能只是渴望新闻吧。渴望重大新闻,渴望大事发生。

当然了,有一桩大事正在发生,至少对这个家来说是件大事。年仅二十七岁的奎因太太时日无多了。(她自称这个年纪——伊妮德认为不止,不过病情到了这种地步,年龄已经不好猜了。)当她的肾脏彻底衰竭,心脏就会随之停止工作,她也就没命了。医生对伊妮德说:"这个病人你得一直忙到夏天,但在炎夏结束之前,你应该就可以稍微休息一阵了。"

"鲁珀特是在去北边的时候遇见她的,"格林太太说,"他一个人去的,在森林里有活儿要干。她在一家酒店里做工。什么酒店我不知道。服务员之类的工作。她不是本地人——她说她是在蒙特利尔的孤儿院长大的。她也没的选。你大概以为她会说法语，会不会不知道，反正从没听她说过。"

伊妮德说："有趣的人生。"

"说得好，再说一遍。"

"有趣的人生。"伊妮德又说了一遍。有时候她实在忍不住——哪怕她的玩笑话并不奏效。她俏皮地扬扬眉毛，格林太太果然笑了。

可她是否感到难过？她笑的样子好像高中时候的鲁珀特，为了避开他人的嘲笑而挤出一丝微笑。

"他在那之前还从没有过女朋友呢。"格林太太说。

伊妮德高中和鲁珀特同班，不过她没告诉格林太太。她不好意思说，因为她和她的女伴们取笑、捉弄过他和另外几个男生——其实主要是他。她们那会儿用的词是"找碴儿"。她们经常找鲁珀特的碴儿，跟着他到街上喊："嘿，鲁珀特，嘿，鲁——珀特。"让他苦恼，让他脸红。"鲁珀特有猩红热，"她们说，"鲁珀特该被隔离起来。"她们会假装其中一个人——伊妮德、琼·麦考利夫或者玛丽安·丹尼——暗恋他。"她有话想跟你说，鲁珀特，你为什么不约她呢？你可以给她打电话呀。她特别想跟你说话。"

她们说这些并不是真的指望他有什么回应。可如果他回应了，她们会高兴得不行。他会立刻被拒绝，故事也会在学校里传开。为什么？为什么她们要这样对他，追着他欺负？因为她们乐意。

他不可能忘记的。可他再见到伊妮德的时候，却只当她是个新认识的人，只是他妻子的护士，并不提过往。伊妮德也没说什么。

这里安排得很好，她没有多余的工作要做。鲁珀特吃住都在格林太太家里。两个小女孩本来也可以住过去，但是那样就得转学——还有不到一个月就放暑假了。

鲁珀特晚上会过来陪陪孩子们。

"今天表现得好吗？"他会问。

"快给爸爸瞧瞧你们搭的积木，"伊妮德说，"给爸爸看看你们在填色书上画的画。"

积木、蜡笔、填色书都是伊妮德拿来的。她给她妈妈打电话，让她看看旧木箱里能翻到什么。她妈妈找了，还带来了一本她从别人那儿拿来的剪纸娃娃的书——上面是伊丽莎白公主和玛格丽特公主的各种装扮。两个小女孩始终不肯说谢谢，于是伊妮德把这些东西都放在高高的架子上，直到她们道了谢才给她们。路易丝七岁，西尔维六岁，都跟小野猫一样不服管。

鲁珀特没有问这些玩意儿是哪儿来的。他只是叫孩子们乖一点，又问伊妮德有没有要从城里带的东西。有一次她说她换了地下室入口的灯泡，他可以再买几个备用。

"怎么不叫我来换？"他说。

"换灯泡根本难不倒我，"伊妮德说，"换保险丝、钉钉子我都在行。我们家没男人，我跟我妈妈这么多年都过来了。"她本来想开个玩笑，把气氛弄轻松点，可没起到作用。

最后鲁珀特会询问妻子的情况,伊妮德会说,她的血压降了一点,或者她晚餐吃了一半煎蛋卷,或者冰敷缓解了她的皮肤刺痒,现在睡得还不错。鲁珀特说,既然她在睡觉,他就不进去看了。

伊妮德说:"怎么能不看呢。"对女人来说,见丈夫一面比睡一小觉有用多了。她带两个孩子上楼睡觉,给这对夫妻留一点私人空间。可是鲁珀特每次都待不了几分钟。等伊妮德再下楼,走进前厅——现在是病房——为病人做睡前的准备时,奎因太太总是仰面躺着,看起来有些焦躁,但并非不满。

"他没待多久吧,对吗?"奎因太太会说,"我真想笑,呵呵,你怎么样?呵呵,我该走了。怎么不把这女人扔出去,丢到粪堆里得了?就当她是只死猫,倒垃圾一样倒了不好吗?他就是这么想的,对不对?"

"不会的。"伊妮德说。她拿来了盆子、毛巾、擦身用的酒精和爽身粉。

"不会的。"奎因太太恶狠狠地说。但是她依旧配合地让伊妮德给她脱下睡衣,把头发梳到脸后,再把毛巾放到她屁股底下。很多人不愿意这样被脱光,即便她们已经很老或者病得很重,对此伊妮德已经习惯了。有的时候她还会开个玩笑,故意用问题烦他们,好让他们放松。"你觉得我是头一次见人的屁股吗?"她说,"屁股也好,胸也好,看多了就没意思了。不过是我们出生长大的必经之路罢了。"但奎因太太不害臊。她把腿张开,身体往上抬,方便伊妮德工作。她身形瘦小,病后变得怪异,四肢和腹部鼓起来，乳房塌下去，两个乳头瘪得像葡萄干。

"我肿得跟猪一样，"奎因太太说，"偏偏胸不肿，它们以前也不中用。我从来没有过像你那么大的胸。看我这个样子，你不嫌烦吗？你难道不希望我赶紧死了算了？"

"我要是这样想，就不会来这里了。"伊妮德说。

"终于解脱了，你们到时候肯定会这么说。"奎因太太说，"总算解脱了。我对他已经毫无价值了，不是吗？我对任何男人都毫无价值。他每天从这里离开之后，就去找别的女人了，难道不是吗？"

"据我所知，他是去他姐姐家住了。"

"据你所知，你知道什么。"

伊妮德懂她话中的恶意，知道她攒着这口气，就是为了发泄一通。奎因太太正在寻找可以仇视的对象。生病的人喜欢恨健康的人，甚至夫妻之间、母子之间也会这样。对奎因太太而言，丈夫和孩子都成了她仇恨的对象。有一个周六早上，路易丝和西尔维在门口玩游戏，伊妮德叫她俩过来看看妈妈多漂亮。她给奎因太太擦洗了全身，换上了干净睡衣，还用蓝丝带挽住了她柔美稀疏的金发。（伊妮德照顾女病人的时候，都会带上几根丝带——以及一瓶香水和一块香皂。）她今天确实很美——或者能看出她曾经是个美人，宽额头，高颧骨（现在都快拱出皮肤了，像两个陶瓷门把手一样），还有绿色的大眼睛和孩子般透亮的牙齿，以及一个倔强的小下巴。

孩子们兴致缺缺，只是乖乖进了屋。

奎因太太说:"离我远点,她们脏得很。"

"她们只是想看看你。"伊妮德说。

"行,看完了吧,"奎因太太说,"看完可以走了。"

她的反应并没有让孩子们意外或失望。她们望着伊妮德,伊妮德说:"好吧,你们的妈妈该休息了。"于是她们跑了出去,砰地带上厨房的门。

"你就不能让她们安静点吗?"奎因太太说,"每次她们这么关门,都像一块砖头砸在我的胸口。"

你可能会以为两个孩子太闹腾,仿佛不把妈妈放在眼里,希望她赶紧撒手得了。可有的人就是这样,迟迟不肯接受将要死亡的事实,甚至临到最后一刻也不放手。如果是比奎因太太性格温和——或者说看起来温和的人,可能会说他们懂,他们明白自己的兄弟姐妹、丈夫妻儿早已经厌倦,也知道别人都盼着他们离世。他们可能会在生命的最后时刻说出这些话,在家人的簇拥中宣泄一番,甚至不给别人解释的机会。然后也就消停了。但同样常见的是,在生命最后的几天乃至几周里,人们会反复思量过去的恩怨和这一生遭遇的种种不公。曾经有一个女病人,她让伊妮德从碗柜里拿一个青花盘来,伊妮德以为她想最后看一眼这美丽的瓷器,获得一些慰藉。谁知她竟用最后一丝力气,把盘子砸碎在了床柱上。

"这样我姐姐就再也碰不到它了。"她说。

通常他们会说,那些探视的人不过是来看他们笑话,他们之所以这么痛苦,全赖医生。他们讨厌看见伊妮德,讨厌她那么有精力、有耐心，凭什么生命之泉就能在她体内欢畅流淌。伊妮德已经习惯了，她能理解他们的境况，理解生命消逝的痛苦，或者有的时候，生命存续的痛苦。

可到了奎因太太这里，她做不到。

这不仅是因为她怎样都安抚不了这个女人，更因为她不想安抚她。她无法克服对这个悲惨又无望的年轻女人的厌恶。她讨厌这具身体，她不得不给她擦洗、扑粉、冰敷，用酒精擦拭。她现在明白人家说讨厌疾病和病躯是什么意思了。她明白了为什么会有女人对她说"我不知道你怎么做到的，反正我做不了，我怎么样都不会做护士的"。她讨厌眼前的这具身体，以及身体上所有疾病的特征。那种气味，那种失去光华的色彩，恶性病变一样的乳头和又小又稀疏的牙齿。她觉得这些都是自甘堕落的征兆。她其实和格林太太一样坏，嗅出了污秽的气息。即使她是专业的护士，她的职责——也是天性——是去同情。她不知道为什么会这样。奎因太太有点让她想起高中时的一些女孩——穿着廉价的衣裳，一副病容，未来一片惨淡，却对自己有一种麻木不仁的自信。她们在学校待不了一两年——有的怀孕退学了，有的直接结婚了。后来，她们有人在家中生产，伊妮德照顾过她们。她们的自信被消磨殆尽，曾经无畏的性格变得顺从甚至虔诚。她替她们不值，虽然她没忘记当初她们选择这条路的时候有多么决绝。

奎因太太的情况更加复杂。她的身体一点点垮掉，只剩下阴郁的叛逆，以及逐渐腐坏的内心。

这种嫌恶，不仅伊妮德感觉得到，奎因太太也一清二楚。伊妮德实在调动不出一丝耐心和温柔，更无法装得愉悦来掩饰这种嫌恶。奎因太太更是把知晓这种嫌恶当作她的胜利。

终于解脱了。

伊妮德二十岁，即将完成护理的学业时，她父亲在沃利医院去世了。那时他对她说："我对你选的职业既不了解，也不赞同。我不想你在这种地方工作。"

伊妮德俯下身去，问他以为自己在哪里。"这里是沃利医院。"她说。

"我知道，"她父亲说，语气中带着一贯的平静和理智（他是保险和房产经纪人），"我知道我在说什么。我要你保证不会走上这条路。"

"保证什么？"伊妮德说。

"保证你不会做这种工作。"她父亲说。再也没有更多的解释。他紧闭双唇，就好像这些问题冒犯了他。他只肯说："保证。"

"这算怎么回事？"伊妮德问母亲。她母亲说："你就由他吧，他让你保证你就保证。有什么关系呢？"

伊妮德想不到她母亲竟然这样说，但她没有多说什么。她母亲看事情一向是这样的。

"我不明白的事，不会随便承诺，"她说，"我什么保证都不会给。你要是知道他为什么这么说，最好告诉我。"

"他就是有了这个念头，"她母亲说，"他觉得护理工作会让女人变得粗俗。"

伊妮德重复道："粗俗。"

她母亲说，她父亲反对护理工作，是因为护士对男人的身体太熟悉了。她父亲觉得——内心臆断——这会改变一个女孩对男人的感觉，男人也会改变对这个女孩的看法。她可能会失去好姻缘，甚至染上不好的桃花。好男人不会看上她，坏男人反而打她的主意。

"我想可能是因为他希望你快点嫁出去。"她母亲说。

"这可是真没辙。"伊妮德说。

可最后她还是保证了。她母亲说："希望这样能让你开心点。"不是"能让他开心点"，而是"让你"。看样子，她母亲早在她之前，就知道这个保证对她是有吸引力的。临终前的承诺，对自身的否定，如此草率的牺牲。越荒谬就越好。这就是她所做的让步。不是出于对父亲的爱，这一点她母亲也明白，而是为了那种战栗。一种纯粹而高贵的任性。

"如果他让你放弃的是你根本不在乎的东西，你肯定不会答应他。"她母亲说，"比如说，如果他让你以后别涂口红了，你肯定会继续涂的。"

伊妮德一脸耐心地听着。

"你为这件事祈祷过吗？"她母亲突然问道。

伊妮德说祈祷过。

她从护理学校退了学，住在家里，忙些有的没的。她不缺钱，因此不必去工作。其实她母亲一开始就不想让伊妮德去读护理学校，觉得这是穷人家的女孩才会选的路，因为家里养不起,又没钱送去大学。伊妮德没向她指出过这种说法的矛盾。她在家里给篱笆上漆,冬天快来的时候把玫瑰扎好。她学会了烘焙,学会了桥牌,代替她父亲每周陪她母亲和隔壁的威伦斯夫妇玩牌。没过多久她就——用威伦斯先生的话说——玩得很熟练了。他开始带巧克力和粉玫瑰给她,作为他这个搭档拖后腿的赔罪。

冬天的晚上她就去滑雪。她还打羽毛球。

她过去不缺朋友,现在也不缺。高中最后一年的同学现在大多快大学毕业了,有的已经在远方工作,当了教师、护士或者注册会计师。不过她和最后一年退学的那些人玩得更好,他们有的在银行、商店或者办公室工作,有的做了水管工或者帽商。这个圈子里的女孩一个个都飞走了,像她们说的——飞进了婚姻里。伊妮德负责组织准新娘的婚前聚会,还去新娘的娘家为亲友办的茶会上帮忙。再过几年女友们的孩子差不多也要受洗了,大家都争着找她当教母。没有血缘关系的孩子也会叫她阿姨。她成了和母亲同龄的那些妇女的荣誉女儿了,因为她是读书俱乐部和园艺小组里唯一的年轻女孩。就这样,年纪轻轻的她,已经毫不费力地承担起了重要、核心却又孤独的职责。

不过她一直都是这样。高中时她就是班级委员、活动组织人。大家都很喜欢她,她也干劲十足,总是打扮得光鲜亮丽,但是未免有点距离感。她有男性朋友,却从来没有男朋友。这不是她的意愿,不过没有她也不担心。她一心追求自己的理想——先当传教士,再当护士。她从来没有把护理工作看成结婚之前的一个过渡。她想做个真正的好人，做真正的好事，不一定非要按传统路线做一位妻子。

新年的时候，她去镇政府参加舞会。和她跳舞最多，又送她回家，还握着她的手说晚安的那个男人是乳品厂的老板——四十多岁，没结过婚，舞跳得很好。对单身女孩来说，他是个慈祥和善的朋友，但没有女人和他交往。

"我觉得你可以报个商业课程，"她妈妈说，"要不然去上大学？"

那里的男人或许更能欣赏伊妮德这样的人，她肯定这么考虑。

"我太老了。"伊妮德说。

她妈妈忍不住笑了。"有这样的担心，只能说明你还年轻。"她说。看到女儿还有这个年龄的稚气——竟然觉得二十一岁和十八岁隔了一大截，她不禁感到宽慰。

"我才不想跟高中刚毕业的小孩混在一起呢，"伊妮德说，"我真这么想的。再说你为什么总想把我送走？我待在家里挺好的。"她的不情愿和不妥协似乎也让她妈妈很高兴，很放心。可过了一会儿，她妈妈叹了口气，说道："时间过得很快的，你意识到的时候会吓一跳的。"

那个夏天好多人得麻疹，还有好几例小儿麻痹症。伊妮德父亲曾经的主治医生了解伊妮德的能力，问她愿不愿意帮帮忙，照料在家休养的病人。她说她得想一想。

"你想去吗？"她妈妈问。伊妮德的表情变得遮遮掩掩，却又不肯松口,这样的表情在其他女孩身上,一般是想去私会男友。

"那个保证,"第二天她对妈妈说,"说的是不能在医院做护理工作,不是吗?"

她妈妈说她也是这样理解的,没错。

"说的是不能毕业当个执业护士?"

没错,没错。

所以如果是在病人家中进行护理,比如有的人去不起医院,或者不想去医院,那么伊妮德就可以上门护理。她的身份不是执业护士,而是所谓的实习护士。这样一来,就不算违背了诺言,不是吗?并且大多数需要这种服务的要么是儿童,要么是生孩子的妇女,或者时日无多的老人,也谈不上变得粗俗,对吗?

"如果你见到的男人都是再也起不来床的那种,好像也确实无伤大雅。"她妈妈说。

但是她忍不住补充道,这样一来,她就彻底放弃了在医院谋个体面工作的可能,以后只能在简陋的人家里做劳累又薪水微薄的体力活儿了。她可能得从脏兮兮的井里打水,冬天得把水盆里的冰砸开,夏天得赶蚊子,还得去户外上厕所。洗衣服用搓衣板,照明用煤油灯,没有洗衣机,也没有电。与此同时还得照顾病人,操持家务,对付刁钻的穷孩子。

"不过如果这就是你人生的目标,"她说,"我知道我描绘得越艰难,你就越下决心要做。我不阻拦,但我也要求你给我几个保证。第一,喝水之前一定要烧开。第二,绝不能嫁给农民。"

伊妮德说:"真是些奇怪的念头。"

那是十六年前的事了。刚开始的那几年,人们越来越穷,去不起医院的人越来越多,伊妮德工作的那些人家,快要和她妈妈描述的差不多了。在那些洗衣机坏了没法修、电源断了,甚至还没通过电的地方,床单和尿布只能手洗。伊妮德的工作不是无偿的,否则对其他做同样护理工作的女人不公平,她们不像她还有别的选择。但她几乎把得到的钱都还回去了——给孩子们买鞋,买冬装,带他们看牙医,给他们买圣诞礼物。

她妈妈到处找老朋友要旧的婴儿床、餐椅、毯子和用旧的床单。床单要来之后,她自己再剪开,缝成尿布。人们都说她一定很为伊妮德感到自豪,她说是啊,是啊。

"可活儿也是真多啊,"她说,"当圣女的妈妈。"

接着开始打仗了,医护人员奇缺,伊妮德变得比以往任何时候都抢手。战争之后找她的人也很多,因为出生的孩子多。直到这时,因为医院扩建,很多农场赚钱了,她才可以卸掉一部分责任,只去照顾那些病情严重、回转无望的人,或是那些性情暴躁、被医院赶出来的人。

这年夏天,每隔几天就下一场暴雨,出太阳的时候又很闷热,晒得湿透的草叶闪闪发光。清晨雾气很重——他们住得离河很近——即便雾散了,四面也没有哪个方向能望得远,夏天到处都是郁郁葱葱的。树叶茂密,灌木丛生,藤蔓缠绕,玉米、大麦、小麦都成熟了，草料也丰富得很。正如人们所说的，一切都欣欣向荣。草料本该六月收割的，鲁珀特说得趁下雨之前早点收到谷仓去。

他晚上回来得越来越晚，因为白天干活儿的时间越来越长。有一天他回来的时候天已经黑了，只有厨房的桌上还点着一支蜡烛。

伊妮德赶忙去开纱门。

"停电了？"鲁珀特问。

伊妮德说："嘘。"她小声说，她让孩子们睡在楼下了，因为楼上太热。她把椅子搬到一起拼成了床，又铺上被子和枕头。所以她把灯关了，方便孩子们入睡。她在抽屉里找到一支蜡烛，她自己看书写字够用了。

"她们以后会记得在楼下睡觉的，"她说，"每个人都会记得自己小时候在其他地方睡觉的经历。"

他把手上的箱子放下，里面是给病房用的吊扇，去沃利买的，顺便还带了报纸，他把报纸递给伊妮德。

"你可能想知道外面的新闻。"他说。

她在桌上铺开报纸，摊在笔记本旁。报纸上有一幅图，是几只狗在喷泉边玩耍。

"上面说有高温天气来袭，"她说，"知道这个消息不是挺好的吗？"

鲁珀特小心翼翼地把吊扇从箱子里拿出来。

"真是太好了，"她说，"现在房子里已经凉快了，不过明天有吊扇她一定会很高兴。"

"我明天早点回来把它安上。"他说。然后问他妻子今天怎么样。

伊妮德说她腿上的疼痛减轻了，医生新开的药好像也让她休息得不错。

"唯一的问题是，她入睡太快了，"她说，"都没有机会让你陪陪她。"

"她能休息好就行。"鲁珀特说。

这种低声的交谈让伊妮德想起了高中时，他们都升到了高年级，刚入学时的肆意戏弄也好，假意示好也罢，都已经过去了。最后一学年，鲁珀特都坐在她后面。两人常有些简短的对话，内容非常具体。你有橡皮吗？"连累"怎么写？第勒尼安海在哪里？通常都是伊妮德转过头去，不用看，而是感觉到鲁珀特在她旁边，然后开启对话。她确实要借橡皮，她确实要问答案，但同时她也想和他说话。她想补偿——她为过去和朋友们对他所做的而愧疚。道歉是没用的——那只会让他再次感到尴尬。他只有坐在她后面，知道她不会直视他的脸，才会感觉自在。如果两人在路上碰到，他一定会先望向别处，直到最后一刻，当她欢快地说"你好呀，鲁珀特"，他才小声嘟囔一句"你好"。她听见自己那曾经捉弄过他的声音传回耳边，她真想把它掐灭。

可当他把一只手指放到她肩上，轻点着她，想要获得她的注意，当他向前侧身，几乎要碰到或者其实已经碰到——她也不知道究竟有没有——她浓密又乱飞的头发，她感觉自己被原谅了。

她甚至很荣幸，终于恢复到了严肃认真的状态。

第勒尼安海到底在哪里？

她想知道现在的他还记不记得当初的哪怕一丁点细节？

她把报纸翻开。玛格丽特·杜鲁门去了英国，得到了皇室接见。国王的医生想要用维生素 E 来治疗他的伯格氏病。

她把头版递给鲁珀特。"我要玩上面的填字游戏，"她说，"我喜欢填字游戏——一天结束，它能让我放松。"

鲁珀特坐下来看报，她问他要不要喝杯茶。他自然说不用麻烦，她还是去给他泡了一杯，她知道乡下人的"不用麻烦"相当于要。

"是关于南美洲的题目，"她看着这期填字游戏说，"拉丁美洲。横排第一个是某种动听的……衣服。动听的衣服？衣服。好多字格呢。噢，噢，我猜到了。是合恩角！①"

"瞧瞧这些题目有多可笑吧。"她一边说着，一边起来倒茶。

他要是记得的话，会不会对她有意见？也许她最后一学年的那种随和友好，在他眼里也带着一股优越感，和前两年的嘲讽奚落没有半点区别？

她第一次在这个房子里见到他时，觉得他没怎么变。过去他是个高大结实的圆脸男孩，现在他是个高大壮实的圆脸男人。头发剪得很短，即便现在稀疏了点，从浅棕色变成了灰棕色，也看不出多大变化。过去脸红的地方，现在已经有了永久的晒伤。他

---

① 合恩角（Cape Horn）中的 cape 有披风的意思，horn 意为号。

现在的忧愁、脸上的烦恼或许也跟以前一样——想在世上拥有一席之地，有一个大家叫得出来的名字，做一个别人认可的人罢了。

她回想着两人坐在教室里的情景。那时教室很小——五年中学下来，不读书的、不操心的、不上进的学生都被淘汰了，只留下了这些成熟、老练、听话的学生继续学几何，学拉丁语。他们知道他们即将迎来怎样的人生吗？他们知道自己将会成为怎样的人吗？

她还记得那本《文艺复兴和宗教改革史》深绿色的软封面。书是二手的，或者转手超过十次——没人会买新书。里面写满了前主人的名字，有的已经是中年家庭主妇，有的成了镇上的小商贩。你没法想象他们还学过这些，在"南特敕令"底下划了线，边上用红墨水标注着"重点"。

南特敕令。这些毫无用处、远离生活的知识就这样装进了学生们的脑袋，伊妮德自己和鲁珀特的脑袋，伊妮德感到了一丝温柔和困惑。不是因为他们对自己有所期望却最终没能实现。不是这么回事。除了在自家农场干活儿，鲁珀特也想不出别的未来了。他家的农场很好，他又是家里唯一的儿子。她最后做的也正是她一直想做的。你没法说他们选择了错误的生活，或者做出了违心的选择，或者并不理解自己的选择。他们只是没想到时间会怎样流逝，而在这之中，失去的也许比得到的更多。

"'亚马逊的面包'，"她说，"'亚马逊的面包'？"

鲁珀特说："木薯（manioc）？"

伊妮德数了数,"七个字母,"她说,"七个。"

他道:"树薯(cassava)?"

"这样吗?有两个s?树薯。"

奎因太太的口味天天都在变。有时候她说想吃烤面包,配上香蕉再浇上牛奶。有一天她又说要吃坚果黄油曲奇。伊妮德就去准备这些吃的——反正孩子们也可以吃——等都端过来之后,她又看不得闻不得了。就连果冻,她都觉得有股受不了的味道。

有些天她讨厌一切声音,连电扇都不让开。还有些天她又要把收音机打开,她喜欢那些生日或纪念日点歌的节目,还有打电话让听众回答问题的节目。如果回答正确,可以赢得去尼亚加拉瀑布免费旅游的机会,或者一罐汽油、一大包食品杂货、一张电影票等。

"都是安排好的,"奎因太太说,"他们假装给随便一个人打过去——其实人就在隔壁,也早就知道答案。我以前认识电台的人,我知道内情。"

那些天她的脉搏跳得很急。她语速很快,声音很轻,气都快喘不过来了,问道:"你妈妈开的是什么车?"

"是辆褐红色的汽车。"伊妮德说。

"什么牌子?"奎因太太问。

伊妮德说她不知道,确实不知道。以前听她妈妈说过,后来忘了。

"她买的是新车吗?"

"是的,"伊妮德说,"不过已经买了三四年了。"

"她住在威伦斯夫妇隔壁的大石头房子里?"

是的,伊妮德说。

"有几间房?十六间?"

"没那么多。"

"威伦斯先生溺水后,你参加他的葬礼了吗?"

伊妮德说没有。"我不喜欢参加葬礼。"

"我本来要去的。我那个时候病得还不厉害。我本来想跟赫维一家人一起去的,他们答应开车载我,结果后来她妈妈和她妹妹也想去,后座就坐不下了。然后克莱夫和奥利芙开着卡车去了,我在前面也挤得下,可他们根本没问我。你觉得他是自杀吗?"

伊妮德想到威伦斯先生递给她一枝玫瑰的样子。他那可笑的殷勤让她牙都疼了,就像吃了太多糖一样。

"我不知道。可能不是吧。"

"他和他太太关系好吗?"

"据我所知非常好。"

"哦,是吗?"奎因太太说,故意模仿伊妮德审慎的腔调,"非——常好。"

伊妮德睡在奎因太太房间的沙发上。奎因太太皮肤上的刺痒已经基本消失,晚上也不常起夜了。大部分时间她可以睡个整觉,尽管奎因太太有时候呼吸很重,非常吃力,但让伊妮德中途醒来、难以入眠的是她自己的心事。她开始做一些可怖的梦。她

47

以前没做过这样的梦。她过去理解的噩梦是自己在陌生的房子里，房间变来变去，活儿怎么也做不完，以为做了的工作又发现没做，不断有事情让她分心。除此之外，她也有自认为浪漫的梦。在梦里，某个男人搂着她的腰，甚至把她抱在怀里。梦中的男人可能陌生，也可能认识——要真把他想成梦里那个样子还挺可笑的。这些梦有的让她思索，有的让她感伤，同时也让她欣慰——原来自己是有这些情感的。也许有些难为情，但跟她现在的梦相比，它们完全不值一提。在她现在的梦里，她会与不可能或者不应该的对象交欢，或者交欢被打断（因为人或场景的变化）。比如胖乎乎的小婴儿、缠着绷带的病人，或者她的母亲。在梦里，欲望让她变得油嘴滑舌、毫无诚意，她眼里只有欲望，会粗暴地、带着邪恶的实用主义态度去完成工作。"好，这样就行。"她对自己说，"没别的办法，就这样吧。"内心的冷酷、毫无感情的处置，只会让她的欲望愈发滋长。她大汗淋漓、精疲力竭地醒来，像一具尸体一样瘫着，内心毫无悔意。慢慢地，羞耻感、难以置信的感觉才涌上心头。皮肤上的汗水变得冰凉。她在温暖的夜里颤抖地躺着，感到恶心，感到耻辱。她不敢再睡了。她习惯了黑暗，习惯了透着微光的窗帘上印出的长方形格子，习惯了旁边病重的女人恼人的呼吸声如同咒骂一般，然后又慢慢消失。

她想，如果她是天主教徒，会在忏悔时坦白这种事情吗？感觉即便是私祷，她也说不出口。她已经很少祷告了，除非是正式场合。而且，把自己刚刚经历的事情说给上帝不但没用，还很不尊敬。上帝会被冒犯到的。她自己都觉得被自己的内心冒犯了。她的信仰是充满希望的、理智的，没有空间容纳这种被魔鬼侵入睡眠的低劣戏码。她的内心有污垢，但是没必要太当回事。对，这不算什么，不过是一点心里的垃圾罢了。

从这栋房子到河边有一小片草地，草地上有奶牛。她能听见它们夜里咀嚼和碰撞的声音。她想到它们巨大而温柔的身躯，在麝香、菊苣和开着花的草丛中走动。她想，它们的生活多好啊，这些奶牛。

可它们的结局呢，屠宰场。一场灾难。

不过，每个人不都是这样吗。恶魔在睡梦中攫住我们。等待我们的是病痛和衰老。动物性的恐惧，比你想到的还要可怕。舒服的床、奶牛的呼吸、夜晚天上的星星——一切顷刻之间都能覆灭。而她，伊妮德，在这里，在劳作中消耗着生命，还假装这个世界不是这样。想宽慰人。想做好人。她是仁慈的天使，她妈妈这样说，随着时间流逝，语气中的讽刺渐渐消失。病人和医生也这样说。

而一直以来，又有多少人觉得她就是个傻瓜？她工作过的人家，说不定私底下很瞧不起她。他们会想，这样的活儿，他们永远也不会干。千万别那么傻。千万别。

可怜的罪人，她心里想。可怜的罪人。

让认罪悔改的人重归上帝。

于是她起床开始干活儿。据她所知，这是忏悔最好的方法。她整晚都在安静沉稳地劳作，把碗柜里脏兮兮、黏糊糊的杯盘洗净,再把乱糟糟的碗柜收拾整齐。之前简直一团糟。茶杯放在番茄酱和芥末酱中间,厨房纸在一罐蜂蜜上面。架子上别说铺蜡纸了,连报纸都没铺一层。袋子里的红糖硬得跟石头一样。考虑到过去几个月这个家的状况,这些倒也可以理解,可看样子好像这里从来就没收拾过。所有纱帘都被烟熏灰了,窗框油腻腻的。瓶子里剩的果酱都长霉了。花瓶里的水闻起来一股恶臭,居然也没有人换。可房子依然是栋好房子,清洗刷漆之后还是有救的。

不过,前屋地板上随意新刷的那块难看的棕色涂料,还能怎么拯救呢?

下午晚些时候,当她空闲下来时,会帮鲁珀特妈妈的花坛除杂草。她把牛蒡和茅草挖掉,免得它们闷死那些坚韧的多年生植物。

她教孩子们好好拿勺子,做饭前祷告。

感谢主创造美好的世界,
感谢主赐予我们日用的饮食……

她教孩子们刷牙,刷完牙也要祷告。

"上帝保佑爸爸妈妈,保佑伊妮德,保佑姑姑奥利芙和姑父克莱夫,保佑伊丽莎白公主和玛格丽特公主。"然后她们还会加上对方的名字。坚持了一段时间之后,西尔维问:"这是什么意思呀?"

伊妮德说:"什么是什么意思?"

"'上帝保佑'是什么意思？"

伊妮德做了蛋奶酒，没加香草调味，用勺子喂给奎因太太喝。蛋奶酒很浓，她一点一点喂的话，奎因太太喝得下去。如果还是喝不下去，伊妮德就给她喂一杯温热又跑了气的姜汁汽水。

奎因太太现在特别讨厌日光，或者任何光，也不喜欢有声音。伊妮德只好把窗帘放下来，再额外遮一层床罩。按奎因太太的要求，风扇也关掉了，屋里闷热至极。伊妮德俯身照料病人的时候，汗珠就从额头上滚落。奎因太太却冷得发抖，总嫌不够暖和。

"还拖着呢，"医生说，"一定是你给她喝的奶昔，让她坚持到现在。"

"是蛋奶酒。"伊妮德说，好像这很重要似的。

奎因太太现在因为过于疲劳或者虚弱，很少说话。她有时候会陷入昏迷，呼吸很弱，脉搏也找不到，要是换了不如伊妮德经验丰富的人，该以为她死了。可有的时候她又精神不错，要求把收音机打开，然后又要求关上。有时她神志清楚，知道自己是谁，也知道伊妮德是谁，有时却用带着探究和疑惑的眼神望向伊妮德。她脸上早已没有血色，嘴唇也白了，可眼睛看起来却比以前更绿了——一种浑浊而阴郁的绿。伊妮德试图回应望向自己的这眼神。

"需不需要找位神父来？"

奎因太太一副唾弃的表情。

"我看着像爱尔兰佬吗？"她说。

"那找位牧师？"伊妮德说。她知道该问这件事，可是她问的心态不对——冷淡，甚至还带着恶意。

不，这不是奎因太太想要的。她不悦地哼了一声。她还有些精力，伊妮德感觉她是为了做些什么才攒着劲儿的。"你想见孩子们吗？"她问，尽可能让语气温柔，带着鼓励，"想和她们说话吗？"

不。

"想见你丈夫吗？你丈夫一会儿就会来的。"

伊妮德并不确定。鲁珀特有时回来得很晚，奎因太太已经吃完药入睡了。他便和伊妮德坐一会儿。他每天都给她带报纸。他问她在笔记本上写什么——他看见她有两个本子——然后她会告诉他，一个本子是给医生看的，记录有病人的血压、心率和体温，还有进食、呕吐、排便和服药情况，以及病人的整体状况。另一个本子是给她自己看的，内容大同小异，但是没那么精确，里面还会记录天气和每天发生的事，以及一些值得记住的事情。

"比如，有一天我记下了路易丝说的话。那天格林太太来了，路易丝和西尔维进来时，格林太太说路边的浆果丛长得很旺，都伸到路面上去了。路易丝说'就像《睡美人》里讲的那样'。因为我给她们读过这个故事，我就把这件事记下来了。"

鲁珀特说："我得去把那些多余的枝条砍了。"

伊妮德觉得他很高兴路易丝说了这样的话，也高兴她记下了这件事，他只是不好意思表达出来。

一天晚上，他告诉伊妮德，他得离开几天去参加拍卖会。他问过医生要不要紧，医生说尽管去。

那天晚上，奎因太太服下当天最后一剂药之前，鲁珀特就来了。伊妮德觉得他可能是想趁短暂离家之前来看看妻子。她让鲁珀特直接去奎因太太房里，他进去后把门关上了。伊妮德拿了报纸，准备去楼上读，又想到孩子们应该还没睡，肯定会找各种理由让她去她们的卧室。她可以去门口的沿廊，但是现在外面蚊子多，尤其下午还下了一场雨。

她怕听到两人私密的对话，或者是争吵，接着她撞见气呼呼出门的他。奎因太太正攒着劲儿大闹一场呢——这一点伊妮德很肯定。在她还没想好往哪里躲之前，她听到了一些声响。不是指责或亲热（如果还有可能的话），甚至不是她以为可能会有的哭泣，而是一阵笑声。她听见奎因太太病中虚弱的笑，那笑声中有伊妮德熟悉的讥讽和得意，也有她此生从未听过的——某种刻意营造的恶毒。她知道自己该走开，可她没有动，她就那么坐在桌旁，愣愣地望着房门。过了一会儿，鲁珀特出来了。他没有躲避伊妮德的目光——伊妮德也没有躲避他的。她做不到。可是她不确定鲁珀特有没有看见她。他只是朝她那边望了望，然后便出了门。他看起来就像是触到了一根电线，在乞求原谅——乞求谁的原谅呢？——原谅他竟让身体承受了这样的灾难。

第二天奎因太太的精力大大恢复，其中的反常和欺骗性伊妮德在其他人身上见过一两次。奎因太太想靠着枕头坐起来。她还让把风扇打开。

伊妮德说："这个想法不错。"

"我要告诉你一件你绝不会相信的事。"奎因太太说。

"我听过的事多了。"伊妮德说。

"自然。不过他们说的都是假的,"奎因太太说,"我敢肯定都是假的。你知不知道,威伦斯先生那时就在这个房间?"

三　错误

奎因太太坐在摇椅里,让威伦斯先生给她检查眼睛。威伦斯先生靠得很近,把仪器举到了她眼前。他们俩谁都没听到鲁珀特进来了——他本应该在河边砍树的,却偷偷溜了回来。他从厨房进来,没弄出一点声响——进来之前他已经看见威伦斯先生的车停在外面——然后他打开门,径直进了房间,看到威伦斯先生跪在那里,一只手把仪器拿到她眼前,另一只手扶着她的腿维持平衡。他抓住她的腿,就为了保持平衡,她的裙子撩了起来,一条腿露在外面。他进来的那一刹那,她什么也做不了,只能保持不动。

于是,鲁珀特就在两人都毫无察觉的情况下进了屋,然后纵身一跃扑到了威伦斯先生身上,犹如一道闪电。威伦斯先生还没来得及起身或转头,还没弄明白是怎么回事就倒在了地上。鲁珀特抓着他的头往地板上撞,一下又一下,她猛地跳起来,把椅子都踢倒了,还撞倒了威伦斯先生的工具箱,各种检查眼睛的器材掉了一地。或许是鲁珀特揍得太狠,或许是他撞到了炉子腿,她不知道。她想,接下来就轮到我了。可她又没法绕过他们跑出去。后来她发现鲁珀特并不打算追她。他喘着气,扶着椅子坐了下来。她跑到威伦斯先生身边,把他沉重的身子拖开,翻过来。他的眼睛半闭半睁,嘴里吐着沫儿。可是脸上并没有伤口或淤青——也许是还没有显现。他嘴里流出来的东西不像血,是粉色的。你要是想知道像什么,可以去看煮草莓酱时冒出来的泡泡。那种淡粉色。鲁珀特把他击倒后,这玩意儿糊满了他的脸。她把他翻过来的时候,他发出了一点动静。咕噜咕噜。就是这个声音。咕噜咕噜,然后他就像石头一样不动了。

鲁珀特从椅子上跳起来,弄得椅子晃个不停。他把仪器捡起来,放回到威伦斯先生的箱子里,按原来的样子摆好。时间就这样过去了。箱子是特制的,有红绒布内衬,每样仪器有固定的位置,如果没放对盖子就会盖不上。鲁珀特把这些仪器一一放好,盖上盖子,又一屁股坐到椅子上,开始捶自己的膝盖。

桌子上铺着块没什么用的布,是鲁珀特的父母北上去看迪翁五胞胎时买的纪念品。她把布扯下来,裹住威伦斯先生的头,抹去他脸上的粉泡沫,也免得她跟鲁珀特得一直看着他。

鲁珀特两只大手不停地拍打。她说,鲁珀特,我们得找个地方把他埋了。

鲁珀特看着她,好像在说,为什么?

她说,可以把他埋在地下室,那里是泥地。

"说得没错,"鲁珀特说,"那我们把他的车埋在哪里?"

她说可以放到谷仓里,用干草盖住。

他说谷仓那边人多眼杂。

55

然后她想到，把他扔到河里吧。让他坐在自己的车里，然后把车一起推到河里。她在脑海中想象着那幅画面。鲁珀特一开始什么也没说，于是她走进厨房，打了点水，把威伦斯先生擦干净，免得留下痕迹。他嘴里已经不吐沫儿了。她从他口袋里掏出车钥匙。透过裤子的口袋，她能感觉到他腿上的肉还是热的。

她对鲁珀特说，行动吧。

他接过钥匙。

他们把威伦斯先生抬起来，她抓着两只脚，鲁珀特拖着头，他几乎有一吨重。她抬着他的时候，他的一只鞋踢到了她两腿间。她想，真有你的，还想干这事呢，老色鬼。死了还能用一只脚跟她调情。其实她并没有让他真正得手过，但他总是抓住一切机会揩油。比如给她检查眼睛时用另一只手抓住她裙下的大腿，她阻止不了，偏偏鲁珀特进来看到了，搞错了状况。

出了房门，穿过厨房，走过门廊，下了台阶。没人看见。可是那天风很大，一出门，风就吹走了她裹在威伦斯先生头上的那块布。

从路上看不见他们家的院子，这算是件幸事。只能看见屋顶和楼上的窗户，看不见威伦斯先生的车。

鲁珀特想好了接下来的计划。把他带到日德兰，那里水深，路通向远处，可以伪装成威伦斯先生自己从大路上拐过来后找错了路。比如他想在日德兰的路上掉头，天太黑，稀里糊涂就开到水里去了。好像他只是犯了一个错误。

没错，威伦斯先生就是犯了一个错误。

问题在于，他们得把车从家门口的路上开出去，再开到日德兰的路口。好在那边无人居住，前面的路也不通，所以只要这半英里的路程不被人撞见就好。然后鲁珀特再把威伦斯先生挪到驾驶座，把车推下去，让所有的东西沉入池底。这个活儿不好干，不过鲁珀特毕竟是个有蛮力的男人。他要是力气不大，也不会走到这一步。

鲁珀特发动汽车的时候费了些周折，因为他没开过这种车。不过车还是发动了，他掉头，把车开到了路上，威伦斯先生就在他旁边颠来颠去。他把威伦斯先生的帽子给他戴上——帽子本来留在车内座椅上。

为什么进屋之前还把帽子摘下来？不仅仅是为了礼貌吧。这样他就能一把抓住她，吻她。如果那也能叫吻的话，一手拎着工具箱，一手往她身上摸，用流涎的老嘴吮吸她。吮吸啃咬她的唇舌，身体贴着她，箱子的一角从背后顶着她，撞。她毫无防备，他抓得又那么紧，她挣脱不掉。摸索，吮吸，流着口水，顶她，撞她，她感到疼痛。他是个龌龊的老畜生。

她去拿被吹到篱笆上的那块布。台阶上、门廊下、厨房里，她仔细检查有没有血迹或者脏乱，她发现所有的痕迹都在前屋，还有一些在她的鞋上。她刷洗了前屋的地板，又把鞋脱下来刷，还没刷完，就发现自己的胸前还有一块血渍。这是怎么弄上的？这时，外面声音传来，吓得她一动也不敢动。是车的声音，她不熟悉的车，正在往这边小路上来。

她从纱帘往外望去，没错，是一辆看起来很新的深绿色汽车。她胸前还有血渍，光着脚，地板也是湿的。她赶紧躲到窗外看不见的地方，但她想不到该藏在哪里。车停了，车门打开，但发动机没有熄火。她听见车门关上，汽车掉了个头，又开回路上。然后门廊传来路易丝和西尔维的声音。

原来是老师的男友的车。他每周五下午去接老师，今天正是周五。老师跟他说，不如把这两个小家伙捎回家吧，她们住得最远，天看起来快下雨了。

确实下了雨。鲁珀特沿着河岸往回走的时候，下雨了。她说，好事，这样你推车下去的痕迹就看不清了。他说他把鞋脱了，穿着袜子推的。看来你还有点脑子，她说。

她没有清洗那块布和她穿的上衣，而是直接把它们放进炉子里烧了。焚烧的气味很难闻，正是这气味让她生了病。这就是她最初的病因。还有油漆。她擦洗完地板之后，总觉得那块地方还是有痕迹，于是就拿鲁珀特刷台阶剩下的棕色油漆把整间房的地板全部刷了一遍。因为一直弓着腰，吸入太多油漆的味道，她开始呕吐。她的背疼也是从这里而起。

给地板上了漆之后，她就不再去那个房间。不过有一天她突然想到，最好再拿一块布铺到桌上。这样看起来正常一些。如果不放，大姑子肯定会过来四处打探，然后问，爸妈去看迪翁五胞胎时买回来的那块布怎么不见了？如果她重新铺一块上去，她就可以说，哦，我想换换风格。可是如果没有布，就不好解释了。

于是她找了一块布，布上还有鲁珀特妈妈绣的花篮。她把布拿进房间，她还能闻见那股气味。桌上放着那个深红色的工具箱，威伦斯先生的仪器还在里面，外面还有他的名字，一直摆在那里。她不记得自己把箱子放在那里了，也没见到鲁珀特放。她完全不记得了。

她拿着箱子，先是藏到这里，后来又藏到那里。究竟藏到了哪里，她没告诉任何人，也不打算说。她本来想把箱子砸碎的，可里面的东西怎么砸？检查用的东西。哦，太太，我可以为你检查眼睛吗，坐下就好，放松，一只眼闭上，另一只眼睁大点。好，再睁大。每次都是同一套把戏，她也不用怀疑接下来会发生什么。他把仪器拿出来检查她的眼睛，让她穿着内裤，这个老东西就一边喘着气一边把手伸进去。她一句话也不说，直到他停手，把仪器放回箱子里装好，这时她才说："哦，威伦斯先生，这次我该付你多少钱呢？"

有了这个信号，他就可以把她扑倒，像公山羊一样撞击她了。就在光秃秃的地板上，撞得她忽起忽落，把她碾成碎片。他的那儿像喷枪乱撞。

这个故事，你觉得怎么样？

然后就是报上的新闻。威伦斯先生溺水身亡。

他们说他的头撞到了方向盘。他们说他掉进水里的时候还活着。真好笑。

四　谎言

伊妮德一夜没睡——她压根没打算睡。她没法在奎因太太房里躺下。她在厨房坐了几个小时。对她来说，只是动一下，泡杯茶或者去厕所都很困难。只要一动，她努力平复和适应的种种讯息就会在脑子里再度混乱。她没有换睡衣，没解开头发，刷牙时她觉得在做一件吃力又陌生的事。月光从厨房的窗外照进来——她没有开灯——她看着那块光亮在地毯上一点点移动，然后消失不见。月光的消失让她如梦初醒，鸟儿开始鸣叫，新的一天到来了。夜晚那么漫长，又那么短暂，她没能做出任何决定。

她僵硬地站起身来，打开门，坐在晨光中的门廊下。只是这些动作又让她的脑子更乱了。她只好重新整理一遍，把事情分成两半。发生了什么——或者说她听来的这个故事——在一边，该怎么做在另一边。该怎么做——这是让她最头疼的部分。

房子和河岸之间的草地上，奶牛已经不在了。如果她愿意，她可以打开大门往那边走。她知道她应该回去看看奎因太太的状况。可她发现自己正在打开大门的门闩。

奶牛没有把草都吃完。剩下的草湿湿的，擦过她的袜子。那条路光秃秃的，河岸边种着高大的柳树，野葡萄藤缠在树上，就像猴子毛茸茸的胳膊。雾起来了，河水看不清楚。得仔细看才能看见一点水，毫无波澜，就像装在罐子里一样。水应该是流动的，但她看不出来。

这时，她看见有东西在动，不是水。是一条小船。一条普通的旧划艇，系在树上，随着水流轻轻起伏。发现这艘船后，她一直盯着它，仿佛它有话要对她说似的。它确实有。它温柔却决绝地说出了最后的结论。

你明白的。你明白的。

孩子们起床之后，发现她精神很好，洗了澡，披着头发，换了干净衣服。果冻已经做好，里面放了很多水果，准备给她们中午吃。她正在搅蛋奶糊，准备趁气温升高之前用烤箱烤成饼干。

"那条船是爸爸的吗？"她问，"河面上那条。"

路易丝说是的。"但是他不让我们上去玩，"接着她又说，"如果有你陪的话，我们就可以去玩了。"她们嗅到了空气中一丝例外的气息，仿佛节日的感觉，她们捕捉到伊妮德有一种难得的疲倦和兴奋。

"一会儿看吧。"伊妮德说。她想让今天成为对她们来说特别的一天，毕竟这天还会有另外一件大事——她差不多能够确定——她们的妈妈要死了。她希望在她们心中留下一些东西，不管接下来会发生什么，总有一丝希望在。这希望也是对她自己的，不管她将怎样影响她们的人生。

那天早上，奎因太太的脉搏几乎摸不到了，她也做不到睁眼或抬头。比前一天的状况差远了，但伊妮德并不惊讶。她早已想到，她突然精力充沛又滔滔不绝讲了那么多恶毒的话，应该是最后的时日了。她喂一勺水到奎因太太嘴边，奎因太太喝进去了一点。她发出了微弱的鼻音——无疑是她最后的抱怨。伊妮德没有叫医生，他本就计划今天晚些时候过来，估计下午那会儿就来了。

她摇了摇罐子里的肥皂水，然后弯了一根铁丝，又弯了一根，做成吹泡泡的工具。她教孩子们吹泡泡，气息要稳，吹的时候要小心，然后就会有一个亮晶晶的泡泡在铁丝圈上颤动，轻轻把它抖下来。她们在院子里追着吹泡泡，不停地吹着，防止它掉落，直到风把泡泡吹上树梢，碰到屋檐。这些泡泡之所以能存活下来，仿佛是因为正在空气中升腾着的赞叹的呼喊和欢乐的尖叫。伊妮德并不制止她们闹出动静，肥皂水用完后，她又做了一些。

医生打电话过来的时候，她正在安排孩子们吃午饭——果冻和一盘饼干，饼干上撒了彩糖，还有加了可可糖浆的牛奶。医生说有个孩子从树上摔下来了，他得耽搁一会儿，大概晚饭前才能到。伊妮德说："我想她可能不行了。"

"嗯，想办法让她走得舒服一点，"医生说，"这方面你很在行。"

伊妮德没有给格林太太打电话。她知道鲁珀特还没从拍卖会上回来，她想奎因太太但凡还有一点意识，也不想看见或听见她大姑子在房间里。大概她也不想见自己的孩子。至于孩子们，也没必要为了记住她去见这一面。

她已经不再费心去量奎因太太的血压和体温了——只是用湿布擦拭她的脸和胳膊，然后再喂她一点水喝，而她已经喝不下了。她还打开了奎因太太要求关闭的风扇。她身上散发出来的气味变了，失去了氨的锐利，变成了死亡惯常显现出的气息。

她出门坐在台阶上，脱了鞋袜，在阳光下伸出两条腿。孩子们过来缠着她，问她还带不带她们去河里，她们能不能坐船，要

62

是找到了桨，她能不能带她们划船。她知道不能走太远，不能把病人独自留在家里，不过她问两个孩子，想不想要一个游泳池？或者两个？她拿出两个洗衣桶，在草地上放好，用水泵灌满水。孩子们脱得只剩下内裤，在水里懒洋洋地躺着，扮成伊丽莎白公主和玛格丽特公主。

"你们觉得，"伊妮德坐在草地上，仰着头，闭着眼说道，"一个人做了很坏很坏的事，应该遭受惩罚吗？"

"应该，"路易丝立刻说，"应该被揍一顿。"

"谁做了坏事？"西尔维问。

"只是假设，"伊妮德说，"如果他做的事情很坏，可是没有人知道呢？他应不应该承认是自己做的，然后接受惩罚呢？"

西尔维说："他做了我就会知道。"

"你不知道，"路易丝说，"你怎么会知道？"

"我会看见。"

"你看不见。"

"你们知道我为什么觉得他应该受惩罚吗？"伊妮德说，"因为他心里一定会很内疚。即便没人看见，没人知道。如果你做了坏事，又没有被惩罚，你会更难受的，还不如接受惩罚好受一些。"

"路易丝偷了一把绿梳子。"西尔维说。

"我没有。"路易丝说。

"希望你们能记住这些话。"伊妮德说。

路易丝说："那梳子就在路边。"

63

伊妮德每半小时进一次病房,用湿毛巾给奎因太太擦手擦脸。她不同她讲话,也不碰她的手,只隔着毛巾替她擦拭。以往照料将死的病人时,她从未像这样分心。大约五点半时,她推开房门,意识到房里的人已经咽气了。她抽掉床单,奎因太太的头垂在床边,她没有记录下这个情景,也没有对任何人说。趁医生来之前,她把她的身体摆正,清洁干净,整理好床。孩子们还在院子里玩耍。

"七月五日。早上下了点雨。路和西在门口玩。风扇关了又开,抱怨有噪音。一次半杯蛋奶酒。血压升高,脉搏加快,没有说疼。雨停了,天还是很热。鲁晚上来了。制了干草。"

"七月六日。天很热,很闷。想开风扇,不同意。常用湿布擦拭。鲁晚上来了。明天开始割麦子。因天热和下雨,收割得提前一两周。"

"七月七日。持续酷热。蛋奶酒不喝了。用勺子喂姜汁汽水。极度虚弱。昨夜下了大雨,刮风。鲁割不了麦子,把谷物堆了起来。"

"七月八日,没喝蛋奶酒,喝的姜汁啤酒。上午吐了一次。神经紧张。鲁参加小牛拍卖会,要离开两天。医生说可以。"

"七月九日,非常激动。可怖的谈话。"

"七月十日,病人鲁珀特(珍妮特)·奎因太太于下午五点左右去世。死于尿毒症(肾小球肾炎)导致的心力衰竭。"

伊妮德从未在病人去世后留在人家家里参加葬礼。她觉得只要义务尽到，还是越早离开越好。她的在场只会让人想到病人去世前那一段沉闷、痛苦的经历，而葬礼应该是鲜花、蛋糕、友好的款待和庄重的仪式。

而且，一般都会有女性亲属过来接管家务，这让伊妮德的位置变得有点尴尬。

格林太太来的时候，负责殡葬事务的人还没来。鲁珀特还没回来。医生在厨房喝茶，跟伊妮德讲这边结束之后她可以接手的下一个病人。伊妮德有些迟疑，说她考虑休息一段时间。孩子们在楼上。她们已被告知她们的妈妈去了天国——这个消息让她们难得开心的一天到了头。

等医生走了，格林太太才露面。她站在窗边，看着他的车掉头、开走。然后她说："可能我不该这会儿说这件事，但我还是想说。我很高兴是现在发生，没有拖到夏天结束，学校开学。现在把她们接过去，还有时间让她们适应一下我家，早点接受转学。鲁珀特也得适应。"

这个时候，伊妮德才意识到格林太太想把孩子们接去和她一起生活，而不仅仅是过来料理一下后事。格林太太早就想搬走了，或许已经等待了一段时日。说不定她已布置好了孩子们的房间，也买好了给她们做衣服的料子。她家的房子很大，她自己没有孩子。

"你一定也很想回家了吧。"她对伊妮德说。只要家里还有别的女人在，她就好像有了竞争对手，而且她的弟弟可能也会觉得没必要把孩子们都送出去。"鲁珀特回来之后可以送你一程。"

伊妮德说不必了,她妈妈会过来接她。

"啊,我忘了你妈妈,"格林太太说,"她还有她那辆漂亮的小汽车。"

她高兴起来,打开橱柜开始检查玻璃杯和茶杯——看看是否干净,能不能在葬礼上用。

"这段时间真是麻烦你了呢。"她现在对伊妮德很放心,于是开始恭维她。

格林先生在外面的卡车里等着,他们家的狗"将军"也在车里。格林太太喊楼上的路易丝和西尔维,两人跑下来,用棕色的纸袋装着几件衣服。她们径直穿过厨房,把门在身后关上,看都没看伊妮德一眼。

"这个习惯一定得改过来。"格林太太说,她指的是把门关得太响。伊妮德听到孩子们大声跟将军打招呼,将军也激动地叫着回应。

两天后伊妮德独自一人开着她妈妈的车,又回到了这里。她是下午来的,葬礼早就结束了。外面没有别的车,说明来厨房帮忙的女人都回家了,人们把属于教堂的椅子、茶杯和大咖啡壶也带走了。草地上满是车辙印,还有被碾碎的花。

她现在得敲门了。得得到准许她才能进屋。

她听见鲁珀特沉重稳健的脚步声。他隔着纱门站在她面前,她和他打招呼,却没有看他的脸。他穿着工装衬衫,下面却配了条西装裤。他把门锁打开。

"我不知道家里有没有人,"伊妮德说,"我猜你可能还在谷仓那边。"

鲁珀特说:"他们都忙着干活儿呢。"

他说话时,她闻到他口中威士忌的味道。但他的声音里没有醉意。

"我以为你跟那些女人一样,回来拿落下的东西。"

伊妮德说:"我没落下东西。我只是想知道,孩子们怎么样了?"

"都挺好。她们在奥利芙家。"

看不出他到底准不准备请她进去。拦住他请她进门的其实是困惑,而不是敌意。她也没有预料到谈话的开头会这么尴尬。她只好望了望天空,免得去看他。

"能感觉到白天越来越短了,"她说,"虽然夏至才过去不到一个月。"

"没错。"鲁珀特说。他终于打开门,侧身让她进去。桌上放着一个茶杯,没有茶碟。她在桌子另一边坐下,和他面对面。她穿着深绿色的真丝双绉连衣裙,配了一双仿麂皮休闲鞋。穿这身衣服时她想,这可能是她最后一次打扮自己了,也是她穿的最后一件衣服。她梳了法式发辫,脸上还擦了粉。精心打扮也许很蠢,但对她来说很有必要。她已经连续三个晚上没睡觉了,每一分钟都醒着,什么也吃不下,就连在她妈妈面前装装样子都做不到。

"这次格外困难吗？"她妈妈问。她不愿讨论疾病或临终事宜，现在居然主动开口，可见伊妮德的憔悴多么显而易见。

"是因为很舍不得他们家的孩子吗？"她问，"那两个可怜的小猴子。"

伊妮德说，只是因为护理太久需要休息，而且照顾这种好转无望的病人，精神上的压力总归大些。回到家后，她白天闭门不出，晚上趁不会碰见人、不需要交谈的时候，才会出去散散步。她发现自己不知不觉走到了县监狱的高墙边。她知道这堵墙后面有一个小刑场，绞刑就在那里执行。不过已经弃置好多年了。现在如果要执行绞刑，会去大一点的中心监狱执行。已经很久没人犯那么重的罪了。

坐在鲁珀特对面，面对着奎因太太的房门，她几乎忘了要说的话，忘了原本的计划。她感觉到腿上的小包里相机的重量——这提醒了她。

"我有一件事想问你，"她说，"我想最好现在问，以后可能没机会了。"

鲁珀特说："什么事？"

"我知道你有一艘小船，我想请你划船带我到河中央，让我拍张照片。我想拍河岸，那里风景很美，有一排柳树。"

"行。"鲁珀特说，刻意没流露出惊讶，乡下人对外人的轻浮乃至粗鲁总是这样不动声色。

这就是她现在的身份——外人。

她的计划是，等他们到了河中央，就告诉他自己不会游泳。先问他觉得河水有多深——他肯定会说，下了这么多雨，起码有七八英尺深，甚至十英尺也有可能。然后告诉他，她不会游泳。她没说谎。她在沃利长大，小时候生活在湖边，每年夏天都会去沙滩上玩耍。她身体很好，擅长运动，可她就是怕水，哄骗、示范、激将，都没用——她就是不肯学游泳。

他完全可以一桨敲晕她，把她推到水里，让她自己沉下去。然后让船在水里飘着，自己游到岸边，换一身衣服，就说刚从谷仓过来，或者刚刚散步回来，看见她的车停在那里，可是人呢？即便能找到相机，也只会更容易解释。她划船去拍照，一不小心掉进了河里。

等他明白了自己的优势地位，她就会告诉他那个故事。她会问：这是真的吗？

如果不是真的，他一定会恨她这么问。如果是真的——难道她不是一直都这么认为的吗？——他更会恨她，恨得更危险。即便她立刻保证——并且真心这么想——她绝不说出去。

从始至终，她都会保持轻声细语。夏天的傍晚，声音在水上也会飘远。

我不会说出去，但是你得说。你没法带着这样的秘密生活。

你没法在这样的负担下生存于世。你承受不了这样的人生。

如果她进行到这一步，而他既没有否认，也没有把她推到河里，伊妮德就会知道她赢了这场赌局。还需要再多说些话，温柔而坚定地劝说，让他把船划到岸边。

也有可能他会变得无措,问,我该怎么办?她会一步步引导他,让他先划回去。

这是漫长而痛苦的旅程的第一步。她会指导他每一步怎样做,尽可能长久地陪在他身边。系好船,走到岸边。穿过草地。打开院门。她会走在他后面,或者前面,取决于他想要哪样。陪他穿过院子,走过门廊,来到厨房。

他们会互道再见,各上各的车。至于他往哪里开,就是他的事了。第二天,她不会打电话给警察局。她会等待,警察局会打给她,她会去监狱看他。每天她都会去监狱里坐着,陪他说话,或者按监狱允许的次数去。她还会给他写信。如果他被调到别的监狱,她就跟着去。即便一个月只能见他一次,她也会住在附近。在法庭上——是的,每一次开庭,她都会坐在他能看见的地方。

她觉得这种谋杀应该不会判死刑,因为它属于意外状况,是在冲动之下犯的罪。可那片阴影就在那里——当她感觉到她的奉献,她的这种近乎爱又超越爱的情感变得不那么纯粹时,那片阴影会警醒她冷静下来。

现在,计划开始了。她要他划船送她去河中央,以拍照为借口。她和鲁珀特都站了起来,她面对着病房的门——现在又变成了前厅的门——那扇门是关着的。

她说了一句蠢话。

"搭在窗户上的被子拿下来了吗?"

他一时不明白她在说什么。反应过来之后他说:"被子,对,奥利芙应该拿下来了。葬礼就是在那个房间里面办的。"

"我只是突然想到,一直晒太阳的话,会褪色的。"

他打开门,她绕过桌子,两人向房间里面望去。他说:"你可以进去,没关系。来吧。"

自然,床已经搬走了。家具都推到了墙边。中间是葬礼摆椅子的地方,现在已经空了。北边两扇窗户之间也空着——想必棺材曾经摆在那里。伊妮德过去用来放盆子、布、药棉、勺子和药的桌子被挪到了墙角,现在上面放着一束飞燕草。高高的窗户阳光正好。

伊妮德现在脑海里全是"谎言"二字,奎因太太在这间房里说了那么多话。谎言,我敢说全都是谎言。

一个人能编出那么具体、那么邪恶的故事吗?答案是能。病人的内心、将死之人的内心,可能堆满各种垃圾,还能把它们以最令人信服的方式组合起来。就连伊妮德自己,睡在那间房里的时候内心也充满了各种肮脏的想象。那样的谎言可能就潜伏在一个人内心的角落,像倒挂在洞穴里的蝙蝠,等待着黑暗的来临。你无法断言没人能编出那种谎言。瞧瞧梦有多繁复,一层又一层,你能记得的并讲出来的,只是从最外层刮下的一点碎屑罢了。

伊妮德四五岁的时候,有一次跟妈妈说,她在爸爸的办公室里,看见他坐在办公桌后面,腿上坐了个女人。直到现在,她都记得那女人戴了一顶有无数朵花、还饰有面纱的帽子(即便在当时这样的帽子也早就过时了),她的上衣或者连衣裙的扣子敞开着，一只乳房露了出来，乳房的尖尖消失在了她爸爸嘴里。她讲给妈妈听的时候言之凿凿，说都是她亲眼所见。她说："她的一个尖尖在爸爸嘴里。"她当时不知道那叫乳房，但她知道那东西是成对出现的。

她妈妈说："哎呀，伊妮德。你在说什么呢？尖尖是什么？"

"就像冰淇淋甜筒的尖尖。"伊妮德说。

她就是这么看见的，一点没错。她现在还能记起这幅画面。饼干色的甜筒，上面堆着小山丘一样的香草冰淇淋，挤在那女人胸前，另一头伸进了她爸爸的嘴里。

她妈妈做了一件意料之外的事。她解开衣服，掏出一个深色的东西，摊在手上。"这样的吗？"她问。

伊妮德说不是。"是一个冰淇淋甜筒。"她说。

"那这就是你做的梦，"她妈妈说，"梦有时候毫无道理可言。别告诉爸爸，这个梦太蠢了。"

伊妮德当时并不信妈妈的话，后来过了差不多一年，她发现这个解释可能没错，因为冰淇淋甜筒不可能那样出现在女人的胸上，也不可能那么大。等她再长大点，她明白那个帽子可能是从什么图画上看到的。

谎言。

她还没有问他，她还没开口。没有契机出现。只要不问，一切就是之前的样子。威伦斯先生依旧是自己开车栽进了日德兰湖，可能是故意的，也可能是不小心。大家也相信这一点。只要现在保持现状,这个房间、这栋房子和她的人生就会有另一种可能,和她过去几天正在经历的(或引以为豪的——随便你怎么说)生活完全不同的另一种可能。这种新的可能正慢慢向她靠近,她只需要保持安静,等着它到来。她只要沉默,在沉默中共谋,种种好处会就此诞生。对别人好,也对她自己好。

这是大多数人都明白的道理。那么简单,她居然用了那么久才明白。世界就是靠此让人活下来的。

她开始哭泣。不是因为悲伤,而是因为她找到了解脱,她过去不知道这才是她要找的。她看着鲁珀特的脸,看见他眼中布满了血丝,眼周一道道干纹,仿佛也刚哭过一般。

他说:"她这一生挺不幸的。"

伊妮德道了抱歉,去拿自己的手帕。手帕在小包里,包在桌子上。她有点羞愧,想到自己打扮得像模像样,却迎来这样戏剧性的转折。

"我不知道我在想什么,"她说,"穿这样的鞋根本没法走到河边。"

鲁珀特关上前厅的门。

"想去还是能去的,"他说,"好像有一双胶靴,你应该穿得上。"

但愿不是她的,伊妮德想。她的肯定小了。

鲁珀特走进厨房外面的工具间,打开工具间里的箱子。伊妮德从未见过箱子里面的样子。她一直以为里面放的是柴火,夏天显然不需要。鲁珀特找出好几只胶靴来,连雪靴都翻出来了,想凑出一对。

"这双看着不错,"他说,"可能是我妈妈的,也可能是我脚还没长大的时候穿的。"

他拿出一个看着像帐篷的东西,然后顺着一根破带子,揪出一个破书包。

"别管这些玩意儿。"他说着,把东西都塞了回去,没法穿的靴子扔在最上面。他把盖子放下,然后叹了口气,听起来是那么悲伤又庄重。

这样的一栋房子,一家人住了那么多年,过去几年又没人收拾,自然有很多箱子、柜子、架子,以及边边角角的储物空间等着伊妮德去收拾,有的要留下并贴上标签,有的要修好等着备用,还有的要装箱扔掉。要是有机会,她肯定要大干一场。她要让这个家里没有秘密,所有的秩序都向她臣服。

他把靴子放到她面前,她弓身解开鞋带。她闻到掩盖在酒精之下他那苦涩的呼吸,那是一夜未眠后又操劳一整天的呼吸;她闻到了一个辛劳工作的男人被汗水浸湿的皮肤,不管怎么洗——以他的洗法——都没法彻底消除。人体的气味——即便是精液——她并不陌生,可是这样一个不由她控制、不用她照顾的男人的气味,仿佛带有一种新鲜而激进的意味。

她喜欢这种意味。

"试试看能不能走。"他说。

能走。她走在他前面,来到了栅栏门边。他越过她的肩头,俯下身替她把门推开。他闩门的时候,她等在旁边,然后侧身让他走在前面,因为他从工具间拿了一把小斧子开路。

"本来是指望奶牛把草吃矮一点的,"他说,"但有的草牛不吃。"

她说:"这里我只来过一次。是一天清晨。"

当初她在心里构建的那幅绝望的图景,现在看来实在是幼稚。

鲁珀特继续砍着长势凶猛的蓟草。太阳在前面的树丛中投下斜斜的、灰蒙蒙的光线。有的地方空气清明,但有时你会突然走入小飞虫的领地。那些小虫子也不比灰尘大多少,飞个不停,却始终能聚在一起,宛如立柱或云朵。它们是怎么做到的?为什么选择这里,而不是那里?一定是跟捕食有关吧。可既然要捕食,为什么还要闹出这么大动静。

她和鲁珀特走到夏天的树叶下时,已经是傍晚了,天几乎黑了。你得仔细看路,才不会踩到冒出地面的树根,或者撞到垂下来的藤蔓,它们很硬。透过黝黑的树枝,你会看到水面的亮光。在对面的河岸附近,河水泛着光,树木在暮色中呈现出一片光辉。而在这一边——他们正穿过柳树往岸边去——河水是清澈的茶色。

小船就等在那里,在阴影中,和以前一样。

"桨被我藏起来了。"鲁珀特说。他走进柳树丛去找船桨。有一会儿她看不见他了。她往水边走了走,结果靴子微微陷进泥里,一时无法前行。如果仔细听,她能听见鲁珀特在树丛间的动作。可如果专注地看着那条小船,看着它轻微而隐秘的波动,她又感觉到仿佛周围都变得悄然无声了。

雅加达

一

凯丝和索尼耶在沙滩上有一块自己的地方,就在几根大圆木后面。她们选这里,不仅为了躲避偶尔的刺骨海风——她们把凯丝的小宝宝也带来了——更是不想被那群天天来沙滩的女人看见。她们管这群女人叫莫妮卡帮。

莫妮卡帮每人都带小孩,少的两个,多的四个。所有人都听那个叫莫妮卡的,她头一次看见凯丝和索尼耶,就过来打了招呼,邀请她们加入自己的阵营。

两人一左一右拎着婴儿提篮,跟在莫妮卡后面。她们还有别的选择吗?不过自那以后,她们就躲在大圆木后面。

莫妮卡帮的装备有沙滩阳伞、毛巾、尿布包、野餐篮、充气阀、充气鲸鱼、小玩具、防晒霜、备用衣物、遮阳帽、用保温杯装的咖啡、纸杯和盘子,以及用保温冷藏桶装的自制果汁冰棒。

她们可能是怀孕了，也可能是长得太胖，身材走了样。她们费劲儿地走到水边，大声喊着自己的孩子的名字，孩子们有的骑在木头上，有的在充气鲸鱼上，或是正从充气鲸鱼上摔下来。

"你的帽子呢？球呢？你玩了这么久，下来让桑迪玩一会儿。"

就算是聊天，她们也得提高音量，才能盖过孩子们的叫闹和哭号。

"伍德沃德商店绞好的牛腿肉就和碎牛肉一样便宜。"

"我用过氧化锌软膏，没什么效果。"

"现在他的大腿根上又有脓肿。"

"不能用发酵粉，要用小苏打。"

这些女人比凯丝和索尼耶大不了多少。但她们已经进入了让凯丝和索尼耶害怕的年纪。她们把整个沙滩变成了一个舞台。生活的重担、接连出生的孩子、母职的责任和权威，足以让明亮的海水、长着红边杨梅树的完美小海湾和高耸的岩石上蜿蜒生长的雪松都黯然失色。这种威胁对凯丝尤其迫近，因为她已经是一个孩子的妈妈了。她给孩子喂奶的时候会读书，有时候也会抽烟，这样就不至于只剩动物性。她喂母乳是为了促进收缩子宫，让小腹平坦，而不单是为了给那个孩子——诺埃尔——提供来自母体的抗体。

凯丝和索尼耶也用保温杯带了咖啡，还带了好多毛巾，好给诺埃尔搭个挡风的小棚子。她们还带了烟和书。索尼耶带了一本霍华德·法斯特[1]的书。她丈夫说，要是想看小说，就应该看

---

[1] 霍华德·法斯特（Howard Fast，1914—2003），美国作家，代表作品有《斯巴达克斯》等，曾加入美国共产党。

霍华德·法斯特。凯丝看的是曼斯菲尔德①和劳伦斯的短篇小说。索尼耶养成了一个习惯，她喜欢把自己的书放一边，随便捡凯丝没在看的书来看。她规定自己每次只能看一个短篇，看完就继续看霍华德·法斯特。

饿了的话，她们中的一个会爬上长长的木梯。在松树和雪松下的岩石上，曾经的度假屋环绕着海湾。狮门大桥建成以前，住在温哥华的人喜欢乘船渡海来此处度假。有的度假屋——比如凯丝和索尼耶现在住的——装修比较老旧，租金也便宜。还有的，比如莫妮卡住的，条件好一些。没人打算在这里长住，所有人都想有一栋正经的房子。只有索尼耶和她丈夫的计划似乎比别人的都要神秘。

一条半圆形土路把这些房子连在一起，路的两端连接着滨海大道。圆弧内长满了高大的乔木、美洲大树莓和各种蕨类植物，里面小道纵横，可以抄近道去滨海大道的商店。凯丝和索尼耶会买外带的薯条当午餐。通常由凯丝跑腿，因为她喜欢在树林里漫步——推着婴儿车时她就享受不了这个过程了。

她最开始来这里住的时候，诺埃尔还没出生，她几乎每天都会在树林里散步，从没想过这是多大的自由。有一天她遇见了索尼耶。来这边之前，她俩都在温哥华公共图书馆工作过一段时间，不过是在不同部门，也从未说过话。凯丝怀孕六个月的时候按规定辞了职，以免让读者觉得孕妇看着不雅。而索尼耶离开则

---

① 凯瑟琳·曼斯菲尔德（Katherine Mansfield, 1888—1923），新西兰著名短篇小说作家，代表作品有《花园酒会》《幸福》等。

是因为一桩丑闻。

或者说,因为报纸上的一则报道。索尼耶的丈夫科塔是一名记者,在一家凯丝没有听过的杂志供职。他去了一趟"红色中国",被报纸指责为左翼作家。索尼耶的照片就在他旁边,报纸还写明了她在图书馆工作。于是有人担心她会利用职务之便宣传共产主义书籍,影响去图书馆的儿童,诱导他们当共产党。没人说她真这么做过——只是担心存在这种可能。也没有法律说不能从加拿大出境去中国。不过科塔和索尼耶又恰好都是美国人,这使得他们的行为愈发可疑,让人觉得是有所企图。

"我知道那个女孩,"凯丝看到报纸上的照片后,对丈夫肯特说,"我见过她,她总是一副有点害羞的模样,出了这样的事,她肯定不好受。"

"她才不会,"肯特说,"这种人最喜欢摆出一副受迫害的样子,他们就靠这个活着。"

据报道,图书馆馆长指出,索尼耶的工作不涉及选书,也不接触青少年——她大部分时间都在录入图书目录。

"真好笑。"两人认识之后,索尼耶对凯丝说。她们一路聊了半个多小时。好笑的地方在于,她根本不会打字。

她没有被解雇,而是主动辞职了。她想着离开也行,反正她和丈夫的生活本来也有一些变动。

凯丝猜测变动之一可能是孩子。在她看来,从学校毕业之后,生活就像一场场考试,等着你去通过。第一个考试是结婚。如果二十五岁还没通过,那怎么看都是不及格了。(每次她用"肯特·梅伯里夫人"签名时,内心便感到一阵宽慰和欢欣。)接下来就该考虑生第一个孩子了。婚后一年怀孕是个不错的主意。等两年未免太谨慎。要是三年还没怀上,人们就该有想法了。再过一段时间,就该考虑生第二个孩子了。再往后,生活的前景就会变得暗淡,你会难以确定到底有没有抵达自己本来想去的地方。

以索尼耶的性格,她不会告诉朋友她在备孕,更不会讲她备孕了多久,尝试了哪些方法。她从不会这样提起性,或者月经,或者她身体的任何状况——尽管她认识凯丝后没多久,就讲了大多数人看来更难说出口的事情。她体态优雅端庄——她从小就想跳芭蕾,后来长得太高,只得放弃。她心中一直有遗憾,后来遇见科塔,科塔说:"呵,又一个想要成为濒死天鹅的布尔乔亚女孩。"她的脸很宽,面容沉静、肤色粉嫩——她从不化妆,科塔反对化妆——浓密的金发扎成一个蓬松的发髻。凯丝觉得她很美——看上去纯洁而聪慧。

两人在沙滩上吃着薯条,讨论书里读到的人物。为什么没有女人喜欢斯坦利·伯耐尔?他哪里不好吗?他那么年轻,爱得冲动,热衷美食,自鸣得意。而乔纳森·特劳特——啊,斯坦利的妻子琳达应该嫁给乔纳森的,斯坦利在水里弄得水花四溅时,乔纳森从旁边优雅划过。"你好呀,我的桃花仙子。"乔纳森用温柔的男低音说道。他的声音里有讽刺,敏感而疲惫。"人生苦短,人生苦短哪。"他说着。斯坦利的架子绷不住了,他的世界坍塌了。

凯丝感到困扰。她不能提,也不敢想。肯特是不是有点像斯坦利?

有一天她们吵了一架。出乎意料的是，吵架的原因竟是劳伦斯的一则短篇小说，名字叫《狐》。

故事的结尾，一对恋人——一个士兵和一个叫玛奇的女人——坐在海边的悬崖上，眺望大西洋，望向他们未来在加拿大的家。他们准备离开英国，开始全新的生活。他们彼此相爱，却并不幸福。他们还没有找到人生的幸福。

士兵知道，他们没法真正获得幸福，除非女人以一种前所未有的方式把自己的生命完全交付于他。玛奇还在挣扎，试图独立于他。她要坚持自己身为女人的灵魂、身为女人的心智，这种坚持让两人都痛苦不堪。她必须得停下——停止思考、杜绝欲望，让自己的意志屈服于这个男人，如水下飘摇的芦苇。往下看，往下看——芦苇如何在水波下飘摇，明明活着，却从不冒出水面。她作为女人的天性就是这样屈从于这个男人的天性的。只有这样她才会幸福，而他会变得强大且满足。只有这样，他们才会获得真正的结合。

凯丝说她觉得这很蠢。

然后她开始陈述她的观点。"他谈到了性，对吧？"

"不光是性，"索尼耶说，"还有全部的生活。"

"是的。但主要是性。有性就会怀孕。我指的是按照正常的顺序。于是玛奇会有孩子。八成还不止一个。那么她就得照顾孩子。你怎么可能一边照顾孩子，一边让自己的意志在水中起伏？"

"你理解得太生硬了。"索尼耶的语气中略带优越感。

"人要么能思考能判断，要么不能。"凯丝说，"比如——你的宝宝伸手去抓剃须刀的刀片,你怎么办?你难道说,哦,我就在这儿飘着吧,等我丈夫回来,他会拿主意的,他的主意就是我们的主意,到时候我们就知道能不能让宝宝碰刀片了。"

索尼耶说:"这就有点钻牛角尖了。"

两人的语气都强硬起来。凯丝轻快而鄙夷,索尼耶严肃而固执。

"劳伦斯不想要孩子,"凯丝说,"他对弗里达和前夫的三个孩子耿耿于怀。"

索尼耶低头看着自己的膝盖,让沙子从指缝中落下。

"我只是觉得这样会很美好,"她说,"如果一个女人能做到的话,会很美好。"

凯丝知道有什么地方不对。是她自己偏颇了。她为什么这么激动呢?她为什么开始谈论生孩子,养孩子了呢?就因为她有孩子而索尼耶没有?她故意提起劳伦斯和弗里达,难道是因为她觉得科塔和索尼耶的关系也是如此?

当你搬出孩子当论据,说女人没法不照顾孩子,你就立于不败之地了。而凯丝之所以扯上孩子,则是为了掩饰。她受不了关于芦苇和水的说法,她不知该怎么抗议,只是觉得憋闷、窒息。她想的其实是她自己,不是什么孩子。她正是劳伦斯所批判的那种女人。可她却不能直接说出来,因为这样会让索尼耶怀疑——甚至会让凯丝自己也怀疑——她的生活存在着某种缺陷。

在另一次令人警醒的对话中,索尼耶曾说过:"我的幸福系于科塔。"

我的幸福系于科塔。

这个宣告让凯丝震惊。她绝不会把这样的话安在肯特身上。她不希望自己变成这样。

可她也不想让索尼耶觉得她是个没有爱的女人。一个没有为爱奉献过，也没有被爱献祭过的女人。

二

肯特记得科塔和索尼耶新搬去的那个在俄勒冈州的镇子的名字。或者说，索尼耶在夏末搬去的那个镇子。她去那边照顾科塔的母亲，科塔则受邀前往远东进行采访考察。科塔结束中国之行后，返回美国总会遇到一些问题，可能是确有其事，也可能只是想多了。总之他和索尼耶打算他下次回来时，两人在加拿大会面，可能把他母亲也带去。

索尼耶现在应该已经不住在那里了。科塔的母亲可能也不在。肯特说不值得专门为此停留，可德博拉说，去呗，去看看她们在不在不也挺有趣！他们在邮局问到了详细地址。

肯特和德博拉驱车穿过沙丘，驶出小镇——车程很长，也很悠闲，一般是德博拉开车。他们看望了肯特的女儿诺埃尔，她住在多伦多；还去看了肯特和第二任妻子帕特生的两个儿子——一个在蒙特利尔，另一个在马里兰。他们在亚利桑那的一个封闭式社区里同肯特和帕特的几位老友待了几日，又在圣塔芭芭拉的德博拉父母家——和肯特差不多年纪——住了一段时间。现在他们正前往西海岸,回温哥华的家。为了不累坏肯特,每天的行程设计得很悠闲。

沙丘上长满了草,看上去就像普通的山丘。裸露的砂质路肩暴露了真实的沙丘,也让风景生出些许趣味。就像是孩子搭出来的,只是体积大了几倍。

路的尽头就是他们要找的那所房子。错不了。房子外面还挂了牌子——太平洋舞蹈学校。下面写着索尼耶的名字和"待售"字样。一位老妇人正在花园修剪灌木丛。

看来科塔的母亲还在世。可是肯特记得科塔的母亲失明了,所以科塔父亲死后,才需要有人来照顾她。

她要是看不见,拿剪刀干什么?

他搞错了,他忘了已经过去了多少年——几十年了。要是科塔的母亲还活着,现在该成个老古董了。他忘了现在索尼耶该有多老,他自己又有多老。那个老妇人就是索尼耶,一开始她也没认出来他来。她弯腰把剪刀插在地上,又在牛仔裤上擦了擦手。他的关节似乎能感受到她僵硬的动作。她蓬松的白发被从沙丘那边吹来的轻柔微风撩动。曾经骨架上紧实的肌肉如今掉了不少。她的胸部一向很平,但腰身从未这么细过。一个厚背宽脸的北欧姑娘。不过她的名字并非源于北欧传统——他记得她讲过,她叫索尼耶是因为她妈妈喜欢索尼娅·海妮的电影。她自己把索尼娅改成了索尼耶,以示对她妈妈如此轻率的不屑。那时他们都曾为了这样那样的原因鄙视过自己的父母。

强烈的阳光下,他看不清她的脸。但是他看见了几个发亮的银白斑点，可能是切除过皮肤癌的地方。

"嘿，肯特，"她说，"真稀奇呀，我还以为是有人要来买我的房子呢。这位是诺埃尔吗？"

看来她也认错了人。

德博拉比诺埃尔要小一岁。不过看上去并没有小妻子的那种感觉。肯特做完第一次手术后遇见了她。她是理疗师，未婚，而他丧偶。她性格沉静，不追逐时尚，头发在脑后低低地扎成辫子。是她建议他练瑜伽，带他做康复训练，现在又让他吃维生素和人参。她说话圆融，从不打探，以至于显得有些淡漠。或许她这一代的女人早就默认了人人心里都装着一段关于故人不可言说的历史吧。

索尼耶把他们请进屋。德博拉说他俩聊就好——她想去找一家健康食品商店（索尼耶给她指了方向），然后去沙滩上走走。

肯特一进房子，就感觉冷飕飕的，艳阳高照的夏天，太平洋西北部的房子却没有看上去那么暖和——一旦没有阳光直射，立刻就会感觉湿冷。雾气和寒冷的冬雨大概已经侵入这房子很久了，毫无离开的迹象。这是一间巨大的木质平房，有长廊和天窗，摇摇欲坠的，不过并不简陋。肯特现在住的西温哥华过去有很多这样的房子，不过现在大多都被当作待拆房屋卖掉了。

进了门，两间打通了的客厅很空旷，当中只立着一架钢琴。地板中间磨得灰蒙蒙的，角落则因为打蜡而变得漆黑。一面墙上装着栏杆，对面是一面灰扑扑的镜子，镜子里他看见两个瘦弱的白发人影。索尼耶说她想把房子卖掉——嗯，他看见外面挂的牌子了——这个房间原本是舞蹈室,她想,那就保留原样吧。

"要是有人买了,再装修一下,还是过得去的。"她说。她说这家舞蹈学校大概是一九六〇年办的,在她们得知科塔的死讯后没多久。科塔的母亲——迪莉娅——负责弹钢琴。她一直弹到九十多岁,直到实在神志不清。("抱歉,"索尼耶说,"但你确实得接受现实。")索尼耶只好把她送到养老院,每天给她送饭,尽管迪莉娅已经认不出她了。她新雇了人弹琴,但不太顺利。她自己的身体也越来越差,教学的时候也渐渐演示不动了,只能口述。于是她决定就此放弃。

她过去比较矜持,不会把这些和盘托出,那时的她在他眼中不太友好。现在的她却忙进忙出,滔滔不绝,一看就是孤单太久了。

"刚开始办的时候很顺利,小女孩对跳芭蕾都很激动,后来芭蕾变得过时了,你知道的,它太正式了。不过也不算太差。到了八十年代,年轻夫妻搬到这边来,他们好像都很有钱,也不知道怎么赚的。那时或许可以把舞蹈学校办得好一点的,但是我没有心力了。"

她说,可能是她婆婆死后,那种心气、欲望就不在了。

"我们是最好的朋友,"她说,"一直都是。"

厨房也很大,橱柜和各种小家电根本放不满。地板铺着灰黑两色瓷砖——也可能是黑白两色,弄脏了就变成了灰色。他们穿过一条过道,墙边是直顶天花板的书架,书架上堆满了书、旧杂志,可能还有报纸。一股旧纸的气味。地板上铺着麻席,一直延伸到一个侧廊，他终于有机会坐下来了。这里的藤椅和沙发算得上真正的老物件了，如果不是快散架了，说不定能卖个好价钱。竹制百叶窗也破旧不堪，有的整个卷起，有的放下一半；窗外灌木疯长，已经抵到了窗户。肯特叫不出植物的名字。但他知道这些灌木通常种在沙质土壤中。它们的叶片硬而发亮——绿得像是在油里浸过一样。

他们经过厨房的时候，索尼耶把水烧上了，准备泡茶。现在她找了把椅子，看样子也很高兴终于能坐下了。她伸出指节粗大的脏手。

"我马上去洗干净，"她说，"刚才没有问你喝不喝茶，我也可以泡咖啡。或者你愿意的话，干脆把这俩都省了，直接来杯杜松子酒。要不就这么办吧！我觉得是个好主意。"

电话响了。老式的铃声又响又难听。听着像在旁边的厅里，但索尼耶跑去了厨房。

她在电话里聊了一会儿，中间还停了一下，因为水烧好了。他听见她说"家里来客人了"，希望不是有人要看房，被她推掉了。她语气有点紧张，让他觉得这不是朋友间闲聊的电话，内容可能跟钱有关。他尽量不去多听。

厅里堆着的书报让他想起了索尼耶和科塔在沙滩上的那所房子。其实不只书报，整个房子疏于打理、不够宜居的感觉都让他想起那里。那所房子的客厅靠一侧的石壁炉取暖，可火在烧——那是他唯一一次去那里——陈年的灰烬依然从里面飘出，还有橘子皮和一些垃圾。那里也有书和小册子，到处都是。没有沙发，只有一张简易床——把脚放地上，背就没地方靠，往后靠墙坐着，就得把脚收上来蜷着。凯丝和索尼耶就是这么坐的。她们几乎没有参与谈话。肯特坐在椅子上，他把椅子上那本无聊的书搁到一边去了，封面上写着法国内战。是现在称之为法国大革命的那场战争吗？他想。然后他瞥见作者的名字，卡尔·马克思。即便没看到这本书，他也感觉到了房间里不友好的、审判的气息。就像你身处一间满是福音书和宗教画——耶稣骑驴、耶稣在加利利海——的房间时感受到的那种审判的意味。不光是那些书报，还有乱糟糟的壁炉、图案磨花了的地毯和粗麻布窗帘。肯特的衬衫和领带搭错了。他之所以这么认为，是因为凯丝望过来的眼神。不过既然这么穿了，也不好去换掉。她穿的是他的一件旧衬衫，牛仔裤外面系着一串别针。他本来觉得穿成这样出去吃饭未免邋遢，后来又想她可能也没别的衣服可穿了。

那是在诺埃尔出生之前。

科塔在做饭。做的是咖喱，尝了才发现味道还不错。他们喝了啤酒。科塔三十多岁了，年纪比索尼耶、凯丝和肯特都大。高个儿、窄肩，前额光秃秃的，发际线很高，留着稀疏的鬓角。说起话来语速快、声音低，神神秘秘的。

当时还有一对年长的夫妻。女人胸部下垂，灰白的头发盘在脑后；男人身材矮小，衣服很脏，可是举止中却透着一股利落，他说话清晰，毫不拖泥带水，喜欢把双手侧立起来，指尖相合。还有一个年轻人，红头发，肿眼泡，眼睛水汪汪的，脸上还有雀斑。他是个学生，靠开卡车运报纸维持生计，报童从他这儿拿报纸。显然他刚开始干这个活儿,那个年长的男人认识他,笑话他送的报纸。资产阶级的工具,精英阶层的喉舌。

即便是半开玩笑,肯特也放在了心上。他想,不如趁现在加入讨论。他说他不觉得报纸有什么不对。

他们等的就是这样的发言。年长的男人已经打听到肯特是药剂师,在一家连锁药店工作。年轻人问:"你属于管理层吗?"他说话的方式暗示着在他们看来这是个笑话,但肯特听不出来。肯特说希望算吧。

咖喱端上来了,他们吃着咖喱,喝着啤酒,壁炉里的火烧得更旺了,春日的天空暗了下来,巴拉德湾上空温哥华灰角的灯亮了。肯特决定自己扛起捍卫资本主义的重任,朝鲜战争、核武器、国务卿杜勒斯,以及罗森伯格夫妇的处决——不管对方抛出什么,他都要应战。他说美国公司诱导非洲妇女放弃母乳购买配方奶粉是无稽之谈,加拿大皇家骑警更不可能粗暴对待印第安人,他尤其对科塔电话被监听的说法嗤之以鼻。他引用《时代》杂志上的评论并公然承认这一点。

年轻人拍着膝盖,脑袋左右摇晃,发出难以置信的笑声。

"我不相信他会这么想。你们相信吗?反正我不相信。"

科塔不断挑起争论,同时又竭力控制情绪,因为他觉得自己是个讲道理的人。年长的男人故作高深地转移话题,胸部下垂的女人阴阳怪气地插话。

"当局一冒出个脑袋尖儿,你就迫不及待地替它辩护?"

肯特不知道答案。他不知道是什么驱使着他。他甚至压根就没把这帮人当回事,没把他们看作敌人。他们徘徊在现实生活的边缘,高谈阔论,以为自己举足轻重,其实与其他的狂热分子无异。和肯特的同事相比,他们完全不可靠。在肯特的工作中,犯错导致恶果,犯错就得负责,哪有时间琢磨连锁药店正不正当,或是怀疑制药公司有没有坑蒙拐骗。这就是他每天出门要面对的现实,他为自己和凯丝扛起的未来。他接受了这种命运,并以此为傲,他才不会向一屋子只会抱怨的家伙道歉。

"不管你们怎么说,生活在一天天变好,"他对他们讲,"但凡睁开眼睛瞧瞧就能发现。"

他现在依旧认同年轻时的自己。他或许有点无礼,但并没有做错什么。他不明白那个房子里为什么怒气冲冲,怨恨深重,他不明白原因究竟何在。

索尼耶挂了电话。她从厨房朝他喊:"我决定不泡茶了,还是直接来点酒吧。"

她把杜松子酒端来时,肯特问她科塔去世多久了,她说有三十多年了。他倒吸一口气,摇了摇头。这么久吗?

"他染上了一种热带病菌,死得很快,"索尼耶说,"那时他在雅加达。我还没有接到他生病的消息,他就下葬了。雅加达过去叫巴达维亚,你知道吗?"

肯特说:"有点印象。"

"我还记得你们的家,"她说,"你们把一进门的门廊当作起居室,从门口一直延伸过来,跟我们家一样。百叶窗是用遮阳棚的材料做的,上面有绿色和棕色的条纹。凯丝喜欢光线透过来,她说像热带雨林一样。你称之为荣光小屋。你每回都要提。荣光小屋。"

"房子靠插在混凝土里的柱子支撑着,"肯特说,"柱子都快腐烂了,房子竟然还没倒。"

"你和凯丝那时总出去看房子,"索尼耶说,"你下班之后,就把诺埃尔放在婴儿车里,去各个建房土地上看。所有的新房你们都看过了。你知道那会儿的建房土地都什么样。没有人行道,因为大家都不走路了,所有的树都砍了,房子一栋挨着一栋,透过窗户可以彼此对望。"

肯特说:"不这样的话,谁买得起呢?"

"我知道,我知道。你还问'你喜欢哪个?'凯丝每次都不答。后来你生气了,问她到底喜欢什么房子,哪里的房子,于是她说'荣光小屋'。"

肯特不记得这事了。不过他想可能是这么回事。起码凯丝是这么给索尼耶讲的。

三

科塔和索尼耶办了一场告别聚会,科塔要去菲律宾或者印度尼西亚之类的地方了,索尼耶则去俄勒冈州照顾他母亲。住在海滩的人都被邀请了——因为聚会要露天举办,也只有这样比较合适。受邀的还有夫妻俩搬到海滩之前和他们合住过的几个人,科塔认识的几位记者,以及索尼耶在图书馆的同事。

"大家都来了。"凯丝说。肯特戏谑地问:"来了不少共产党吧?"凯丝说她不知道,反正所有人都请了。

那位真正的莫妮卡专门雇了一位保姆,所有孩子都送到她家,费用由各家父母均摊。天色渐暗的时候凯丝把诺埃尔送过去了。她告诉保姆午夜之前她来接孩子,那时诺埃尔可能会醒,要喂点奶。她本可以把家里准备好的奶多带一些过来的,但是她没带。她都不确定这场聚会会怎样,还想着找机会溜掉呢。

那顿在索尼耶家吃的晚饭,肯特和所有人闹得不欢而散,后来凯丝和索尼耶再也没提起过。那是索尼耶头一次见到肯特,后来她只是评价道,他长得很帅。凯丝觉得是因为实在乏善可陈,所以才颁出这么一个安慰奖。

那一晚她靠墙坐着,抱着抱枕。她已经习惯了给腹中宝宝爱踢的地方垫一个抱枕。那个抱枕已经褪色了,脏兮兮的,和索尼耶家里的其他东西一样(索尼耶和科塔租的是带家具的房子)。蓝色花叶的图案已经褪成了银灰色。他们给肯特设下陷阱的时候,她一直盯着花看,肯特还浑然不觉。年轻人冲他说话时的那种愤愤不平,就像儿子对父亲一样;而科塔和他说话的方式就跟耐心耗尽的老师教诲学生一样。年长的男人觉得好气又好笑,那个女人一副义愤填膺的样子,好像广岛核弹、亚裔女孩在工厂中被烧身亡全是肯特的错,他应该为所有谎言和伪善负责。肯特受到这样的对待,在凯丝看来,完全是自找的。她看见他穿衬衫打领带,就担心出现这种情况,决定自己就穿牛仔裤,不穿得体的孕妇裙。去了之后她一直干坐着,只能把抱枕翻过来扭过去,观察上面折射出的银光。

屋子里人人都是一副煞有介事的样子。哪怕停下来歇口气，仿佛也在诉说一种永恒的真理、不变的确信。

不一样的恐怕只有索尼耶。索尼耶什么都没说。可是索尼耶听科塔的，他就是她的确信。她起身给大家添咖喱，在大家因气愤而沉默的时候，她开口了。

"看来没人想再来点椰子了。"

"哦，索尼耶，你想当左右逢源的女主人吗？"那个老女人问，"就像伍尔夫书里写的那样？"

这么说来，伍尔夫也是掉价的一分子了。有太多凯丝搞不懂的事。但起码她知道这些事她搞不懂，她不会说它们全是无稽之谈。

尽管如此，她还是希望此刻羊水破裂。随便发生点什么，让她离开这里。如果她当着他们的面艰难地站起来，羊水流一地，他们肯定不吵了。

事后，肯特似乎没有被那天晚上的气氛所困扰。因为他认为自己赢了。"他们都是共产党，只会那样说话，"他说，"他们也就会说些那种话罢了。"

凯丝不想再谈政治，她换了话题，告诉肯特那对老夫妻和索尼耶、科塔一起住过公屋。之前还有一对夫妻，不过早就搬走了。他们还有规则地交换过伴侣。年长的男人在外面有个情人，有时交换伴侣她也来参加。

肯特说："你是说年轻男人和那种老女人上床？她都快五十岁了。"

凯丝说:"科塔也有三十八了。"

"就算这样,"肯特说,"那也够恶心的。"

凯丝觉得这种规则明确、习以为常的交合既恶心又刺激。把自己交出去,交给按顺序出现的人,乖乖依顺而无须感到负疚——有点像宗教卖淫活动。欲望就是你的职责。想到这里,她感到一股淫荡的悸动。

可索尼耶并不悸动。她从未体验过释放的快感。索尼耶回来后,科塔会问她有没有,她只好说没有。他很失望,她因为他失望而失望。他开导她,说她放不开,过于看重性的所有权,她承认他说得对。

"我知道他觉得如果我足够爱他,在这方面一定会做得更好。"她说,"可是我确实很爱他,痛苦地爱着。"

不管脑子里的念头有多诱人,凯丝都坚信她只能和肯特睡觉。性像是他们两人之间创造的东西一样。和其他人尝试就像是改变了整个线路——她的生活会在她眼前崩坏。可她不能说她痛苦地爱着肯特。

沿着沙滩,从莫妮卡家走到索尼耶家时,她看见等待参加聚会的人们。三三两两的人群有的站着,有的坐在大圆木上,看太阳落下去的瞬间。他们喝着啤酒。科塔和一个男人正在洗垃圾桶,准备拿它装潘趣酒。图书馆馆长坎波女士独自一人坐在圆木上。凯丝愉快地冲她招手,但并没有过去坐到她旁边。如果这个时候靠近某个人,你就会被抓住不放。你们俩将一起成为落单的那一组。你要做的是加入一个三到四人的小组,即便你觉得他们的谈话远看还挺有趣的,实际上却很无聊。可是她已经朝坎波女士招手了,不过去好像也不好。她只能装作要往别处去。于是她继续走,经过肯特和莫妮卡的丈夫,两人在讨论沙滩上的那种圆木锯一根要多久;她上了楼梯,来到索尼耶家,进了厨房。

索尼耶正在搅拌一大锅辣汤,公屋的那个年长的女人在往盘里摆黑麦面包、意大利香肠和奶酪。她穿得跟吃咖喱那天一样——宽松的半身裙、暗淡的紧身毛衣,胸部耷拉着,都快垂到腰上了。这大概也跟马克思主义有关,凯丝想——科塔喜欢索尼耶不穿胸罩、不穿丝袜、不涂口红。此外还跟自由开放的性生活有关,性欲并没有因为女人五十岁而却步。

图书馆的一个女孩也在,她在切青椒和西红柿。还有一个凯丝不认识的女人坐在厨房的凳子上,抽着烟。

"我们可对你有点意见,"图书馆女孩对凯丝说,"我们这些同事。听说你生了个很可爱的宝宝,都不给我们看看。宝宝现在在哪儿?"

凯丝说:"估计在睡觉。"

女孩的名字叫洛蕾恩,不过索尼耶和凯丝私下里回忆图书馆往事的时候,管她叫黛比·雷诺斯。她是个活力四射的姑娘。

"哦。"她说。

胸部下垂的女人意味深长地看了凯丝和那女孩一眼,眼里带着厌恶。

凯丝开了一瓶啤酒,递给索尼耶。索尼耶道:"哦,谢谢,光顾着拌辣汤了,都忘了我也能喝一杯。"她有点焦虑,因为她的厨艺不如科塔。

"幸好你不是自己喝,"图书馆女孩对凯丝说,"哺乳期是绝对不能喝酒的。"

"我哺乳的时候一直在狂喝啤酒,"凳子上的女人说,"听说喝啤酒没事,反正大部分都尿出去了。"

这个女人画了一圈黑色眼线,眼角处还拉长了一点,蓝紫色的眼影一直连接到黑色的眉弓处。脸上的其他部位很白,也可能是故意化的,嘴唇的粉色很淡,几乎与白色无异。这样的脸凯丝只在杂志上见过。

"这位是埃米,"索尼耶说,"埃米,这是凯丝。抱歉没有给你们介绍。"

"索尼耶,你总在道歉。"年长的女人说。

埃米拿起一片刚切出来的奶酪,放到嘴里。

埃米是那个情人的名字。年长女人丈夫的情人。凯丝突然很想了解她,和她交朋友,就像当初她想和索尼耶交朋友一样。

黄昏散去,夜幕初上,海滩上,人群间的界限模糊起来,大家开始松散地流动。水边的女人脱掉鞋,穿丝袜的脱掉丝袜,把脚趾伸到水里。大家不喝啤酒了,开始喝潘趣酒,潘趣酒也逐渐走样。一开始是朗姆酒和菠萝汁,现在加入了各种果汁、苏打水、伏特加和葡萄酒。

脱掉鞋子的人被起哄再脱一点。有人穿着衣服跑进水里,再把衣服脱下来扔给岸边的人。有人在原地就把衣服脱了,还怂恿旁边的人说,反正天黑看不见。其实能看见赤裸的身躯拍打着水花,在幽暗的海水里奔跑、扑腾。莫妮卡从家里拿来好多条毛巾,大声叫每个人从水里出来时裹一条在身上,免得患上致命的感冒。

月亮沿着黢黑的树影爬上岩石顶端。它看起来那么巨大、庄严、激动人心,大家不免惊叹。那是什么?当月亮逐渐升至空中,恢复成正常大小,人们才慢慢认出它来,说着"是秋分的满月"或者"你看到它刚升上来的样子了吗?"

"我还以为是热气球呢。"

"我实在不知道那是什么。完全没想到月亮可以有那么大。"

凯丝在水里和那个年长的男人聊天,刚才她在索尼耶厨房里见过他的妻子和情人。他妻子在游泳,离尖叫玩水的那群人有一定距离。那个男人说,在另一世,他是一位牧师。

"'信仰之海也曾有过满潮,'①他风趣地说,"'像一根灿烂的腰带,把全球的海岸围绕。'——那时和我结婚的完全是另一个女人。"

他叹了口气,凯丝觉得他可能是在回忆后面的几句诗。

"'但如今我只听得,'"她说,"'它退潮时忧伤的咆哮久久不息,它退向夜风的呼吸,退过世界广阔阴沉的边界,只留下一片光秃秃的卵石。'"她停了下来,接下来是"啊,爱人,愿我

---

① 引自英国诗人马修·阿诺德(Matthew Arnold, 1822—1888)的诗作《多佛海滩》,此处选用飞白的译文,下同。

们——"，继续念下去未免唐突。

他妻子游向他，在水深只到她膝盖的地方冒了出来。她的乳房向两边摆着，一边走，一边甩下水滴。

她的丈夫张开双臂。他喊道："欧罗巴。"声音像是在迎接战友。

"那你就是宙斯了。"凯丝大胆地说道。这时她突然想让这样一个男人亲吻她。一个她不了解，也不在乎的男人。而他真的吻了她，冰凉的舌头在她的口内搅动。

"想想吧，大陆的名字竟然从母牛中得来。"他说。他妻子站在他俩面前，离得很近，游完泳，激动地大口呼吸着。她站得太近了，凯丝生怕被她那又黑又长的乳头碰到，或者被她拖把一样的阴毛擦伤。

有人生了火，水里的人出来了，裹着毯子或毛巾，或者蹲在大圆木后，艰难地穿衣服。

这时音乐响起。住在莫妮卡隔壁的人有一个码头和一个船库。有人拿来唱片机，人们开始舞蹈。在码头上舞蹈，还有不嫌费劲儿的在沙滩上舞蹈。大圆木上也有人跳一两个舞步，然后摔下来或者跳下来。穿上衣服的女人、没穿衣服的女人、不想待在原地的女人——比如凯丝——开始沿着水边走（没人游泳了，游泳被彻底抛在脑后），随着音乐的变化，走出不同的步伐。自得其乐地摇摆，相互嬉戏，有时又故意做出粗野的样子，模仿电影里的漂亮女人。

坎波女士还坐在原地，微笑着。

凯丝和索尼耶称之为黛比·雷诺斯的那个女孩坐在沙滩上,背靠着大圆木,正在哭泣。她朝凯丝笑了笑,说:"我不是在伤心。"

女孩的丈夫原先是大学足球队的,现在开了家修车店。他每次去图书馆接他妻子,都打扮得像个标准的足球运动员,带着对世界轻微的不屑。可现在他正蹲在她身旁,拨弄着她的头发。

"没事的,"他说,"她是这样的。对吗,宝贝?"

"是的。"她说。

凯丝发现索尼耶在篝火那边徘徊,正在分发棉花糖。有人把棉花糖粘在棍子上,拿到火上烤,有人扔来扔去,最后掉到了沙里。

"黛比·雷诺斯哭了,"凯丝说,"不过没事,她是开心的。"

两人笑了,拥抱在一起,把那一包棉花糖挤在中间。

"我会想你的,"索尼耶说,"哦,我会想念我们的友谊。"

"是啊,是啊。"凯丝说。一人拿了一颗没烤的棉花糖吃了,笑着望向对方,满怀甜蜜与凄凉。

"你们应当如是行,为的是纪念我,[①]"凯丝说,"你是我最真、最好的朋友。"

"你也是,"索尼耶说,"最真、最好的朋友。科塔说他今晚想跟埃米睡觉。"

"别答应他,"凯丝说,"你要是难受,就别答应他。"

---

① 语出《路加福音》第二十二章十九节。

"唉,不是答不答应的问题。"索尼耶鼓起勇气说。她冲大家喊道:"谁想来点辣汤?科塔在那边分辣汤。有人要吗,辣汤?"

科塔把那罐辣汤拿到台阶下,放到沙子上。

"注意汤罐,"他用一种很关怀的语气说,"小心点,很烫。"

他蹲下来给大家分发辣汤,身上唯一裹着的那条毛巾松开了。埃米在他旁边,分发小碗给每一个人。

凯丝拢起双手递向科塔。

"尊敬的大人,"她说,"我用不着碗。"

科塔跳起来,把勺子搁到一边,把手放在她头上。

"上帝保佑你,我的孩子,'那在后的将要在前'①。"他吻了她弯曲的后脖颈。

"啊。"埃米说,好像这一吻应该给她,或者应该由她来给。

凯丝抬起头,目光扫过科塔,向他身后望去。

"我也想要你这种口红。"她说。

埃米说:"跟我来。"她放下手中的碗,轻轻搂着凯丝的腰,领着她上了台阶。

"到这儿来,"她说,"我给你做个全套的。"

在科塔和索尼耶的卧室后,有一间小小的浴室,埃米在里面把瓶瓶罐罐摆开。没别的地方,只能放在马桶盖上。凯丝只好坐在浴缸边缘,脸都快碰到埃米的肚子了。埃米把一种液体抹在她脸上,又在她眼睑上涂了一层膏。然后再给她扑粉。她往凯丝

---

① 语出《马太福音》第二十章十六节。

眼皮上刷了点什么，又弄上亮晶晶的东西，又给她刷了三层睫毛膏。她给她的嘴唇描好边，涂好色，用纸巾抹干后又涂一遍。她双手捧起凯丝的脸，让她的脸迎着光。

有人敲门，接着又开始捶门。

"等会儿，"埃米喊道，然后又说，"你有病吧，不能去圆木后头撒尿吗？"

全都画完了，她才让凯丝照镜子。

"别笑，"她说，"会影响效果。"

凯丝只好撇着嘴，闷闷不乐地看着镜子里的自己。她的双唇像饱满的百合花瓣。埃米把她拉走了。"我不是说不让你笑，"她说，"最好别看镜子里的自己，哪儿也别看，你很漂亮的。"

"让你的膀胱松口气吧，我们出来了。"她朝门外那个敲门的人喊道，可能换了一个人，也可能还是刚刚那个人。她把她的各种化妆品统统塞进包里，然后藏到浴缸下面。她对凯丝说："来吧，美人。"

码头上，埃米和凯丝跳着舞，玩闹着。有男人想插到她们中间，一开始她们不让他们得逞。后来她们放弃了，一人被一个舞伴拉住，就这样分开了。两人都哭丧着脸，胳膊不停挥打着，像被关入笼中的鸟。

和凯丝跳舞的那个男人，她根本没有印象今晚见过他。他看着和科塔差不多年纪。他很高，腰又厚又软，脑袋上顶着一团暗淡无光的卷发，眼周一片淤青。

"我要掉下去了,"凯丝说,"头好晕,我怕会落水。"

他说:"我会拉住你的。"

"我只是头晕,我没有喝醉。"她说。

他笑了,她想,醉酒的人都这么说。

"真的。"她说。确实是真的,她一瓶啤酒都没有喝完,更没有碰潘趣酒。

"要不然就是皮肤吸太多酒了,"她说,"渗透进去的。"

他没有搭腔,只是把她拉过来又放开,盯着她的眼睛。

凯丝和肯特之间的性热切、激烈,却又有所保留。他们不会引诱对方,只是在跌跌撞撞中变得亲密,或是他们所以为的亲密,然后止步于此。如果你人生中只能有一个伴侣,那么不必有多特别——因为一切都顺理成章。他们看过彼此的裸体,可除非碰巧,他们从不看对方的眼睛。

这就是凯丝正在做的事,和不认识的伴侣。他们前进、后退、兜圈、躲闪,为对方起舞,然后看着对方的眼睛。他们的眼睛在说,和他们想来就能来的翻云覆雨相比,现在的表演什么都不是。

可这只是一个笑话。他们一旦碰到,就立刻放了手。他们靠近,张嘴,用舌头舔着嘴唇,然后再收回,假装兴致索然。

凯丝穿着一件短袖拉绒毛衣,是低胸 V 领,扣子也在前面,喂奶比较方便。

他们再度靠近的时候,那个男人举起胳膊,好像要保护自己,然后把他的手背、裸露的手腕,还有前臂都伸到带电的羊毛衫底下，放到她坚挺的乳房上。这一举动让两人都跟跄了一下，舞步乱了。可还是继续跳——凯丝脚步浮软，摇摇欲坠。

她听见有人叫她的名字。

梅伯里太太。梅伯里太太。

是那个保姆，站在莫妮卡家的台阶上朝她喊。

"你的宝宝。你的宝宝醒了，你能过来喂下她吗？"

凯丝停下来，颤颤巍巍地从跳舞的人群中穿了过去。在灯光照不到的地方，她跳下来，在沙子里跌跌撞撞往前走。她知道舞伴在她身后，她听见他在她后面跳下来。她准备送上她的唇或她的喉。可他抓住了她的屁股，让她转过身，然后他跪下来，透过她的棉质短裤亲吻她双腿间。然后这个高大的男人轻巧地站起来，两人同时转身离开了。凯丝跑进灯光下，爬上了去莫妮卡家的楼梯。她喘着气，抓着栏杆往上爬，像个老妇人。

那个保姆正在厨房里。

"哦，你丈夫，"她说，"你丈夫刚刚送来了奶瓶。我不知道你们怎么安排的，早知道就不叫你了。"

凯丝走进莫妮卡的起居室。这里没开灯，只有过道和厨房的光透进来，但她依然可以看清这是起居室，不像她或者索尼耶家的门廊改的那种。起居室里有丹麦式现代咖啡桌、软包座椅和落地窗帘。

肯特坐在扶手椅里，正用备用奶瓶给诺埃尔喂奶。

"嗨。"他声音很轻，但其实诺埃尔喝得正起劲儿，已经醒了。

"嗨。"凯丝说着，坐到沙发上。

"我想不如我过来喂,"他说,"这样也不怕你喝酒了。"

凯丝说:"我没有。没喝酒。"她用手掂了掂乳房,看看奶水足不足,但羊毛的触感突然令她产生了一种抑制不住的渴望。

"那你现在可以喝了,如果你想喝的话。"肯特说。

她就坐在沙发边上,俯身向前,迫切地想要问他,他是从前面过来的还是从后面过来的?换句话说,是从小路过来的,还是从沙滩过来的?如果是走沙滩过来的,他肯定看见了那场舞蹈。不过现在码头上跳舞的人也多,他可能没看清具体是哪些人。

不过保姆肯定看见她了。他肯定也听见保姆在叫她,叫她的名字。那他也许会朝保姆喊的方位看去。

如果他从沙滩来,那就是这样。如果是从小路来,从前厅进来,没有经过厨房,那他肯定看不见跳舞的人。

"你听见她叫我了吗?"凯丝问,"你是听见她叫我,才回家拿的奶瓶吗?"

"我早就想到了,"他说,"我感觉时间差不多了。"他把奶瓶举起来,看看诺埃尔喝了多少。

"饿了。"他说。

她说:"是的。"

"所以现在你有机会了,如果你想大醉一场的话。"

"你刚才是去大醉一场了吗?"

"我只是喝了一点,"他说,"你想喝就喝吧,喝得开心点。"

她感觉他的傲慢是装出来的,多么可悲。他一定看见她跳舞了。不然他肯定会问:"你怎么把脸弄成那样了?"

"我还是等你吧。"她说。

他皱着眉头看着宝宝,抬了抬奶瓶。

"快喝完了,"他说,"你想等就等吧。"

"我正好去趟洗手间。"她说。如她所料,莫妮卡家的厕所有充足的纸巾。她打开热水,把纸巾浸湿,使劲儿地擦脸,时不时把一团团或黑或紫的纸冲入马桶。

四

第二杯喝到一半时,肯特正评论西温哥华房价有多离谱,索尼耶说:"知道吗,我有一个推测。"

"我们过去住的那些地方,"他说,"早就被卖掉了。跟现在比,简直是不要钱。现在我不知道怎么才能买得起。就是为了那点房产。为了拆迁。"

她有什么推测?关于房价吗?

不,是关于科塔的。她不相信他死了。

"我一开始是信的,"她说,"从没想过要怀疑。不过有一天我突然转念一想,未必就是真的呀。完全有可能是假的。"

想想当时的情况,她说。医生给她写的信。从雅加达寄来。也就是说,写信的那个人自称是医生。他说科塔死了,也说了死因,那个医学术语她忘记了。反正是一种传染病。可她怎么知道这个写信的人真的是医生呢?或者,就算他真是医生,她又怎么确定他说的是实话呢?科塔要是想认识医生,交个医生朋友,一点都不难。他多的是朋友。

"或者是付钱雇一个医生,"她说,"也不是没这种可能。"

肯特说:"那他为什么要这么做?"

"愿意这样做的医生,他肯定不是头一个。也许他需要钱来经营为穷人开的诊所。谁知道呢?也许他就是想赚钱。医生也不是圣人。"

"不,"肯特说,"我是说科塔。科塔为什么要这样做?而且他有钱吗?"

"他自己倒是没钱,不过——我也不知道。反正只是一个猜测。钱的话。毕竟我在这里,对吧。我在照顾他母亲。他真的很关心他母亲。他知道我不会抛弃他母亲。所以也就没有后顾之忧了。"

"确实没有,"她说,"我很喜欢迪莉娅。我不觉得她是负担。与嫁给科塔相比,我可能更适合照顾她。你知道吗,有些事说不清。迪莉娅也有这个想法。科塔的事,她也怀疑过。不过她从来不跟我说,我也没跟她提过。我们都想着,说了可能会伤对方的心。不过有一天傍晚——在她走之前没几天,我给她读了一个以香港为背景的悬疑故事。她说:'说不定科塔就在那里,在香港。'

"她说希望这话没让我难过。然后我告诉了她我的想法,她笑了。我们都笑了。你肯定以为一个老母亲,谈起自己唯一的儿子跑掉了,丢下她,会伤心不已,其实不会。老人不是这样的。那些真正的老人。他们是不会伤心不已的。他们早就想通了,不值得。"

"他知道我会照顾好他母亲,虽然他可能不知道我会坚持多久。"她说,"要是能把医生的信给你看看就好了,可惜我给扔了。真不该扔的,可我当时心烦意乱,都不知道该怎么过下去了。我完全没想到应该追问,要他的证件或死亡证明什么的。这些都是我后来才想到的,但已经没有地址了。我也不能写信给美国大使馆,因为科塔最不愿和他们打交道。而且他不是加拿大公民。说不定他还有一个名字。他完全可以弄个假身份,假证件。他过去提过这种操作。当时这也是我觉得他很厉害的地方。"

"有一些可能是他自己的虚张声势,"肯特说,"你觉得呢?"

索尼耶说:"肯定的。"

"他什么保险都没买吗?"

"别犯傻了。"

"要是有保险,保险公司会去查的。"

"是的,不过他没买保险,"索尼耶说,"既然如此,我决定自己去查。"

她说她从没和婆婆说过这个决定。等到婆婆去世以后,她要去查这件事。活要见人,死要见尸。

"你是不是觉得很疯狂?"她问。

不可理喻,肯特感到诧异,还有不快。这一路他拜访了这么多人,每一次都会遇到失望至极的时刻。总有那么一刻,他意识到,他大费周章去找的那个人,无论如何也给不了他想要的东西。他在亚利桑那州的那个老朋友,明明住在安保很好的昂贵社区,还是担心着种种危险。那个老友的妻子,七十多岁了,还非要给他看她和其他老太太演音乐剧时打扮成克朗代克舞女的照片。他的孩子们已经长大成人，也各有各的烦恼。这些都还正常，对他来说不算意外。让他意外的是他们的生活，他们子女的生活，似乎已经形成闭环，未来一目了然。他们人生的变数，要么已经在来的路上，要么他也能够预见——比如诺埃尔马上要和第二任丈夫离婚了——都索然无味。这些他都没和德博拉说——他自己也没去细想——但这种感觉是有的。现在轮到索尼耶。他一直不太喜欢索尼耶，甚至对她有点戒备，但是他尊重她，觉得她很神秘——但现在的她变成了一个话多的老太太，某颗不为人知的螺丝松动了。

他还没有提及来找她的原因，但与她一个劲儿说的科塔的事毫无关系。

"说实话，"他说，"这么做听起来不大靠谱，如果你让我说的话。"

"八成是白忙活一场。"索尼耶轻松地调侃。

"大概率是他已经死了。"

"是的。"

"他有可能去任何地方，在那里生活，根据你的推测。"

"没错。"

"所以唯一的希望是他真的死了，而你的推测是错的，等你证实了这一点，你会发现你的处境也不会比现在更好。"

"我想，还是会的。"

"你不如就待在这里，写几封信问问。"

索尼耶说不。她说这种事情不可能走官方渠道。

"你得去街上打听才行。"

去雅加达的街头——她准备从这里开始。在雅加达这样的地方,大家不会老死不相往来。大家都住在街上,消息互通。开店的都知道谁认识谁,又可以通过谁找到谁。她只要问,消息就会传出去,人们就会知道她在那儿。科塔一个大活人,不可能悄无声息。即便过了这么久,也肯定会有人记得,肯定会有这样或那样的传言。有的可能不易得,有的可能未必真实。不过这都没关系。

肯特本想问她对钱是怎么打算的。她有没有从父母那儿继承点什么东西?他印象中她结婚的时候就和父母断了联系。可能她想的是把房子卖掉能换不少钱吧。希望不大,但也不是没有可能。

可即便如此,这些钱没几个月也会花完的。不过她在那里的消息也会传开,好吧。

"那些城市变化很大。"他只能这么说。

"我也不是不想通过常规渠道,"她说,"能找到的人我都问了。大使馆、殡葬记录、医疗登记信息,如果有的话。我也写过信。可所有人都只会推诿。你只能当面去对证。你人得在那儿。亲自过去,不断地找,不怕他们烦,找到他们的软肋,也得做好准备偷偷给他们点好处。我知道很困难,我没有想当然。

"比如我预料到那里会热得不行。听着就不是什么好地方——雅加达。四周全是沼泽和低地。我不傻。我会打好疫苗,做好各种预防措施。我会带着维生素,雅加达之前是荷兰人占的,应该不缺杜松子酒。荷属东印度。不是个特别老的城市,知道吗。我想应该是在十七世纪建的城。等一下。我有各种——我给你看——我有——"

她放下已经空了有一段时间的杯子,迅速起身,脚被破了的地毯缠住,差点绊倒。好在她抓住门框,站稳了。"这个旧地毯该扔了。"她一边说,一边急急忙忙进了屋。

他听见抽屉艰难抽出的声音,然后好像是一堆文件掉到地上,整个过程她还一直和他说着话,好像生怕你失去兴趣,近乎疯狂地想要抓住你的注意力。他听不清她在说什么,也不想听。他趁此机会吞了一片药——半个小时了,他一直想着吃药的事。很小的一片药,不需要用水送服——他的杯子也已经空了——他本可以趁索尼耶不注意,偷偷送入嘴里。可不知因为害羞还是迷信,他没有这么做。他不介意德博拉知道他的状况,他的孩子们自然也知道,可是面对同龄人,似乎还是不透露为好。

药吞得正是时候。晕眩、不适的热浪、崩溃的威胁自下而上向他袭来,变成了他太阳穴上豆大的汗珠。有一阵他感觉要控制不住自己了,好在通过调整呼吸、活动四肢,他坚持住了。这时索尼耶回来了,带着一沓纸——地图和从图书馆复印的资料。她坐下来,几张纸滑到地上,散落在地毯上。

"现在,他们叫作旧巴达维亚的地方,"她说,"几何形的布局,非常有荷兰风格。那边有一个郊区叫维尔特里登,意思是'非常满意'。如果我发现他就住在那儿,不是很可笑吗?那里有旧葡萄牙教堂,十七世纪晚期建的。他们是个伊斯兰国家,有东南亚最大的清真寺。库克船长在那里修过船,他对那个修船厂赞不绝口。但他说那儿的水沟实在是太臭了。现在可能还是很臭。科塔身体不算强壮,但他一直把自己照顾得很好。他不会去有疟疾的地方瞎逛,也不会随便买街上的饮料。不过,如果他还在那里,我想他应该已经适应了环境。我也不知道会发生什么。他可能完全融入,已经跟棕色皮肤的小女人好上了。可能在泳池边吃着水果,也可能为穷人的生计四处募捐。"

其实还有一件事肯特没忘。那晚在沙滩上的聚会,科塔披着浴巾,半遮着身体,跑过来问他这个药剂师对热带疾病有什么了解。

这也不稀奇。任何要去那里的人可能都会问这种问题。

"你想的是印度吧。"他对索尼耶说。

他已经稳定下来了,那片药让他身体的内部运作又恢复了正常,那种在骨髓中流动的疼痛停止了。

"你知道我认为他没死的原因是什么吗?"索尼耶说,"我没有梦到过他。我会梦到死去的人。我经常梦到我婆婆。"

"我就不做梦。"肯特说。

"人人都会做梦,"索尼耶说,"你只是不记得了。"

他摇摇头。

凯丝没有死。她住在安大略省。在哈利伯顿区,离多伦多不远。

"你妈妈知道我在这儿吗?"他问诺埃尔。她说:"嗯,我想应该知道。她知道的。"

可是他没有上门拜访。德博拉问他要不要绕道去一趟,他说:"别改路线了,不值得。"

凯丝独自住在一个小湖边。和她同居了很久,并一起造了房子的那个男人已经死了。不过她有朋友,诺埃尔说,她一切都好。

索尼耶在之前谈话中提到凯丝名字的时候,他有一种温暖却又危险的感觉,这两个女人还保持着联系。那么就有听到他并不想听的消息的风险,同时他又傻傻地希望,索尼耶可以告诉凯丝他看起来相当不错(他觉得自己看着确实不错,体重稳定,又在西南部晒出了健康的深色皮肤),对新的婚姻也很满意。诺埃尔或许说过类似的话,但是话从索尼耶口中说出来,效果肯定比诺埃尔好。他期待索尼耶再次谈起凯丝。

但索尼耶没有如他的意。她一直在讲科塔,讲她有多愚蠢,讲雅加达。

现在干扰不是来自他体内,而是外部——窗外风吹着灌木丛,树枝不停地拍打窗户。这些树枝并不长,也不软,并不会轻易就被风吹动。树枝很硬,树叶也沉甸甸的,于是它们从根部开始摇动。阳光在绿油油的叶子上跃动。风虽然刮着,却没有云,太阳依旧照耀,没有要下雨的迹象。

"再来一杯吗?"索尼耶说,"酒还不错吧?"

不行。吃了药,他不能喝酒。

一切都急匆匆的。一切又都慢得让人绝望。开车的时候,他等来等去,等着德博拉把车开到下一个城市。可开到了又怎样?

不怎么样。然而有时又会有这么一个瞬间,好像所有的东西都意味深长。摇动的树丛。倾泻的日光。全都一闪而过,转瞬即逝,你没法仔细去想。每当你想把它们归纳在一起,就会有一个愚蠢的景象倏忽而过,就像坐过山车一样。于是你产生了错误的想法,明显错误的想法。比如死了的人可能活着,就在雅加达。

可是当你知道某个人还活着,大可以把车开到其门口,你却把这个机会放走了。

是什么让他打消念头的呢?发现她如此陌生,不敢相信竟和她结过婚?还是发现她从不曾陌生,却这样不明不白地疏远了?

"他们走了,"他说,"他们俩都走了。"

索尼耶手一松,那些文件全都滑到了地上。

"科塔和凯丝。"他说。

"这种事几乎每天都有,"她说,"每年到了这个时候,午后的风都是这样。"

她说话时,脸上的圆斑映着阳光,像镜子里射出的信号。

"你妻子走了好久了,"她说,"说来也怪,年轻人对我来说似乎无足轻重了。就算他们从地球上消失了也无所谓。"

"恰恰相反,"肯特说,"消失了也没关系的是我们,是我们啊。"

吃的药起效了,他的思绪变得绵长而朦胧,像蒸汽的尾迹缓缓升起。一个念头在他脑中掠过:待在这儿,听索尼耶谈雅加达,任风吹散沙丘。

这样就不必向前,不必回家了。

科提斯岛

小新娘。我那时二十岁，五英尺七英寸高，体重在一百三十五磅到一百四十磅之间。可有的人，比如切斯老板的妻子，他办公室里年长的秘书，还有楼上的戈里太太，却喜欢叫我小新娘。有的时候还叫：咱们的小新娘。我和切斯私下拿这种叫法打趣，但是当着别人的面，他会露出一副宠爱的样子，我则腼腆又默许地噘嘴一笑。

我们住在温哥华的一间地下室里。我开始以为这房子是戈里夫妇的，后来发现不是，房子的所有者是戈里太太的儿子雷。他有时会过来修理东西。他从地下室的门进来，跟我和切斯一样。他大概三十多岁，很瘦，身形窄小，总是拿着工具箱，戴着工人帽。他的背似乎永远驼着，可能是修管道、接电线或做木工活儿得经常弯腰导致的。他面色苍白，还经常咳嗽。每咳一声，都像是在谨慎地表态，他是地下室里的一个不可避免的入侵者。他不会因为在场而道歉，也不会像主人一般在房子里走来走去。我跟他仅有的对话是他敲我的房门,告诉我要停水一阵,或者要停电一阵。每个月的租金我都是付现金给戈里太太的。我不知道她是把这些钱全交给雷,还是留一部分补贴家用。要是不留的话,我听戈里太太说,他们的所有收入只有戈里先生的养老金。她没有养老金。她说,我还不到年龄。

戈里太太总是站在楼梯上朝下面喊话,问雷干得怎么样了,要不要喝点茶。雷总是说干得还行,没空喝茶。她说他工作太辛苦了,就像她自己一样。她想"骗"他吃点她多做的点心,蜜饯啦,曲奇饼啦,姜饼啦——她也总往我手上塞。他总说不吃,刚吃过饭,或者他在家吃得够多了。我也会推辞,但是推个七八次我就妥协了。一个劲儿地拒绝也不好意思,她劝了半天,那么失望。我很佩服雷能坚持说不。他甚至不会说"我不吃,妈妈"。而是直接说"不吃"。

然后她会试图找些话题聊聊。

"最近有什么新鲜事儿没有?"

没有。不知道。他从不显得无礼或暴躁,但也绝不会对她透露半点信息。问他身体如何,还好。感冒怎么样,还好。康尼什太太和艾琳呢,也是还好。

雷住在康尼什太太家,房子在温哥华东边。和在这里一样,雷在那边也有很多活儿要干,所以忙完了这边就得赶过去。他还帮忙照顾康尼什太太坐轮椅的女儿艾琳。"可怜的孩子。"听到雷说艾琳还好之后,戈里太太就会感叹一句。她从不当面责怪他花时间在这不幸的女孩身上:去史丹利公园散步,或者晚上去买冰淇淋。（她知道这些事是因为她常跟康尼什太太通电话。）但是她跟我说过："我简直没法不去想冰淇淋从她脸上流下来的样子，我控制不住。旁人肯定会盯着他们瞧的。"

她说，她用轮椅推着戈里先生出去的时候，人们就盯着他们瞧（戈里先生中过风），但这不一样，因为他不会乱动，也不会出声，她总把他收拾得体体面面的。可是艾琳呢，总是歪靠着，嘴里发出咯咯滴滴的怪响。那可怜的孩子根本控制不了自己。

康尼什太太可能也在打小算盘，戈里太太说。她死了以后，谁来照顾这个残疾女孩？

"应该有法律规定，健康的人不能和那种人结婚。可惜没这样的法律。"

每次戈里太太叫我上楼喝咖啡，我都不想去。我在地下室忙着过自己的生活。有时她过来敲门，我会假装不在。可是为了不被发现，一听见她开楼上的门，我就得立刻关灯、锁门。当她用指尖敲着门，声音颤抖着叫我的名字时，我得一动不动地待着。接下来至少一个小时内，我得保持安静，厕所都不能冲。如果我说没时间，有事要忙，她会笑着问我："什么事？"

"我在写信。"我答道。

"成天写信，"她说，"你一定是想家了吧。"

戈里太太的眉毛是粉色的，头发也是偏粉的红色。我觉得这种发色应该不是天生的，可谁会连眉毛一起染呢？她的脸很瘦，涂着胭脂，充满生气，牙齿又大又亮。她对人总是很热情，总想有人陪伴，也不管人家愿不愿意。切斯刚把我从火车站接过来的那天早上，她端着一碟饼干，挂着狼似的微笑，敲开了我们的房门。那时我还没摘旅行帽，切斯正忙着扯我的腰带，就被她打断了。饼干又干又硬，撒着亮粉色的糖霜，为了祝贺我的新婚。切斯不想和她废话。他得在半小时之内赶回去工作。好不容易把她摆脱，已经没时间继续刚才起了个头的事情了。他只得接连吃了好几块饼干，抱怨它们尝起来像木屑。

"你丈夫太严肃了。"她后来跟我说，"我忍不住想笑，每次见他过来过去都板着一张脸。我想叫他放松点，又不是全世界的担子都得他扛着。"

有时我得跟她上楼，只好把手上的书或正在写的东西放下。我们坐在她的餐桌旁。桌上铺着一块蕾丝布，摆有一面八角形镜，镜子里映出一只陶瓷天鹅。我们用瓷杯喝着咖啡，用配套的杯碟吃着小点心（又是那些饼干，或者黏牙的葡萄干挞和厚厚的司康饼），然后用小巧的刺绣餐巾轻轻擦掉嘴上的残渣。我面朝瓷器柜坐着，柜子里摆着各式精美的玻璃器皿，装糖和奶油的套瓶，还有装盐和胡椒的小罐，几个小花瓶、一只茅屋顶形状的茶壶和几盏百合花形的烛台，这些东西全都过于小巧玲珑，不合适日常使用。每个月，戈里太太都会把瓷器柜里里外外打扫一遍。她是这么跟我讲的。她跟我讲我的未来，她觉得我也会有这样的房子、这样的未来。她讲得越多，我越感觉四肢沉重，想打哈欠，虽然上午才过了一半，我就想匍匐逃走，躲起来，睡觉。但表面上我会连连称赞，她瓷器柜里的那些收藏，她管理家务的准则，她每天早上搭配的衣服。淡紫色或珊瑚色的裙子和毛衣，配套的人造丝围巾。

"永远要先穿好衣服,就像要出门上班一样,梳好头发,化好妆,"——她好几次看见我穿着睡衣——"如果要洗衣服或者烤东西,就围一条围裙。这样才有精气神。"

还得常备些点心,以免随时有人造访。(据我所知,除了我她从没有过其他访客,而且你也不能说我是突然造访。)绝对不可以用马克杯装咖啡。

但她不会这么直截了当地说。她会说"我总是——"或者"我总喜欢——"或者"我觉得最好是——"

"即便以前住在穷乡僻壤的时候,我也总是喜欢——"听到这话,我立刻不困了,也不想打哈欠了。她还住过穷乡僻壤?什么时候的事?

"哦,在海边,"她说,"那时候我也是个新娘,我在那边住了几年,尤尼参湾那边。也不算很偏,在科提斯岛上。"

我问科提斯岛在哪儿,她说:"咳,很远那边。"

"那里的生活挺有趣吧。"我说。

"哼,有趣,"她说,"如果你觉得野熊有趣的话,如果你觉得美洲狮有趣的话。我还是喜欢人类社会。"

餐厅和客厅之间有一扇橡木制的滑门。门总是半开着,这样,坐在餐桌一头的戈里太太就能看见客厅窗边躺椅里的戈里先生。她提起戈里先生时总说"我那轮椅里的丈夫",但其实只在她带他出去散步时,他才坐轮椅。他们没有电视,那会儿电视还是个新鲜玩意儿。戈里先生只能坐在窗边,看着下面的街巷,还有街对面的基斯兰奴公园,公园后面的巴拉德湾。他可以自己去卫生间，一只手拄拐杖，另一只手抓着椅背或扶着墙。进去以后他也全靠自己，只不过花的时间长一点。戈里太太说，有时候她还得进去清理一下。

我通常只能看到戈里先生的一条裤腿从草绿色的躺椅上伸出来。有一两次他拖着脚、歪着身子去卫生间时，我就在旁边。他可真是个高大的男人——大脑袋，宽肩膀，大骨架。

我没看过他的脸。因为中风或疾病而行动不便的人，我觉得有点不祥，像是不由分说的警告。我想避开的不是无用的四肢或其他标示不幸的体征，而是他们的眼睛。

我相信他也没看过我，虽然戈里太太大声告诉过他，我是从楼下上来拜访的。他嘟囔了几句，可能是他能表达的最好的欢迎了，或者不欢迎。

我们的公寓有两个半房间。是配家具出租的，不过都是些要扔掉的东西，能不能用都不好说。我记得客厅的地板是用油毡的边角料铺的，有方形的、三角形的，颜色图案各不相同，像一块用金属线缝成的破布被单。还有厨房的煤气炉，塞得满满当当。我们的床放在厨房外一块凹进去的空间，紧紧地贴着边，只能从床尾爬上去。切斯从书上看到，后宫妃嫔就是这样爬上苏丹的床的，先膜拜他的脚，再向前爬，致敬他身体的其他部位。于是我们偶尔也这么玩。

床尾的帘子始终闭合着，好把床和厨房分开。帘子是用一张旧床罩做的，质地光滑，带流苏，朝外的一面是暗黄的底色配上玫瑰和绿叶的图案，里面是酒红和绿色的条纹，浅黄色的花叶像鬼影一样。公寓里，我对这张帘子记得最深。这不足为奇。从如潮水般的性爱，到令人满足的余波，帘子始终在我眼前，提醒着我为什么愿意结婚——在忍受意料之外的被称为小新娘的屈辱和一柜子瓷器的威胁之外的，那一点点奖赏。

我和切斯都来自那种认为婚前性关系是恶心和罪恶的家庭，夫妻之间的性则没人提起，好像都忘了似的。我们刚好处在观念变革的前夜，只是当时我们没意识到。切斯的母亲在他的行李箱中发现避孕套之后，便跑去跟他父亲哭诉。（切斯说这是他参加大学军训的时候，营地上发的——这是实话；他说他早就忘了这回事，这句是撒谎。）所以，我们能有自己的住处，有张自己的床，可以想怎么样就怎么样，实在是再好不过了。我们得到了这样的自由，同时我们也意识到老一辈的人——我们的父亲母亲，叔叔阿姨们——永远不可能仅仅为了欲望要求这样的自由。他们的欲望是房子、财产、电动割草机、家用电冰箱和坚固的院墙。至于女人，自然是为了生孩子。而这些东西在我们眼里，未来可以选择要，也可以选择不要。我们从来不认为它们会不可抵挡地到来，就像衰老或天气。

可现在，当我开始认真思考这个问题，我发现不是这样的。一切都是我们自己选择的，怀孕也一样。我们冒险一试，就是想看看我们是不是真的成人了，是不是真的会怀孕。

还有一件我会躲在帘子后做的事是读书。书是从几个街区之外的基斯兰奴图书馆借的。当我看到激动处，惊异于一本书竟然能带来这样的体验时，从如饥似渴地阅读导致的晕眩中猛一抬头，就看见了帘子上的条纹。故事、人物都与帘子上古怪的花朵产生了联系，就连书中的天气，似乎都流淌在深红和暗绿之中。我读的是已经熟悉或者书名对我有魔力的大部头——我甚至尝试过《约婚夫妇》——同时我也读赫胥黎和亨利·格林的小说，还有《到灯塔去》《最后的切丽》和《心之死》。我一本接一本狼吞虎咽地看，没有偏好，来了就全盘接受，就像我小时候读书一样。我仍处在那个阅读欲望激增、贪婪到近乎痛苦的阶段。

和小时候不同的是，现在我的症状更复杂了——除了要读，我还要写。我买了一个笔记本，打算尝试写作——我确实写了，前几页写得信誓旦旦，接着就开始枯竭，只好全撕下来，狠狠揉作一团，扔到垃圾桶里。我写了撕，撕了写，直到本子只剩下封皮。然后我就再买一本，把这个过程再重复一遍。同样的激动，同样的绝望，同样的激动和绝望的循环。就好像每周都秘密怀孕，又悄悄流产。

说是秘密，也不尽然。切斯知道我在做大量的阅读，还尝试写作。他没有打击我。他觉得做这样的事很正常，我很有可能学会。就像打桥牌或网球一样，练习固然艰苦，但是可以精通的。我并不感激他慷慨的信任。这只让我的失败显得更像一场闹剧。

切斯在一家食品杂货批发公司工作。他考虑过当历史老师，但他父亲劝他说，当老师连老婆都养不起，更别提有什么出息了。他父亲帮他找到现在的工作，说位置帮他弄到了，往后别指望还有什么照顾。他没指望。我们婚后的第一个冬天，他天没亮就出去上班，天黑了才回家。他工作很努力，既不要求工作内容符合他的兴趣，也不要求工作有什么他曾经看重的意义。他唯一的目标就是为我们挣出有除草机和冰箱的生活，这种生活我们曾经不屑一顾。如果我有心，我应该赞赏他的妥协。赞赏他就这样愉快地——你可能会说英勇地——妥协了。

可男人不是本该如此吗，我那时想。

我也出去找工作了。只要雨不太大，我就会去药店买份报纸，一边喝咖啡，一边看上面的招聘广告。如果有地方招服务员、售货员，或者工厂女工——只要这工作不要求有经验或者会打字，我都会走路过去，哪怕下着小雨。要是雨下得大，我就坐公共汽车去。切斯说下不下雨我都可以坐车，没必要省钱。他说，我省那点钱的工夫，工作可能就让别的姑娘抢了。

事实上这正是我希望的。对于这种结果我一点也不难过。有时候到了地方，我会站在人行道上看路边的女装店，看店里的镜子和浅色的地毯，看着招档案员的办公室里女孩们迈着轻快的步伐下楼吃午饭。我甚至不会走进去，我知道我的头发、指甲、磨坏了的平底鞋都会为我减分。工厂也让我气短——我能听见厂房里机器的嗡鸣，给软饮装瓶的，组装圣诞装饰的；我还能看见裸露的灯泡从谷仓似的屋顶垂下。这里大概不介意我的指甲和平底鞋，但我那么笨拙，又不懂机器，肯定很容易挨骂或被吼（隔着机器的嗡鸣声，我也能听见大声吼出的指令）。我肯定会丢尽脸面,再被开除。我觉得我甚至学不会操作收银机。有一个餐厅经理好像想雇我,他问:"你觉得你能学会吗?"我回答说不能。他看我的眼神,就好像从没见过有人这样回答。可我说的是实话。我觉得我学不会,尤其是时间很赶或者得当着外人的面。我会僵在那里。我唯一能轻松学会的,只有欧洲三十年战争始末这类东西。

当然了,事实是,我不必学会什么。切斯在养我,让我们维持着最低的生活水平。我不必逼自己走向外面的世界,因为切斯已经这么做了。男人就得这样。

我想我应该能应付图书馆的工作,所以我去问了一下,虽然他们并没有登广告。一个女人在名单上记下了我的名字。她很礼貌,但并不热情。然后我又去了几家看起来没有收银机的书店,人越少、东西越杂越好。书店的老板不是在抽烟,就是趴在桌上打盹。如果是二手书店,还经常能闻到猫的气味。

"我们冬天不怎么忙。"他们说。

有一个女人说我可以春天再来试试。

"不过我们那会儿应该也不怎么忙。"

温哥华的冬天和其他我所知的冬天都不一样。没有雪,除了冷风,什么也没有。中午的时候,在市中心,我闻到像是焦糖的味道——我想可能跟电车的接触线有关。我走在黑斯廷斯街上,除了我不会有别的女人出现在这里——只有醉汉、流浪汉、可怜的老人和拖着脚步的中国人。没人对我出言不逊。我经过仓库、杂草地，一个人都没看见。我走过基斯兰奴，高高的木房子里塞满了和我们一样住得紧巴巴的人；再到干净整洁的丹巴社区，这里都是涂灰泥的独栋别墅和修剪过的树木。到了克里斯戴尔社区，树木修剪得愈发漂亮，草坪上种着挺拔的桦树。都铎式横梁，格鲁吉亚式对称建筑，梦幻如《白雪公主》，还有仿制的茅草屋顶。或许是真的茅草，我哪能分辨呢？

在这些住宅区，大概下午四点就亮灯了，然后街灯也亮了，电车里的灯也亮了。常常在这时，西边海上的云会裂出一条缝来，洒下落日的余晖。公园里，我绕道回家的路上，冬天灌木的叶子在暮光中泛出淡淡的粉色光辉。购物的人正往家走，上班的人也准备回家，整天待在家里的人则出来散散步，好让家显得有点吸引力。我看到女人们推着婴儿车，拉着不情愿的小孩，没想过自己过不了多久也会面临同样的处境。我看到牵着狗的老人，还有的老人缓步而行，有的坐着轮椅，老伴或者看护在后面推着。我碰见过戈里太太推着戈里先生。她披着披风，戴着淡紫色羊毛贝雷帽（我现在才知道，她大多数衣服都是自己做的），脸上抹得红红的。戈里先生帽子戴得很低，脖子上裹着厚厚的围巾。戈里太太以她特有的尖锐刺耳的声音冲我打招呼，戈里先生则对我视而不见。他看上去似乎并不喜欢被推出来。不过轮椅里的人大多总是一副认命的样子。还有的人一脸受辱的表情，或者满脸透着不耐烦。

"那天，我们在公园里碰见你的那次，"戈里太太说，"你是不是刚找完工作回来？"

"不是。"我撒了谎。我的直觉是无论什么事,不要跟她讲真话。

"哦,那就好。我本来想跟你说,你要是出门找工作的话,得把自己收拾得好一点。嗯,你明白的。"

明白,我说。

"我真是不明白现在那些女人都是怎么出门的。我绝不会穿着平底鞋,妆也不化就出门,哪怕只是去杂货店,更何况是去找工作了。"

她知道我在撒谎。她也知道我一动不动地躲在地下室的门后,假装不在家。即便她翻了我们的垃圾,找出了我揉成一团的纸,读了上面冗长的"灾难",我也不会惊讶。她怎么就不能放过我呢?她不会放弃的。我是安排给她的一项任务——可能我的古怪、我的笨拙,都和戈里先生的瘫痪一样,要么纠正,要么忍受。

有一天,她下楼来的时候,我正在地下室的主屋里洗衣服。她允许我每周二借用她的甩干机和洗衣池。

"最近有什么工作机会吗?"她问。我脱口而出,说图书馆或许将来会给我个职位。我想我可以假装去那里上班——我可以每天都过去,像以前偶尔为之的那样,找张长桌坐下,读读书,或者再试着写作。当然了,一旦戈里太太去一次图书馆,谎话就兜不住了,不过去图书馆是上坡路,她推着戈里先生走不了那么远的。可要是她跟切斯提起我的工作——不过我觉得这也不太可能发生。她说她有时候有点怕跟他打招呼,因为他总是看起来很生气。

"我在想，如果你有空的话……"她说，"我刚才突然想到，如果你有空的话或许愿意下午陪戈里先生坐一会儿，把这当成一点小工作。"

她说有人找她去圣保罗医院的礼品店帮忙，每周去三四个下午。"这份工作没有报酬，不然我就让你去试试了。"她说，"是份志愿工作。不过医生说，出门对我有好处，他说'你一直在家会累坏的'。我也并不是缺钱，雷对我们很好，这只是份小小的志愿工作，我想——"她看了看洗衣池，发现切斯的衬衫、我的印花睡衣，还有我们的浅蓝色床单一起泡在水里。

"亲爱的，"她说，"你该不会把白衣服和有颜色的放一起洗吧？"

"只是和浅色的放一起，"我说，"又不会串色。"

"浅色也有颜色，"她说，"你可能觉得衬衫看起来还是白的，但不会有最初那么白了。"

我说我下次会注意的。

"你就这样照顾你男人吗。"她笑得有点不怀好意。

"切斯不介意。"我辩解道，我没意识到，这个回答在后来的岁月里变得越来越不真切；我也没有意识到，这些看上去偶然的、玩笑一般的工作，会从我真实生活的边缘地带，慢慢走到台前，占据中心。

我接受了这份工作，下午陪戈里先生坐着。绿扶手椅边的小桌子上铺着一条毛巾——用来接洒出来的东西，桌子上面放着他的药瓶和药水，还有一个看时间的小钟。另一边的桌子上堆满了书刊报纸。今天的晨报、昨天的晚报，还有《生活》《看客周刊》《麦克林》，都是那时候流行的休闲杂志。桌子下面的柜子里放着一摞剪贴本——孩子在学校用的那种厚牛皮纸做的毛边本。这些年来戈里先生一直在收集剪报，直到他中了风，剪不动东西。房间里还有一个书架，里面也放满了杂志和剪报，还有半架的高中课本，可能是雷以前用的。

"我一直给他读报纸，"戈里太太说，"他听得懂，只是没法靠双手拿起报纸，眼睛也容易累。"

所以，当戈里太太撑起她的印花伞，步伐轻盈地走向公共汽车站时，我就给戈里先生读报纸。我给他读体育新闻、当地新闻、世界新闻，还有各种关于谋杀、抢劫和恶劣天气的报道。我读报上的读者来信，还有写给医生的信、写给专栏作家安·兰德斯的信，以及她的回信。看样子他最感兴趣的是体育新闻和安·兰德斯。有时我会把运动员的名字读错，又或者把专业术语弄混，他听出来了，就会发出不满的嘟囔声，让我重新读。我读体育新闻的时候，他总是听得很认真，皱着眉头，专心致志。读安·兰德斯的时候呢，他的表情就放松下来，发出我觉得应该是高兴的声音——像是从喉咙里发出来的，又像是鼻腔深处。如果信里提到什么特别女性化或者特别琐碎的烦恼（比如有位女士写，她嫂子总爱把从蛋糕店买来的糕点假装成自己烤的，可糕点下面的衬纸上明明还有商店的标志），或者谈到当时不能敞开了谈的话题——性——的时候，他尤其爱发出这种声音。

读到社论版，或者美国在联合国说什么了，俄国又在联合国说什么了，他眼皮就开始耷拉——准确地说，是好的那只眼睛眼皮耷拉得厉害，而坏的那只眼睛，眼皮只会稍微垂下一点——胸部的起伏也更剧烈，于是我会停下来看他是不是睡着了。这时他会发出另一种声音，一种粗鲁、短促的责备声。随着我逐渐习惯与他相处，他也逐渐习惯我的陪伴，这种声音听起来似乎算不上责备，更像是为了让我放心。既让我放心他没有睡着，也让我放心他还活着。

我一开始很害怕他会死在我面前。他看起来已经半死不活的了，有什么理由会一直撑着不死呢？他那只坏了的眼睛像水底的石头，半边嘴巴张着，露出他原生的烂牙（那个年纪的人一般都戴假牙），牙齿里深色的填充物透过牙釉质闪着光。他活在这个世上的事实，对我来说像是一个可以轻易抹去的差错。不过，我说了，后来我也习惯了。他个头真大，高贵的脑袋也很大，宽阔的胸脯吃力地起伏着，无力的右手搭在长长的裤管上，我读报时，这一幕就这样侵入我的视线。他就像一个遗迹，一位来自巴洛克时代的老战士。血斧埃里克。克努特国王。

> 海上的王对臣民宣告，我力有不逮，
> 不能扬帆远航。我不再是海的霸王。

他就是这样。他去洗手间的时候，那半边残废的身体似乎随时都能把家具撞倒,把墙撞出个洞来。他身上的味道虽不难闻,但也不是婴儿那种肥皂和滑石粉的干净香气——是厚重的衣物上烟草残留的味道(虽然他已不再吸烟),还有被衣服裹住的皮肤,我想应该是又厚又糙的,上面还有汗水的残留和动物的体温。轻微而持久的尿味,如果这气味出现在一个女人身上是有点恶心的,但对他来说,不仅可以原谅,甚至是一种特权的表现。当我进到他刚刚用完的洗手间里面,我觉得那儿仿佛是个肮脏而强大的野兽的巢穴。

切斯说我照顾戈里先生就是在浪费时间。外面天晴了,日头也长了。商店都上新货品了,一扫冬日的沉闷。这个时候雇人的也多,我应该出去找份正经工作。戈里太太给的太少了,每小时只有四十美分。

"可我已经答应她了。"我说。

有一天他说他透过办公室窗户,看见戈里太太下了一辆公交车。那地方离圣保罗医院远着呢。

我说:"她可能是中间休息的时候去的。"

切斯说:"哼,我还从没见她白天出门。"

我提议用轮椅推着戈里先生出去散散步,现在天气也好了。他拒绝了,发出的那种声音让我确信他很不喜欢坐在轮椅里被推出去,也有可能是不喜欢被我这样一看就是雇来的人推出去。

我问他出不出去的时候,报纸正读到一半,等我准备继续读时,他做了个手势,嘟囔了一声,告诉我他听累了。我放下报纸。他用那只好手朝桌子下面的那沓剪报挥了挥,嘟嘟囔囔的。

究竟是什么声音,我只能说像咕哝,像哼哼,像在咳嗽,像在吠叫,像在嗫嚅。但这一次他好像在说话,听起来好像真的有内容。不是那种专横的命令("不要""帮忙""几点了""喝水"),也不是什么复杂的感叹:"天哪,那狗怎么还不闭嘴!"或者"净是空话"(这句是在我读完报纸上的社论或演讲后说的)。

这次我听到的是:"让我们来看看,那里有没有比报纸更有趣的东西。"

我把那沓剪报从书架上拿下来,放在他脚边的地板上。剪报的封皮上用黑色蜡笔写着大大的年份,是最近几年的。我翻开一九五二年的,看到乔治六世葬礼的报道,上面还用蜡笔写着:"阿尔伯特·弗雷德里克·乔治,生于一八八五年,卒于一九五二年。"还有三位王室女士穿着丧服的照片。

下一页是关于阿拉斯加公路的报道。

"这些剪报很有趣,"我说,"要我帮你再做一本吗?你可以告诉我想剪哪些内容,我来弄。"

他的回答可能是"太麻烦了",或者"费那个事干吗?",也可能是"这主意真傻"。他把乔治六世推到一边,想看其他剪报上的年份。没找到他想要的,他又朝书架上指了指。我又拿出一沓剪报。我知道了,他是想找某一年的剪报,于是我挨个拿起每一本,给他看封皮。有几本我还会翻开看一看,虽然他不乐意。我看到有一篇是讲温哥华岛上的美洲狮的,还有一篇讲表演高空秋千的马戏团演员之死,还有一篇讲一个在雪崩中幸存的孩子。剪报上的时间经过战争年代,经过三十年代,越过我出生的那一年，终于，到差不多再往前十年的时候，他满意了，发出了指令。看这一本，一九二三年的。

于是我拿起这一本，从头往后翻。

"一月大雪覆盖了村庄——"

不是这个，快点，往后翻。

我开始快速地翻页。

慢一点，别慌，慢慢翻。

我一页一页翻，上面的内容还没有读就翻过去了，直到他找到他想要的那一页。

这里，读吧。

这篇报道没有配图，也没有标题。上面用蜡笔写着："《温哥华太阳报》，一九二三年四月十七日。"

"科提斯岛，"我念道，"读这里吗？"

读吧，开始。

科提斯岛。周日凌晨或周六深夜，位于该岛南部的安森·詹姆斯·怀尔德的家被大火烧毁。这栋房子远离其他住宅，因此没人注意到火势。据报道，周日凌晨，一艘前往荒凉湾的渔船发现了火光，但船上的人以为是有人在烧灌木丛。考虑到当时森林比较湿润，不会发生火灾，所以他们没有采取行动。

怀尔德先生是野果果园的所有者，在岛上住了近十五年。他当过兵，性格孤僻，待人友好。他结过婚，育有一子。据说他出生于大西洋省。

大火把房屋夷为平地，横梁也倒塌了。怀尔德先生的遗体在废墟中找到，已经变得难以辨认。

废墟中还发现了一个发黑的铁罐，里面可能装过煤油。

事发时，怀尔德先生的妻子不在家。上周三，有船过来把她丈夫果园里的苹果运到科莫克斯，她也搭船离开。她原本计划当天返回，但因为引擎故障，她在外多待了四天三晚。周日早晨，朋友顺道将她送回时，两人发现了这桩惨剧。

火灾发生时，怀尔德家年幼的儿子不在家里。人们立即组建了搜索队，在周日下午天黑之前，在离家一英里不到的森林里发现了这个孩子。他在树丛中待了好几个小时，身上又湿又冷，好在没有受伤。出门时他似乎带了食物，被发现的时候，他身上还有几片面包。

一场大火就这样摧毁了怀尔德先生的家园，夺去了他的生命。科特尼市将对大火的原因进行调查。

"你认识这些人吗？"我问。

翻页。

一九二三年八月四日。今年四月，温哥华岛科特尼市对科提斯岛上导致安森·詹姆斯·怀尔德死亡的火灾进行了调查，调查发现，死者自己纵火或他人纵火的可能性无法证实。火灾现场的空煤油罐不足为证。据科提斯岛曼森斯兰丁商店店主珀西·坎珀先生称，怀尔德先生经常购买和使用煤油。

死者七岁的儿子也无法提供关于火灾的有效证词。火灾被发现的数小时后，搜索队在怀尔德家不远处的森林里发现了这个孩子。对于询问，他回答说爸爸给了他一些面包和苹果，让他走到曼森斯兰丁去，可他中途迷了路。又过了几周，他说不记得这回事，也不知道是怎么迷的路，按说这条路他已走过多次。维多利亚市的安东尼·赫尔威尔医生称他对男孩做了检查，认为男孩是在看到火光之后逃走的，顺便带了一点食物，只是他自己不记得了。但他也说男孩的讲述可能是对的，只是这段记忆压抑了一段时间。他还说，没有必要对这个孩子做更多询问，因为他多半已经区分不了事实和想象了。

火灾发生时，怀尔德太太不在家，她乘坐联合湾詹姆斯·汤普森·戈里的船去了温哥华岛。

调查认为，怀尔德先生的死亡是一起意外，引起火灾的原因不明。

合上吧。

拿走，都拿走。

不不不，不是那样放的。按年份的顺序放好，一年一年。这样，像原来一样。

她来了吗？从窗户那儿看看。

没来就好，她应该快来了。

读完了，你怎么想？

我无所谓，你怎么想我都不在乎。

你想过人的生命可以就这样结束吗？事实就是这样。

我没对切斯提起过这件事。原本我会把白天里我认为他感兴趣或者会觉得有趣的事告诉他。可他现在好像不怎么愿意谈起戈里一家。他形容他们的词是："怪异"。

公园里那些脏兮兮的小树已经开花。花是鲜艳的粉色，像人工上色的爆米花。

我也有了一份正经工作。

基斯兰奴图书馆打电话来，让我周六下午过去一趟，可能要待几个小时。去了之后，我就坐在桌子后面，给人们借的书盖归还日期的章。有几个人我认识，他们和我一样也经常来借书。现在我代表图书馆，冲他们微笑，对他们说："两周后见。"

有的人会笑着说："哈哈，要不了那么久。"因为他们是书痴，和我一样。

我发现我应付得了这份工作。不用操作收银机——收罚款的时候直接从抽屉里找零钱就可以了。而且大多数书的位置我早已熟悉。要给卡片归档时，我也懂字母的顺序。

于是我获得了更多的工作时间。很快，又变成了临时的全职工作。后来，一位正式员工流产了，两个月没有来。两个月之后她又怀孕了，医生建议她不要再上班。于是我成了正式员工，直到我第一次怀孕后几个月。曾经我看着面熟的工作人员，现在成了我的同事。梅维丝和雪莉，卡尔森太太和约斯特太太。她们都记得我以前进图书馆来，用她们的话说，逛来逛去好几个小时。

真希望她们当时没注意到我。真希望我没来得那么频繁。

这是一种多么简单的快乐。有这样一个岗位,可以从借书台后面面对大家,可以和来人进行简单友好的接触,还可以帮到他们。被人们看作专业人士,在社会上有一个清晰的定位。我终于不用四处闲逛,胡思乱想,我成了图书馆里的女孩。

当然,现在我阅读的时间减少了。有时我一边在桌后工作,一边会拿一本书在手上——只是为了拿着,不是一定要看——我总感觉有一丝恐慌,就好像梦里你突然发现自己在另一栋楼里,或者忘了考试时间,然后意识到这预示着某个隐蔽的灾难或终身大错将要到来。

不过这种恐慌转瞬即逝。

和我一起工作的女人说她们好几次看见我在图书馆写东西。

我说我在写信。

"你在练习本上写信?"

"对呀,"我说,"那样便宜一些。"

最后一个练习本已经冻结,被我放在抽屉里,和乱七八糟的袜子、内衣塞在一起。它变得冷冰冰的,看到它我只感觉不安和羞耻。我本想就此抛下,却又抛不下。

戈里太太没有祝贺我找到这份工作。

"你没告诉我你还在找工作。"她说。

我说我很久以前在图书馆登了记,我跟她说过。

"那是在你给我干活儿之前,"她说,"那现在戈里先生怎么办?"

"我很抱歉。"我说。

"抱歉对他也没用,不是吗?"

她抬起粉色的眼皮,用一种自以为是的语气对我说。肉铺或者杂货铺送错了单时,她就是用这种语气打电话过去的。

"那我现在怎么办呢?"她说,"你走得倒轻松,给我留下烂摊子。希望你以后对别人讲点信用,不要像这回这样。"

真是毫无道理。我本来就没承诺我能干多久。可我还是有点愧疚,可能不是愧疚,是不安。我确实没承诺过她什么,可她敲门时我不是也装过不在家,进来出去都躲着她,经过她厨房窗下时还埋着头吗?我明明和她关系淡漠,却装出一副浓情蜜意的样子,接受她的各种实实在在的馈赠,这又怎么说?

"行吧,就这样吧,"她说,"我也不想找靠不住的人来照顾戈里先生。我这么跟你说吧,其实我对你的照顾也不怎么满意。"

很快她就又找到了一个保姆,是一个体形娇小、头发浓密的女人,黑头发,戴着发网。我从没听过她说话,但我听过戈里太太和她讲过话。楼上的门开着,所以我就听见了。

"她从来都不给他洗茶杯,两天里有一天连茶都不给他泡。我不知道要她有什么用,就知道坐在那里读报纸。"

现在我出门时,厨房的窗户会砰的一下关上,她的声音就从我头顶飘来,还装作是说给戈里先生听的。

"哼,她就那么走了,招呼也不打一个。没人要她的时候,是我们给了她一份工作,她倒好,连招呼也不打。"

我确实没打招呼。经过戈里先生面对的那扇窗户的时候,我想，要是此时挥手，即便我抬头望向他，他也会感觉耻辱，或者恼怒。不管我做什么，可能都会被看作一种挑衅。

还没走出半个街区，我就已经把他们抛在了脑后。清晨的光线多么明亮，我带着一种解脱感和目标感走在路上。这种时候，我不再为抛下的过去感到羞耻。在床帘后度过的那些时光，在厨房桌子上失败了一页又一页的时光，在那个闷热至极的房间里陪伴一个老头的时光。屋里毛茸茸的地毯、豪华的装饰、他的衣服、他身体的气味，还有干燥的剪报的气味，一沓沓的报纸读也读不完。他保存着那个可怕的故事，还让我读。（我从来没有意识到，那其实就是我推崇的那种书上写的人之悲剧。）回想这所有的一切，就像是在回想童年时的一段生病的时光，我自愿被困在柔软的法兰绒床单上，一股樟脑丸的气味，我困在自己的乏力和发烧中，透过楼上的窗户看到模糊难辨的树影。这样的时刻与其说是遗憾，不如说是自然而然地淡忘了。它已经成为我的一部分——可能是病态的一部分——而现在也将被抛弃。你或许以为是婚姻带来了这种转变，其实不是，最起码刚开始不是。我好似冬眠一般，反刍着曾经的我——呆头呆脑，毫无女人味，莫名其妙地回避现实。现在的我终于站稳脚跟，可以大大方方地承认我是妻子、是雇员。只要我愿意，我也可以很好看，很有能力。没什么扭捏的，我可以应付。

戈里太太拿着一个枕套来到我门前，咧开嘴，笑得不怀好意。她问我，这个枕套是不是我的。我毫不犹豫地说不是。我的两个枕套正套在我们的枕头上呢。

她装出一副丧气的样子:"哦,这肯定也不是我的。"

我问:"你怎么知道?"

慢慢地,仿佛毒液化开一般,她的笑容更自信了。

"这种材质的布料我是不会给戈里先生用的,我自己也不会用。"

为什么?

"因为——它——不是——好料子。"

于是我只好去把我们床上的枕套取下来拿给她看,这才发现它们不是一对,我一直以为它们差不多。一个是"好料子"——那是她的,她手上的那个,才是我的。

"我就不信你没发现,"她说,"别人发现不了,你还发现不了吗?"

切斯打听到另一处公寓。是正经的公寓,不是那种"套房",有一个专用的洗手间和两个卧室。他工作中认识的一位朋友买了房子,打算和妻子搬走了。公寓在西一街和麦克唐纳街交会处,我可以继续走路上班,他也可以搭同一辆公共汽车。现在我们俩都有收入,付得起房租。他的这对朋友夫妻也留下了一些家具,可以便宜卖给我们。那些家具不适合他们的新家,但是给我们用还是绰绰有余的。我们在明亮的三楼房间里走来走去,欣赏着奶油色的墙面、橡木拼花地板、宽敞的橱柜和贴了瓷砖的卫生间。甚至还有一个小阳台,可以俯瞰麦克唐纳公园的树叶。我们以全新的方式爱上了对方，爱上了我们的新生活，我们终于从临时的地下室搬了出来，进入了真正的成人生活。在以后的日子里，那段时光会被当作一个玩笑、一场耐力测试。我们的每一个动作——租下的房子、第一套买下的房子、第二套买下的房子、在别的城市拥有的第一套房子——都会给我们带来一种欣喜的进步感，加强我们两人之间的联结。然而到了最后一所也是前所未有、最豪华的房子，我却是怀着一丝灾难的预感和逃离的冲动踏进去的。

我们把要搬走的事跟雷说了，没有告诉戈里夫人。这让她的敌意又增加了一层，她甚至快要气疯了。

"哼，她觉得自己有多聪明。两个房间她都收拾不干净。她所谓的扫地，就是把脏东西都堆到一个角落。"

我头一次买扫把的时候，忘了买簸箕，所以干过一段时间这种事。可是她之所以知道，肯定是趁我们不在时拿钥匙进过我们的房间。她把自己给暴露了。

"她就知道小偷小摸，第一眼看见她我就知道她爱小偷小摸，还爱撒谎。她脑子不正常。成天坐在那里，还说她在写信，同样的东西写了一遍又一遍——才不是写信，写的明明是一样的东西。她就是脑子不正常。"

于是我知道她在垃圾桶里翻过我丢的纸团。我总试着写同一个故事，用相同的话语。就像她说的，写了一遍又一遍。

天气已经很暖和了，出去上班不用穿夹克了，我把紧身毛衣塞进短裙里，腰带系到最紧的一格。

她打开前门冲我的背影叫嚷。

"荡妇,瞧瞧那个荡妇,挺着胸,撅着屁股。你以为自己是玛丽莲·梦露吗?"

还有"谁愿意你住我们家,越早滚蛋越好。"

她给雷打电话,指控我想偷她的床上用品。她还说我在街上散播她的谣言。她故意开着门,让我听到,在电话里也说得很大声。其实没必要,我们共用一条电话线,想偷听随时可以听到。但我从没这么做过——我的本能是堵上耳朵,不过有一天晚上切斯回家后拿起了电话。

"别理她,雷,她就是个疯老婆子。我知道她是你母亲,但我还是得说她疯了。"

我问他雷怎么说的,他有没有生气。

"他就说'是,行。'"

戈里太太挂断电话,直接冲楼下喊:"我让你看看谁是疯子,我让你看看是谁疯了,成天散播我和我丈夫的谎话——"

切斯说:"别费口舌了。离我老婆远点。"过了一会儿他问我:"她为什么把她丈夫也扯进去?"

我说:"我不知道。"

"她就是见不得你好,"他说,"因为你年轻,又漂亮,她却是个老巫婆。"

"别想了。"他说。为了让我开心点,他还勉强说了个笑话。

"一个老太婆,在乎她做什么?"

我们只带了随身的行李箱，搭出租车搬去新公寓。在外面等车的时候，我们背对着房子，我以为里面还会传来最后的怒吼，实际上却静悄悄的。

"她会不会拿一把枪从背后把我们打死？"我说。

"别说这种话。"切斯说。

"我想和戈里先生挥手告别，要是他在的话。"

"最好不要。"

我没有回头看那房子最后一眼，我也没有再踏上过那条街，或者去阿标特斯街上那个面朝公园和大海的社区。它究竟长什么样我记不清了，只记得厨房里的床帘、装满瓷器的餐柜、戈里先生的绿色扶手椅——记得清清楚楚。

我们认识了一些刚结婚的年轻夫妻，像我们一样，租住在别人家便宜的房间里。他们说起老鼠、蟑螂、恶心的马桶、发疯的房东。我们则会讲那位发疯的房东，那个偏执狂。

除此以外，我不会想起戈里太太。

但是戈里先生有时会出现在我的梦里。在梦里，我似乎在戈里太太之前就认识了他。他四肢灵活、身体强壮，但样貌并不年轻，与我在前屋为他读报时的样子无异。梦里的他好像会说话，发出那些嘟囔似的声音，但我听得懂——那声音粗鲁又强硬，是他的动作必要的注脚，似乎还带着一丝不屑。动作本身是爆发式的，因为梦里充满了情欲。在我还是年轻妻子的那段时光，还有后来，没过多久我就成了年轻的母亲——忙忙碌碌、忠贞不贰，同时还能得到满足——我每隔一段时间就会梦到那种攻击、那种回应、那些可能性,它们压倒了生活中的一切际遇。那些梦早已摒弃了浪漫,也没有丝毫体面。我们的床——戈里先生和我的床——是铺满砾石的海滩、粗糙的甲板,或是由油腻的绳索编成的让人精疲力竭的线圈。那里面有一种你可以称之为丑陋的韵味。那刺鼻的味道、浑浊的眼睛、乱七八糟的牙齿。我从这些不洁的梦中醒来,早已不再惊异,也不再羞耻,只会继续睡去。早晨醒来,我也习惯了否定这段记忆。这么多年来,即便他本人已经去世很久,戈里先生仍这样出现在我的夜生活里。直到我把他用腻,我想,就像我们用腻一个死人。可似乎从来都不是我在主导,不是我把他带到这里的。更像是相互的,他也带我来到了这里。这是我的遭遇,也是他的遭遇。

而那只船、那个码头和岸边的砾石,那些指向天空或蜷缩在水面的树木,周围岛屿复杂的轮廓和朦胧而独特的山脉,似乎都处在一种自然的混乱之中,比我所能梦见或想象的任何东西都要夸张,又都要日常。就像一个地方,不管你在不在那里,它都会存在下去,一直就在那里。

但我从未见过那栋房子烧焦的横梁是如何倒在那位丈夫身上的。那是很久以前的事了,周围的森林早已把那里淹没。

唯独割麦人

他们玩的游戏跟伊芙和索菲玩的差不多，那时索菲还是小女孩，车程无聊又漫长的时候就会玩这个游戏。当时是找间谍，现在变成了外星人。索菲的孩子们，菲利普和黛西，坐在后座。黛西刚三岁，还不懂是怎么回事。菲利普七岁，掌控着局面。他来挑选要跟哪辆车，车里有刚刚抵达的太空旅行者，正赶往他们的秘密总部，那是外星入侵者的巢穴。其他车里看起来可疑的人、站在邮筒旁的人、在田里开拖拉机的人，都有可能发出信号，向他们指示前进的方向。有不少外星人登陆了地球，他们已经"转形"——这是菲利普发明的词——所以谁都有嫌疑。加油站的员工、推着婴儿车的女人，甚至婴儿车里的婴儿。这些人都有可能正在发送信号。

通常，伊芙和索菲会在车流很多的公路上玩这个游戏，这样她们就不会被发现。（不过有一次玩过了头，把车开到了郊区。）伊芙今天走的是乡间小路，想不被发现可不容易。为了解决这个问题，她说他们应该换一辆车跟，因为有些车是圈套，根本不是去秘密总部的，会把人带入歧途。

"不，不是的，"菲利普说，"他们的做法是，他们会把人从一个车吸到另一个车里，防止有人跟着。他们本来在这个人身体里，然后嗖的一下从空气中飞到另一辆车里的另一个人的身体中。他们一直进入不同人的身体里，人们根本发现不了身体里是谁。"

"真的吗？"伊芙说，"那我们怎么知道跟哪辆车？"

"密码就在车牌上，"菲利普说，"它会根据他们在车内形成的电场而改变。这样他们在太空中的追踪仪就能跟着他们。虽然不是什么大事，但我不能告诉你。"

"行吧，那就不说，"伊芙说，"我估计没几个人知道呢。"

菲利普说："整个安大略目前只有我一个人知道。"

他系着安全带，身体使劲儿往前倾，时不时急切又专注地轻叩牙齿，用轻轻的口哨声提醒她。

"嘿，这里小心，"他说，"我感觉你得掉头了。嗯，没错，我觉得就是这里。"

他们原本跟着一辆白色的马自达，现在呢，看样子得跟那辆福特牌深绿色旧皮卡了。伊芙问："你确定吗？"

"确定。"

"你感觉到他们从空气中被吸过去了？"

"他们同时'转形'了，"菲利普说，"我可能是说过'吸过去'，但主要是为了让别人理解。"

伊芙本来打算找一家卖冰淇淋的乡间商店或者游乐场，她把这些地方说成是秘密基地。然后说所有的外星人都聚在那里，变成了小孩，因为冰淇淋、滑梯和秋千实在太有趣了，他们暂时失去了能量。不用怕他们劫持你——或飞到你体内——除非你选错了冰淇淋的口味，或者在某一架特定的秋千上荡了恰好错误的次数。（还是得留一点可能出现的危险，不然菲利普会觉得很失望，受辱了。）没想到菲利普那么快就完全掌握了主动权，现在有点难以收场了。那辆皮卡要从铺好的乡村公路拐到碎石小路上去。车很旧了，没有顶盖，车身也锈了——应该走不了多远。有可能是要回某个农场。在它到目的地之前，他们可能遇不到别的车了，也没法换一辆车跟了。

"你确定是这一辆？"伊芙说，"车里只有一个人。我想外星人不会独自行动的。"

"还有狗。"菲利普说。

皮卡的车斗里有一只狗，沿着车斗两边来来回回地跑，好像有什么事要时刻追踪一样。

"狗也算是一个。"菲利普说。

那天早晨，索菲出门去多伦多机场见伊恩，菲利普在儿童房带黛西玩。黛西在这栋陌生的房子里适应得很好——除了度假的每个晚上都会尿床——但妈妈自己出门，把她留在家里，这还是头一次。于是索菲让菲利普帮忙分散黛西的注意力，菲利普干得很起劲儿。（因为对新变化要发生很高兴？）他推着玩具车狠狠从地板上驶过，还弄出轰隆隆的引擎声，来盖住索菲启动租来的真车的声音。没过多久他冲伊芙喊道:"B. M. 走了吗?"

伊芙在厨房里,克制着自己的情绪,收拾吃剩的早餐。她走到起居室。起居室放着一盘昨晚她和索菲看的电影录像带。

《廊桥遗梦》。

"B. M. 是什么意思?"黛西问。

儿童房的门是朝起居室开的。这是一栋狭促的小房子,装修廉价,方便夏季出租。伊芙本来准备租间湖边小屋度假——这是近五年来,索菲和菲利普第一次来看她,和黛西更是头一次见。她选了休伦湖湖滨这一片,因为她小的时候父母带她和哥哥来这里度过假。这里变化不小——度假小屋盖得和郊区住宅一样结实了,租金也涨得没边。沙滩北边岩石较多,不太受欢迎,从那里往陆地半英里,就是她租的房子,这已经是她能负担得起的最好的一栋了。房子在一片玉米地里。她把父亲以前讲给她的话又讲给了孩子们——夜里,你能听见玉米生长的声音。

每天,索菲从晾衣绳上取下黛西手洗的床单时,都得抖掉上面的玉米虫。

"意思是'拉便便(bowel movement)'。"菲利普用一种狡黠的挑战神情看着伊芙,说道。

伊芙在门口停了下来。昨天晚上她和索菲看到梅丽尔·斯特里普在大雨中坐在丈夫的卡车里,她按着车门把手,哽咽着,热切地看着情人开车离开。她们转过身时,看见彼此的眼里都噙满泪水,便摇了摇头,一同笑了起来。

"还可以是'老妈妈(Big Mama)',"菲利普用更缓和的语气说道,"爸爸有时就这样叫她。"

"行吧,"伊芙说,"如果你想问的是这个,那么答案是'是'。"

她想知道他有没有把伊恩当作自己真正的父亲。她没有问索菲他们是怎么跟他讲的。她自然也不会讲。他的亲生父亲是个爱尔兰小伙子,决定不做牧师后就在北美到处旅游,想看看做什么好。伊芙以为他只是索菲的一个普通朋友,索菲似乎也是这么想的,可后来她却引诱了他。("他那么害羞,我没想到真能得手。"她说。)直到见到菲利普,伊芙才在脑海中真正描绘出那个男孩的形象。她看到他的特点被忠实地复刻——一个眼睛明亮、书生气、敏感、爱脸红、爱挑剔、胆小、好嘲讽、好争辩的爱尔兰年轻人。有点像塞缪尔·贝克特,她说,连脸上的皱纹也像。不过婴儿慢慢长大,皱纹也逐渐消失了。

索菲那时是考古专业的全日制学生。她去上课的时候,菲利普就由伊芙照顾。伊芙那时是演员——现在也是,如果能找到戏演的话。即使在那些日子里,她也有没戏演的时候;白天如果有排练,她就把菲利普带去。有好几年他们都住在一起——伊芙、索菲和菲利普——就住在伊芙多伦多的公寓里。伊芙推着菲利普——刚开始用婴儿车,后来换成手推车——在皇后街、学院街、士巴丹拿道、奥盛顿大道上散步。有时她会走到不认识的路上,两个街区长,绿树成荫,一边路不通,有虽然老旧但很完美的房子在售。她会叫索菲过去看看,然后她们找房产中介讨论贷款怎么办理,修缮要花多少钱,哪些部分可以自己动手。犹豫着、畅想着,直到房子被别人买走,或者伊芙陷入阶段性的财政紧缩，或是有人劝她们，这种街边的房子看着漂亮，但对于女人和小孩来说，终究不如她们现在住的那条街安全，虽然那条街又丑又破，但是热闹，光线也充足。

伊芙对伊恩，比对那个爱尔兰小伙更不当回事。他只是个朋友，从没单独来过她的公寓。后来他去加利福尼亚工作了——他做城市地理学研究——索菲打出了高额的电话费，伊芙不得不跟她提了这件事，公寓里的气氛就发生了变化。（或许伊芙不应该提电话费的事？）没过多久，索菲带着菲利普去探望他，伊芙留在当地剧场进行夏季演出。

又过了没多久，加利福尼亚那边传来消息，索菲和伊恩要结婚了。

"同居一段时间试试看，不是更明智些？"伊芙从公寓里打电话说。索菲回答："咳，不用。他这个人很怪，他不相信那一套。"

"可我脱不开身去婚礼，"伊芙说，"我们要一直演到九月中旬。"

"没关系，"索菲说，"我们不准备办一场传统婚礼。"

于是直到今年夏天，伊芙再没见过她。一开始是因为双方都没钱。伊芙有工作时没时间出远门，没工作时付不起额外的开销。很快，索菲也找到工作了——在一家诊所当接待员。有一次伊芙正打算预订航班，索菲打电话来，说伊恩的父亲去世了，他要飞回英国参加葬礼，再把他母亲带来和他们同住。

"我们只有一间多余的房间。"她说。

"打消这个念头吧，"伊芙说，"两个妈妈住在同一屋檐下也就罢了，还要住一间房。"

"要不等她走了你再来？"索菲说。

可那位母亲一直住到黛西出生，住到他们搬进新房子，整整住了八个月。等她终于走了，伊恩又开始写书，家里来人的话会打扰他。他已经写得够艰难了。又过了一段时间，伊芙终于觉得可以去了。索菲寄来黛西、花园，还有家里所有房间的照片。

这时索菲宣布，他们会过去，她、菲利普和黛西可以今年夏天回安大略。他们会和伊芙一起待三周，伊恩独自在加利福尼亚工作。三周之后，他飞过来和大家会合，然后一家人一起从多伦多飞到英国，再和他母亲待一个月。

"我在湖边租一栋房子，"伊芙说，"一定会很不错的。"

"会的，"索菲说，"这么久没见了，真是难以想象。"

确实如此。还算不错，伊芙心想。索菲并没有因为黛西尿床而太过惊讶或烦躁。菲利普一开始很拘谨，态度也很疏远，伊芙说他还是个婴儿时她就认识他，他的回应很冷淡。他还抱怨他们匆忙穿过树林去海滩时，一大群蚊子围着他们。他想去多伦多，去看科学馆。不过后来他就适应了，在湖里游泳也不抱怨水凉了，整天独自忙着各种安排——比如他把一只拖回家的死海龟煮熟，把肉剥下来，然后留下龟壳。海龟的胃里还有一只没消化的小龙虾，虾壳脱落成了几片，他丝毫不觉得扫兴。

与此同时，伊芙和索菲养成了一种愉快又悠闲的生活方式，早上做家务，下午去沙滩，晚饭喝点酒，深夜看电影。她们喜欢上了半开玩笑地猜测这栋房子的将来。可以怎么整修呢？先把起居室的仿水纹镶板墙纸撕掉。然后再把土气的金色鸢尾花饰地毯掀起来，那些花已经在沙砾的摩擦和常年的刷洗中变成了褐色。索菲按捺不住，把水槽下腐烂的一块地毯掀开看了看，发现下面是严重磨损的松木地板。她们聊到租一个抛光机的花费（假设这房子是她们的），聊到门和木制家具上什么颜色的漆，选什么色的百叶窗，厨房用开放式的置物架代替藏污纳垢的胶合板橱柜。再装一个燃气壁炉怎么样？

　　房子装好以后谁来住呢？伊芙住。冬季租这里作为俱乐部场地的雪地摩托爱好者们现在自己建了新场地，房东或许乐意把房子按年整租出去。考虑到房子的状况，也有可能便宜卖掉。明年冬天伊芙要是得到她期望的那份工作，正好可以把这里当作隐居的地方。要是没得到，为何不把公寓租出去，搬到这里来住？利用两边的租金差价，还有从十月起可以领的养老金，加上她为营养代餐做广告赚来的钱。她负担得起。

　　"如果我们夏天来住，可以帮着付点房租。"索菲说。

　　菲利普听见她们的谈话，问："每个夏天都来吗？"

　　"看样子你喜欢这个湖，"索菲说，"你现在喜欢上这里了。"

　　"蚊子嘛，也不会年年都这么猖獗的，"伊芙说，"一般在六月入夏时蚊子多，那时你们还没来呢。春天地上都是潮湿的沼泽，蚊子就在里面产卵，之后沼泽地干了，它们就繁殖不了了。今年雨季来得早，沼泽没有干透，蚊子才有机会又繁殖了一代。"

她早就发现他爱听这些知识，不爱听她发表观点或者回忆过去。

索菲也不喜欢听她回忆过去。每次伊芙谈起她和索菲共度的那些日子——即便是菲利普刚出生的那几个月，她心目中最快乐、最艰难、最努力也最和谐的一段时光——索菲都会变得神情严肃，欲言又止。至于更早的日子，当她们谈到菲利普的学校时，伊芙提起索菲的童年，发现这更是一个雷区。索菲觉得菲利普的学校太严格了，伊恩却觉得还好。

"跟黑鸟太不一样了。"伊芙说。索菲立马接过话题，几乎带着敌意道："哼，黑鸟，真荒唐。还是你花钱让我去读的。你花钱了呢！"

黑鸟是一所不分年级的非传统学校（校名取自《破晓》[①]），索菲在那里上过学。学费超出了伊芙能负担的范围，但她觉得孩子的妈妈是演员，爸爸又没了踪影，还是上这所学校好一点。索菲九岁还是十岁的时候，因为学生们的家长意见不合，学校关门了。

"我们学希腊神话，可我连希腊在哪儿都不知道，"索菲说，"我根本没弄懂它是什么。艺术课上我们还得做反核能的标志。"

伊芙说："啊，不会吧。"

"怎么不会。他们还一遍一遍和我们谈论性，没完没了。简直是语言骚扰。这就是你花的钱。"

[①] 20 世纪 70 年代英国民谣摇滚歌手凯特·斯蒂文斯（Cat Stevens，1948— ）的著名歌曲，其中有歌词"Blackbird has spoken like the first bird"。——编者注

"我不知道这学校这么差劲。"

"哼,"索菲说,"幸好我挺过来了。"

"能挺过来,"伊芙虚弱地接道,"就是最重要的。"

索菲的父亲来自印度南部的喀拉拉邦。在从温哥华开往多伦多的火车上,伊芙遇见了他,并与他共度了整段旅程。他是位年轻的医生,来加拿大进修。他在印度有老婆,女儿刚出生没多久。

火车旅程一共三天。到卡尔加里的时候,停靠半小时,伊芙和医生到处找药店买避孕套,一个药店也没有。到了温尼伯,火车停靠一个小时,可那时已经迟了。其实——伊芙给他们讲这个故事的时候说——他们刚进入卡尔加里市的时候,可能已经来不及了。

他在二等车厢——奖学金并不丰厚。但是伊芙出手阔绰,给自己包了个包厢。正是这次奢侈——一个匆忙的决定——要不是包厢里私密又方便,伊芙说,怎么会有索菲,她又怎么会迎来人生中最大的改变。都是因为这个包厢,以及卡尔加里火车站附近买不到避孕套的现实,而不是因为爱,或者钱。

到了多伦多,她和这位来自喀拉拉邦的恋人挥手告别,就像告别任何一个普通旅伴,因为那里有一位男士在等她,当时他才是她人生中的重要目标和主要麻烦。火车摇摇晃晃,颠簸了整整三天——这对恋人的行为大概也并非完全出自本意,既然不能全靠自己控制,便似乎显得无辜,且难以抗拒。他们的交谈和感情肯定也受到了影响。伊芙的记忆里全是浓情蜜意,没有一点冷峻绝情。在那样小而私密的车厢里,你想冷峻也做不到。

她告诉索菲他的教名——托马斯,圣徒托马斯的名字。要不是遇见了他,她都不知道古代基督徒还去过印度南部。索菲十几岁时,有一阵对喀拉拉邦很感兴趣。她从图书馆借书回家,穿着纱丽去参加聚会。还说等她长大了,要去找她的父亲。她似乎认为知道他的名字和他独特的研究领域——血液疾病——就足够了。伊芙劝她说,印度人口数量庞大,而且他有可能压根不在印度。伊芙说不出口的是,索菲的存在对她父亲的人生而言,是多么出乎意料、不可思议。好在她渐渐打消了这个念头,随着各种夸张的民族服饰逐渐泛滥,她也不再穿纱丽了。后来她唯一一次提起自己的父亲,是怀菲利普的时候,开玩笑说延续了这个家族父亲总是不翼而飞的传统。

现在她不再开这种玩笑了。她已经出落得端庄优雅、含蓄内敛。有那么一瞬间——他们穿过树林去沙滩的时候,为了快点逃离肆虐的蚊子,索菲弯下腰抱起黛西——伊芙突然惊异于女儿这迟来的、崭新的美丽。这是一种醇厚而宁静的古典美,并非靠修饰和虚荣可以实现,而是忘我和职责。她现在看起来更像印度人了,浅咖色的肌肤在加利福尼亚的阳光下变得深邃,因为日复一日的轻微疲惫,她眼睛底下生出了淡紫色的阴影。

但她依然是游泳的一把好手。游泳是她唯一喜欢过的运动,她游得和过去一样好,好像要游到湖中心去一样。第一天游完之后她说:"真是太棒了,我感觉好自由。"她没说是因为有伊芙帮她看着孩子,所以她才感觉自由,但伊芙明白,这些话不必说出口。"那就好。"她说——其实那个时候她很害怕。好几次她都在心里想,转回来吧,可索菲依旧在往前游,感应不到她急迫的心灵信息。索菲黑色的脑袋变成一个点,接着又变成了一粒灰,后来干脆成了波浪中起伏的一抹幻影。伊芙害怕的、不敢深想的,不是她体力耗尽,而是她压根不想回来。似乎这个新的索菲,和生活建立了这么多羁绊的成熟女人,和过去那个热衷于跌宕起伏和爱恨情仇的年轻女孩相比,对生活更加漠不关心。

"我们得把录像带还到店里去,"伊芙对菲利普说,"或许我们应该在去沙滩之前还。"

菲利普说:"沙滩我都玩腻了。"

伊芙不想争论。索菲走了,所有计划都变了,所以他们也要走,当天晚些时候就走,沙滩她也看腻了。看腻的还有这栋房子——现在她眼里只有这栋房子明天空荡荡的样子。蜡笔、玩具车、黛西的大块拼图,全都会装起来带走。那些她已经讲熟了的故事书也会拿走。窗外没有床单要晾了。她一个人,还得在这地方待十八天。

"我们今天去别处怎么样?"她问。

菲利普说:"去哪儿?"

"不告诉你。"

前天，伊芙从度假村回家，还带回来了好多食物。给索菲带的鲜虾——度假村的商店已经发展为高端商品超市了，什么都买得到——还有咖啡、酒、不含葛缕子籽的黑麦面包，因为菲利普讨厌葛缕子籽。一个熟透的甜瓜，他们都爱吃的黑樱桃，不过得看着黛西，免得她把核咽下去。一桶摩卡巧克力冰淇淋，还有各种够他们再过一周的东西。

索菲在收拾孩子们吃完的午饭。"哦，"她感叹道，"这些吃的可怎么弄哟？"

伊恩来电话了，她说。他打电话说，他明天飞到多伦多，写作进展比他预想的快，于是他更改了计划。不用等三周过完了，他明天就过来，带索菲和孩子们去附近进行一次小旅行。他想去魁北克。他没去过那里，而且他觉得应该让孩子们见见加拿大的法语区。

"他寂寞了。"菲利普说。

索菲笑了。她说："是的，他想我们了。"

伊芙想。三周，现在过了十二天。可这房子她不得不一租就是一个月。她把公寓让给好友德夫住了。他也是失业演员，可能经济状况也不太好，接电话的时候会用各种表演腔。她挺喜欢德夫的，但她不可能回去和他同住一间公寓。

索菲说他们打算租一辆车开到魁北克，然后直接开到多伦多机场，在机场还车。没有提让伊芙同去。租的车没位子了。可她不能开自己的车去吗？菲利普可以坐她的车，给她做个伴，或者索菲也行。伊恩可以开车带着孩子们，既然他想他们了，正好让索菲休息休息。伊芙可以和索菲开一辆车,就像以前的夏天一样,那时要是伊芙在陌生的城市得了份工作,两人就一起开车过去。

这不靠谱。伊芙的车开了九年,哪里还能长途旅行。而且伊恩想见的是索菲——看她扭过去的那张热忱的脸就知道。再说了,没有人问伊芙去不去。

"嗯,那真不错,"伊芙说,"书进展顺利就好。"

"是的。"索菲说。谈到伊恩的书时,她总是带着一种谨慎的疏离感,伊芙问是关于什么的书,她就吐几个字:"城市地理。"也许这就是学者妻子的得体反应——伊芙也不认识别的学者妻子了。

"总之你可算能自己待一阵了,"索菲说,"这几天闹得乱哄哄的。你正好可以看看喜不喜欢住在乡下的感觉,一个隐居的地方。"

伊芙只好找点别的话题,别的什么都行,这样她就能忍住不问索菲,他们明年夏天还来不来。

"我有一个朋友还真找了个地方隐居,"她说,"他是个佛教徒,不,也有可能是印度教徒。不过不是真正的印度人。"(说到印度人,索菲在某种程度上露出了一个笑,意思是这个话题最好也不要深入。)"总之,他说隐居的时候三个月不能说话。周围总是有人,但你不能和他们说话。他还说,有一种情况经常发生,他们总被提醒,那就是你可能会爱上一个从未和你交谈过的人。你不说话,但你感觉自己在以一种独特的方式和他们交流。当然了，这是一种精神之爱，你什么也不能做。他们在这方面很严格，起码他是这么说的。"

索菲说："然后呢？可以说话之后会发生什么？"

"会大失所望。你觉得在与你交流的人其实根本没有与你交流。可能他们以为他们是在与别人交流，他们以为——"

索菲大笑，松了口气。她说："原来如此。"她很庆幸这里面没有流露出失望，没有人感情受伤。

也许他们吵架了，伊芙想。她这次探访可能是一种策略。索菲故意把孩子带走，为了给他点颜色瞧瞧。过来和她母亲住段日子，也是为了做给他看。策划没有他的未来假期，是为了向她自己证明她能搞定。而她不过是索菲的消遣。

关键的问题在于，是谁打的电话？

"为什么不把孩子们留在这儿？"她说，"你自己开车去，等要起飞的时候再回来接他们，然后一起登机。这样你可以自己待会儿，也有时间和伊恩单独待会儿。把他们全带去机场还不得累死。"

索菲说："我快被说动了。"

最后她便这样做了。

现在伊芙不得不怀疑，是她自己推动了这小小的变动，这样她就可以向菲利普问话了。

（你爸爸从加利福尼亚打电话来的时候，你是不是很惊讶？

不是他打的，是妈妈打的。

妈妈打的吗？我还不知道呢。她说了什么？

她说:"我受不了这里了,我待够了,想个法子让我走吧。")

伊芙放低声音,做出一本正经的样子,示意游戏暂停。她说:"菲利普,听我说,我们不能再跟着了。这辆卡车肯定是哪个农户的,它要拐弯了,我们没法继续跟了。"

"我们能跟。"菲利普说。

"不能跟了,他们会问我们在干什么。他们可能会生气的。"

"我们可以叫我们的直升机过来从空中射击他们。"

"别犯傻了,你知道这只是个游戏。"

"他们会射死他们的。"

"我想他们没有武器,"伊芙只好换一个策略,"他们还没开发出可以摧毁外星人的武器。"

菲利普说:"才不是。"然后开始描述一种火箭,她压根没有听。

伊芙小时候,同父母和哥哥住在村里时,有时会和妈妈一起坐车在乡间旅行。他们家没车——那是在战时,他们是坐火车来的。开旅馆的女人是妈妈的朋友,她开车去乡下买玉米、覆盆子或西红柿时,会邀请她们一道。有时候她们会停下来喝杯茶,在有经营头脑的农妇家前厅看看在售的旧餐具或家具。伊芙的爸爸喜欢留在家里,去沙滩上找其他男人下棋。那里有一个巨大的水泥方台,上面画了棋盘,有屋顶遮着,但是没有墙。哪怕下雨,也有人在那儿用长长的杆子小心地移动超大号的棋子。伊芙的哥哥在旁边看着，或者独自去游泳——他毕竟大些。现在，这些全不在了——水泥方台也没有了，或者上面可能已经建了新的东西。走廊通向沙滩的旅馆也不见了，同样消失的还有用花盆摆成村庄名字的火车站。铁轨也没了。取而代之的是仿古风格的商业街，里面有那家应有尽有的新超市、酒水专营店，还有卖休闲服装和乡间手工艺品的精品店。

伊芙很小、脑袋上戴着大蝴蝶结的时候，她很喜欢这种乡间探险。她吃着小果酱馅饼和蛋糕，外面的糖霜硬硬的，里面的蛋糕很软，顶上还有一颗流着糖浆的酒渍樱桃。她妈妈不让她碰那些盘子、蕾丝缎面针线包和发黄的旧娃娃，女人们聊天的声音从她脑海中闪过，带来一种短暂而轻微的压抑感，像无法躲避的乌云。不过她喜欢坐在汽车后座，想象自己骑在马背上，或是坐在皇家马车里。后来她就不愿意去了。她讨厌跟在妈妈后面，讨厌被认定为她妈妈的女儿。我女儿，伊芙。这话在她听来，是那么居高临下，好像她是她的附庸。（多年来她一直把这一幕，或者改编后的这一幕作为她那涉猎广而成就小的表演事业的主打。）她也讨厌母亲那么爱打扮，到了乡下也戴着宽檐帽和手套，穿那么透的裙子，上面还有凸起的花纹，像肉瘤一样。她穿旧了的牛津鞋——因为脚上有鸡眼——显得笨重又寒酸，令人难堪。

"你最讨厌你妈哪一点？"刚离开家的那几年，伊芙喜欢和朋友们讨论这个话题。

"束腰胸衣。"其中一个女孩说。另一个会说："湿乎乎的围裙。"

发网。肥胖的胳膊。引用《圣经》。唱《丹尼少年》。

伊芙总是说:"她的鸡眼。"

她已经把这些都忘了,直到最近才重新记起,回忆这些事就像碰到一颗坏牙。

前方的卡车慢了下来,没打信号灯就拐进了一条长长的、两边是树的小道。伊芙说:"我不能再跟着它了,菲利普。"说罢继续朝前开。可是经过那条小道时,她注意到了一对门柱。造型很奇特,像简易的宣礼塔,上面镶着白色的鹅卵石和彩色玻璃。两根柱子都歪斜着,半掩在秋麒麟和野胡萝卜花下,仿佛失去了作为门柱的真实感,反而像是某出花哨的轻歌剧中遗落的道具。一看到它们,伊芙突然想起了别的什么——一面画着图案的白色外墙。图案里是僵硬、怪诞又幼稚的场景。带尖顶的教堂,有高塔的城堡,黄色门窗歪斜着的方形房子。三角形的圣诞树和半棵树那么高的色彩艳丽的鸟,细腿红眼的肥马,绸带似的蜿蜒的蓝色河流,月亮,摇摇欲坠的星星,饱满的向日葵在屋顶上垂下头。所有这些都是用彩色玻璃嵌到水泥或石膏里做成的。她以前见过,而且不是在公共场所。是在乡下,她和妈妈在一起的时候。她隐约记得妈妈站在那堵墙前——和一个老农民说话。他可能不比她妈妈大,可是在伊芙看来已经很老了。

她妈妈和旅馆女老板旅行时会去看些奇奇怪怪的东西,她们不只是看古董。她们还去看过修剪成熊的形状的灌木,还有一片矮苹果树园。

伊芙一点都不记得门柱了,可她又觉得它们不可能属于别的地方。她把车倒回去，拐进那条绿树荫蔽的狭窄小道。树是厚密的苏格兰古松，可能很危险——半枯的树枝挂在树上，有的已经被风吹落，或者自己掉下来，落在路两旁的草丛里。他们的车沿着前一辆车的车辙颠簸而行，黛西似乎很喜欢这种动感，开始给它配音。唔比，唔比，唔比。

黛西应该也会记得吧——这或许是她今天唯一能记住的。形成拱顶的大树，突然的阴凉，车身有趣的律动。也许还有擦窗而过的白色野胡萝卜花。还有她旁边的菲利普——旁人无法理解的兴奋的专注劲儿、稚嫩的声音因为激动刺得人耳膜疼。对伊芙的印象可能就模糊得多了——光秃秃的手臂上有老人斑和太阳晒出的皱纹；一条黑色的发带，绑住了灰金色的细波浪卷发。或许还有一股气味。不再是烟味，也不是伊芙曾经耗费巨资购买的化妆品和护肤品。是皮肤苍老的气味？是大蒜味？酒味？漱口水？黛西想起这些时候，伊芙可能已经死了。黛西和菲利普可能也已疏远了。伊芙已经三年没和自己的哥哥说过话了。最后一次联系是在电话里，他对她说："既然没准备好闯出名堂，你就不该当演员。"

前面看不出有房子的迹象，但是透过路旁树的缝隙，露出了一座谷仓的框架，墙倒了，只剩柱子，屋顶还在，但向一边倾斜着，像一顶滑稽的帽子。四周似乎散落着机械零件，从旧轿车或者卡车上拆下来的，湮没在开花的杂草地中。伊芙没工夫多看——她得在崎岖的路上控制好汽车。前方的绿卡车已经不见了——它走了多远呢？接着她发现小道拐弯了，她开着车拐出了松树的绿荫,来到了阳光下。又是一片海浪泡沫般的野胡萝卜花,同样的锈迹斑斑、四处散落的废铁。一边高高竖着杂乱的树篱,在它后面,终于出现了房子。房子很大,两层黄灰色的砖楼,还有一层木制阁楼,老虎窗内塞满了脏兮兮的泡沫橡胶。一楼有扇窗内贴了铝箔,反射着阳光。

她来错地方了。她不记得这栋房子。这里没有修剪过的草坪和四面的围墙。杂草丛中,树苗乱长。

卡车就停在前面。她看见卡车前面有一片空地,上面铺着砾石,正好可以掉头。可她又不能越过卡车去掉头。她只好也停下车。她不知道卡车里的男人是不是故意停在那里,好让她不得不下车去跟他解释。他正从车里出来,一副很悠闲的样子。他没有看她,他把狗放了出来,那家伙已经在车斗里来来回回地跑了一路,狂躁不安地叫着。下到地面,它还在叫,但一直待在男人身边。男人戴着帽子,挡住了脸,伊芙看不见他的表情。他站在卡车旁,看着他们,看起来没打算靠近。

伊芙解开安全带。

"别出去,"菲利普说,"待在车里。掉头。开走。"

"不行,"伊芙说,"放心吧,那狗只会叫唤,不会咬我的。"

"别出去。"

真不该由着他把游戏带到这一步的。菲利普这么大的孩子容易玩过头。"这不是游戏,"她说,"他只是个普通人。"

"我知道,"菲利普说,"那也别出去。"

"少废话。"伊芙说,下了车,关上门。

"你好,"她说,"抱歉。我搞错了。我以为这里是别的地方。"

男人好像说了个"嘿"。

"我在找另外一个地方,"伊芙说,"那个地方我小时候去过一次。有一面墙,墙上嵌着碎玻璃做成的画。我觉得是面刷白了的水泥墙。我刚才在路边看到那些柱子,以为就是这里。你肯定觉得我们在跟踪你吧。这听起来也太傻了。"

她听见车门开了。菲利普下了车,后面拖着黛西。伊芙以为他要到自己跟前来,伸出胳膊准备揽着他。结果他放下黛西,绕过伊芙,对那男人说起话来。他已经解除了刚才的警戒状态,现在看起来比伊芙还镇定。

"你的狗听话吗?"他语气有点挑衅。

"她不会咬你的,"男人说,"只要我在,她都会乖乖的。她叫是因为她是只小狗。她还是小宝宝呢。"

他是个矮小的男人,和伊芙差不多高。穿着牛仔裤和没系扣子的彩色编织马甲背心,秘鲁或者危地马拉产的。金链子和奖章挂坠在他光滑黝黑的胸前闪闪发亮。他说话的时候抬起了头,伊芙发现他的脸比身体显老。前面还缺了几颗牙。

"不打扰你了,"伊芙说,"菲利普,我刚才跟这位叔叔说,我们是为了找我小时候到过的一个地方,才开到这条路上来的,那里有一面墙,嵌着彩色玻璃拼成的画。不过我找错了,不是这里。"

"它叫什么名字?"菲利普问。

"特丽克西。"男人说。那条狗听到自己的名字,跳起来撞到了他的胳膊。他把她拍下去。"我不知道什么画。我不住这里。去问哈罗德,他应该知道。"

"没关系,"伊芙说着,把黛西抱了起来。"能不能请你把车往前开一点,我好在这里掉个头。"

"我不知道什么画。你瞧,要是在这房子正面,我就没见过,因为哈罗德把前面给锁了。"

"不是,画在室外,"伊芙说,"不过没关系,都是好多年前的事了。"

"是啊。是啊。"男人渐渐热络起来,"进去找哈罗德聊聊吧。你认识他吗?这片地方都归他。原本是玛丽的,但他把她送进疗养院后,这里就归他了。这也不怪他,她不去不行。"他上卡车拿了两箱啤酒下来。"我刚才去了趟镇上,哈罗德打发我去的。来吧,进去吧,他见了你肯定高兴。"

"走,特丽克西。"菲利普一本正经地命令道。

狗围着他们又跳又叫,黛西发出惊恐又兴奋的尖叫,于是大家稀里糊涂往屋内走去,伊芙抱着黛西,菲利普和特丽克西簇拥着她,爬上了以前是台阶的废弃土块。男人跟在他们后面,身上传来一股啤酒味,他一定在车里喝酒来着。

"打开门,直接进去,"他说,"进去就行。里面有点乱,你们不介意吧?玛丽在疗养院,没人打扫,不如以前干净了。"

他们不得不穿过一大堆乱糟糟的杂物——估计堆了得有很多年了。最下面一层是桌椅、沙发,可能还有一两个炉子,往上是旧被单、报纸、死掉的盆栽、废旧家具、空瓶子、坏了的灯具和窗帘杆。有的地方堆到了天花板，把外面的光都挡住了。为了弥补光线，里面的一扇门里有一盏明亮的灯。

男人移开地上的啤酒，把门打开，大声喊着哈罗德。很难说他们现在进了什么房间——有橱柜，柜门的铰链快要脱落，置物架上摆着些罐头，还有几张简易床，床垫露在外面，铺着皱巴巴的毯子。窗户被家具和被子挡得严严实实，根本看不出来在哪里。房间里的气味像旧货摊似的，又像堵了的马桶或是水槽，饭味、烟味、人的汗水、狗的气味，还有垃圾常年堆积的味道。

没人应答。伊芙转过身——这里比门廊好点，还能有转身的空间——说道："我觉得我们还是——"特丽克西挡住了她，男人绕过她，敲响另一扇门。

"他在这儿。"他说——依旧大着嗓门，尽管门已经开了，"哈罗德在这儿。"特丽克西立刻冲了进去，里面一个男人声音响起："见鬼，把狗给我弄出去。"

"这位女士想看看画。"矮个子男人说道。特丽克西哀号着——有人踢了她一脚。伊芙没有办法，只好走了进去。

这是一间餐厅。里面有笨重的旧餐桌和几把结实的椅子。三个男人正坐着打牌。第四个男人站起来踢了狗。屋里的温度得有九十华氏度了。

"关上门，有风。"桌边的一个男人说道。

矮个子男人把特丽克西从桌下拖出来，扔到外面的房间，然后关上了伊芙和孩子们身后的门。

"真够烦的。"站起来的那个男人说。他胸前、胳膊上都是文身,看起来皮肤都是青色的。他甩甩脚,好像很疼。或许他踢狗的时候也踢到了桌子腿。

背对着门坐的是一个年轻人,瘦削肩,细脖颈。至少伊芙觉得他很年轻,因为他把头发染成了金色,还弄了尖尖的造型,戴着金耳环。他没有转过脸。他对面的老头和伊芙差不多岁数,光头,留着整齐的灰色胡须,蓝眼睛里布满血丝。他看着伊芙,眼神并不和蔼,但透露出明白和理解的意思。他跟文身的男人不一样,后者把她当作幻觉,选择视而不见。

桌子的那头,坐在主位上的,是刚才那个说把门关上的男人。他始终没抬头,对这突然的打扰无动于衷。他一身大块头,很胖,面色苍白,棕色卷发汗津津的,就伊芙看到的来说,他一丝不挂。文身的男人和金发年轻人穿了牛仔裤,灰胡子不仅穿了牛仔裤,还穿了格纹衬衫,扣子一直扣到领口,还系了领绳。桌上有酒瓶和杯子。坐在主位的男人——他一定就是哈罗德——和灰胡子在喝威士忌。另外两人喝的啤酒。

"我跟她说了画可能在房子前面,可是她去不了,因为被你锁上了。"矮个子男人说道。

哈罗德说:"闭嘴吧你。"

伊芙道:"真的很抱歉。"她似乎别无选择,只能把刚才那套话搬过来,再添油加醋地讲她小时候住在村里的旅店,和妈妈一起开车旅行,墙上的画,她对它们的记忆,那两根柱子,她显然搞错了,她很抱歉。她对着灰胡子说,因为只有他看起来愿意或者能够听懂她说的。她的肩膀和胳膊开始酸痛,因为一直抱着黛西,也因为浑身紧张。可她脑海里想的是,该怎样描述这一幕——她会说就像发现自己身处品特[①]的一出戏中。或者像她的噩梦里那些冷漠的、无声的、充满敌意的观众。

直到她再也想不出还能说什么有趣的或者道歉的话时,灰胡子开口了。他说:"我也不清楚,你得问哈罗德。嘿,哈罗德,你知道什么用碎玻璃镶成的画吗?"

"告诉她,她坐着车瞧什么画的时候,我还没出生。"哈罗德头也不抬地说道。

"看来你不太走运,女士。"灰胡子说。

文身的男人吹起了口哨。"嘿,你,"他问菲利普,"小子,你会弹钢琴吗?"

哈罗德的椅子后面有一架钢琴。可是没有琴凳——钢琴和桌子之间的大部分空间都被哈罗德给占了——钢琴上堆着些乱七八糟的东西,盘子呀,大衣呀,跟房间里其他地方一样。

"不会,"伊芙赶紧说,"他不会。"

"我问的是他。"文身的男人说,"你会弹吗?"

灰胡子说:"别为难他了。"

"只是问问他会不会弹钢琴,有什么为难的。"

"别为难他。"

"你们看,卡车不开走的话,我的车没法掉头。"

[①] 哈罗德·品特(Harold Pinter,1930—2008),英国荒诞派剧作家,擅长在喜剧中展现危险与恐惧。

她觉得，房间里有股精液的气味。

菲利普没说话，紧紧贴在她身边。

"能不能请你们挪——"说着，她回头想找那个矮个子男人，却发现他不在了，连人影都没有。他什么时候溜掉的。他把门锁了怎么办？

她握住门把手转了转，门有点难开，另一边有摩擦的响动。矮个子男人就蹲在门外，偷听着。

伊芙走了出去，没理他，径直穿过厨房，菲利普一路小跑跟着她，好像变成了世界上最乖的小孩。他们沿着门廊那条窄窄的通道穿过垃圾，终于到了室外，她深吸一口气，好半天都没法正常呼吸。

"你应该沿着路再往前开，去问问哈罗德的表亲，"矮个子男人的声音从后面传来，"他们那地方不错。盖了新房子，收拾得也好。他们能找到你想看的画，什么都能找到。他们很热情。会让你坐下，请你吃饭，绝不会让你空手而归的。"

看来他没有一直蹲在门后，因为他已经把卡车挪开了。也可能是别人挪的。卡车不见了，可能是开到了车棚里，或者是哪个看不见的停车点去了。

伊芙没搭腔。她给黛西系好安全带。菲利普不用提醒，自己就系好了。特丽克西不知从哪儿冒了出来，郁郁寡欢地绕着车跑，在轮胎旁嗅来嗅去。

伊芙钻进车，关上门，用汗涔涔的手插上钥匙。车发动了，她把车开到前面的砾石上——空地四周是茂密的灌木丛，估计是浆果树，还有有年头了的紫丁香，当然也少不了杂草。有的地方的灌木被成堆的旧轮胎、瓶子和易拉罐压扁了。难以想象他们还往外扔东西了，毕竟里面堆的垃圾可不少，不过看样子还是扔出来了一些。伊芙掉头的时候，看到被压扁的地上有一面墙的残骸，上面还挂着一点白灰。

她仿佛能看见里面嵌着的玻璃碎片在发光。

她没有停下来细看。她希望菲利普没看到——否则他肯定想停下来。她把车头对着小道，驶过通向房子的土块台阶。矮个子男人站在那里，挥舞着双臂，特丽克西摇着尾巴，带着受了惊吓的温驯，汪汪叫着告别，还追着他们跑了一段。她只是做做样子，真想追的话肯定追得上。因为每到有车辙的地方，伊芙都得减速。

她开得太慢了，以至于副驾驶座一侧的小道旁有人从高高的杂草中冒出来，轻易地打开车门——伊芙没想过要锁——跳进车来。

是坐在桌边的那个金发年轻人，她一直没看见他的脸。

"别害怕。大家别害怕。我只是想跟你们搭个便车，行吗？"

原来他不是男的，而是一个女孩。一个穿着一件脏兮兮背心的女孩。

伊芙说："行。"她尽力沿着车辙开。

"我不敢把你叫回去，"女孩说，"我去了厕所，从窗户爬出来，然后跑过来的。他们可能还不知道我走了。他们都喝醉了。"她一把抓起身上的背心闻了闻，那背心明显不是她的尺码。"真臭,"她说,"我匆忙中抓了哈罗德的这件,他放在厕所。真臭。"

伊芙驶出车辙路段,驶离树荫笼罩的小道,开回正常的路上。"谢天谢地,我逃出来了,"女孩说,"我完全不知道那个鬼地方是干什么的。我不知道我怎么到那儿的,当时是晚上。那不是我会待的地方。你懂我的意思吗?"

"他们看起来都醉得不轻。"伊芙说。

"是的。吓到你了,抱歉。"

"没事。"

"我想要是不自己跳上来的话,你不会为我停车的,是吗?"

"不知道,"伊芙说,"我要是知道你是女孩,或许会停的。我之前没仔细看你。"

"是啊,我现在看着都不像女孩了。我像一坨屎。我不是说我不喜欢聚会。我喜欢聚会。但聚会和聚会不一样,你懂我的意思吗?"

她从座位上转过脸,盯着伊芙看。伊芙只好把目光从路上挪开,回看了她一眼。她发现这个女孩比听起来醉得更厉害。她深棕色的眼睛呆滞无神,却睁得又大又圆,眼神中流露出醉汉常有的那种哀求和疏离感,仿佛想尽最后一丝力气糊弄你。她的皮肤上深一块浅一块,脸上现出酩酊大醉后的褶皱。她的头发原本是深褐色的——金发挑染一般地在发根处变深——并且十分漂亮,要是你能忽视她现在灰头土脸的样子的话,你会疑惑她是怎么和哈罗德那伙人混到一块儿去的。她的生活方式和时下的风潮一定让她比正常体重轻了十五或二十磅——可她不算高,也没有很男孩子气。她本来的样子应该是个像饺子一样可爱的胖女孩，让人想抱一抱。

"赫布真是疯了，把你们带到那里，"她说，"他脑子有点不正常。"

伊芙说："我想也是。"

"我不知道他在那儿干吗，估计是替哈罗德干活儿的。我看哈罗德对他不怎么样。"

伊芙从没想过自己会对女人产生欲望。而且这个女孩又脏又皱，看起来毫无魅力。但女孩自己可能不这么认为——她肯定习惯了被人喜欢。她把手放在伊芙裸露的大腿上，刚好滑过一点内裤的边缘。尽管她喝醉了，动作却依然十分熟练。第一次试探就张开手指，用力触摸皮肤，那就过头了。她用了一个老练、自然、充满暗示的动作，可是却没有任何真诚、强烈、蠢蠢欲动、惺惺相惜的欲望，以至于伊芙觉得这只手随时可以拿走，去爱抚汽车的坐垫。

"我没事。"女孩说，她的声音像手一样，努力让两人间的亲密更进一步，"你懂我的意思吗？你懂的。对吗？"

"当然。"伊芙赶紧答道。那只手拿走了，疲惫的淫女结束了她的殷勤。但这殷勤没有落空——起码没有完全落空。尽管做得明目张胆又心不在焉，还是让衰老的心弦感到了战栗。

无论如何，它还是起了作用，这个事实让伊芙感到担忧。从此刻往前，所有吵闹的、冲动的、盼望的、正经的、多少有些义无反顾的交合，都投上了阴影。升起的不是耻辱感或罪恶感——

只是一个肮脏的阴影。多么荒谬啊，假使现在的她突然想要一片更纯洁的过去，一个更干净的人生。

但也有可能她追求的依旧是，永远是，爱情。

她说："你想去哪里？"

女孩猛地转头，看向路面。她说："你去哪里？你住在这附近吗？"带有诱惑的含混语气已经改变，就像在性爱之后，变成了一种明目张胆的刻薄。

"有公共汽车穿过村子，"伊芙说，"在加油站那边停，我看见过站牌。"

"行，不过还有一件事，"女孩说，"我没钱。你瞧，我走得太匆忙了，没来得及拿钱。没钱的话，上了公共汽车又有什么用？"

现在要做的，是别表现得看出了这是一个威胁。告诉她，没钱就去搭便车。她裤子里不太可能藏了枪。她不过想装出一副有枪的样子。

那刀呢？

女孩第一次转过身去，看了看后座。

"你们小家伙在后面还好吗？"她问。

没人搭腔。

"真可爱，"她问，"他们怕生吗？"

伊芙真蠢，怎么会想到性，现实完全不同，危险在别的地方。

伊芙的钱包在汽车地板上，那个女孩脚下。她不知道里面有多少钱。大概六七十块钱吧，不可能更多了。如果她提出给她买票，女孩肯定会说个很贵的目的地。蒙特利尔。或者至少是多伦多。如果她说，"全都拿去吧"，女孩一定以为她怕了。知道她怕了，女孩可能会得寸进尺。最糟的情况，她会怎么做？把车抢走？如果她把伊芙和孩子们扔在路边，警察很快会追上她。如果她把他们杀了，扔进草丛，或许可以逃得更远一些。或者她可以在他们还有用的时候让他们待在车里，只需要一把刀抵住伊芙，或者某个孩子的咽喉。

这种事是有的。但没有电视或电影里那么常见。这种事不常发生。

伊芙拐到镇上的公路，这里车流繁忙。为什么这让她感觉好些了呢？所谓的安全不过是她的幻觉。即使在公路上，在车流之中，她也有可能将她和孩子们带向绝境。

女孩说："这条路通向哪里？"

"通向主路。"

"那我们也往那儿开吧。"

"我是在往那儿开。"伊芙说。

"那条主路通到哪儿？"

"往北能到欧文桑德或者托伯莫里，那里能坐船。往南边到——我也不清楚。但那边还有一条主路，可以通到萨尼亚。或者伦敦。一直走的话也能到底特律或者多伦多。"

直到上了主路，两人都沉默着。伊芙拐上去的时候说："就是这里。"

"你往哪边走？"

"北边。"伊芙说。

"你住在北边？"

"我要去村里。先停一下加油。"

"油够了，"女孩说，"还有半箱呢。"

愚蠢。伊芙应该说去买生活用品。

在她旁边，女孩发出了一声长长的叹息，也许是下定决心，也许是准备放弃。

"你知道的，"她说，"你知道。我要是准备搭便车的话，可以就在这里下车。我在哪儿都很容易搭到便车。"

伊芙把车停在砾石上。如释重负的感觉变成类似于羞愧感的东西。可能女孩就是偷跑出来的，没带钱，什么也没带。把一个喝醉了酒又没有钱、手足无措的女孩扔在路边像什么样？

"你刚才说要去哪边？"

"北边。"伊芙又告诉她一遍。

"去萨尼亚是哪边来着？"

"南边。过马路，那边的车就是往南走的。小心车。"

"好。"女孩说。她已经心不在焉了，她在盘算新的机会。她半边身子已经钻出车，说着"再见"，又对着后座说，"拜拜小家伙们，要听话。"

"等等。"伊芙说。她俯身在包里找到钱夹，拿出一张二十块钱的钞票。她下了车，走到女孩身边。"拿着，"她说，"以备不时之需。"

"好，谢谢。"女孩把钞票塞进口袋里，眼睛还盯着路面。

"听好了，"伊芙说，"如果你有困难可以去我家，我告诉你我家在哪儿。从这里往北走半英里有个村子，村子再往北两英里就是我家。往北，这条路。我家人现在在那儿，但是他们晚上要走了——如果你介意的话。外面信箱上写的名字是福特。那不是我的名字，我不知道它为什么在那儿。只有一栋房子，就在野地中间。前门一边是正常的窗户，另一边是一个有点滑稽的小窗户，就是浴室里常装的那种窗户。"

"好的。"女孩说。

"我只是想，万一你搭不到车——"

"好的，"女孩说，"我知道。"

等他们继续上路时，菲利普说："真恶心，她闻起来一股呕吐物的味道。"

过了一会儿他又说："她都不知道根据太阳来辨别方向，她可真蠢。你说呢？"

"我想也是。"伊芙说。

"真讨厌，我没见过她这么笨的人。"

经过村里时，菲利普问能不能停下买一个冰淇淋甜筒。伊芙说不能。

"停车买冰淇淋的人太多了，很难找位置啊，"她说，"家里还有好多冰淇淋呢。"

"你不应该说'家里'，"菲利普说，"我们只是暂时住在那里。你应该说'那个房子里'。"

公路东边的田野里,大捆的干草卷屁股对着太阳,捆得很紧,看起来像盾牌、锣或阿兹特克人的金属面具。再往前走,是一片长着淡金色柔软尾巴或羽毛的田野。

"那是大麦,那种金色的长尾巴的植物。"她对菲利普说。

菲利普说:"我知道。"

"那些尾巴叫麦穗。"她背诵了一首诗,"'除却割麦人,清晨起来早,在麦穗中——'"

黛西问:"'大妹'是什么?"

菲利普说:"是大麦。"

"'只有割麦人,清晨起来早,'"伊芙念道,她努力回想,"'唯独割麦人,清晨起来早——'""唯独"听起来最好。唯独割麦人。

索菲和伊恩在路边小摊买了玉米,用来做晚饭。计划有变——他们打算第二天早上再走。他们还买了一瓶杜松子酒、几罐汤力水和一些青柠。伊恩调酒,伊芙和索菲坐着剥玉米。伊芙说:"买了二十四根玉米,疯了吧。"

"一会儿你就知道了,"索菲说,"伊恩特别爱吃玉米。"

伊恩欠身给伊芙端上他调好的酒。伊芙尝了一口,道:"真是人间美味。"

伊恩跟她记忆里或者想象中的样子不同了。他并非个子不高、日耳曼人风格或十分严肃。相反,他身材苗条,身高中等,金色头发,举止机敏,待人和善。索菲没之前那么自信了,言语举止都有点怯意。但也更快乐了。

伊芙给她讲了刚才的事。她从沙滩上的棋盘讲起,讲到消失的旅馆,开到乡里去的汽车。还讲了她母亲的都市女郎装扮,她的薄透连衣裙和配套的凉鞋,但没有讲她年幼时的嫌恶。然后是他们去看的那些——矮苹果树园、旧玩偶架子和彩色玻璃拼成的美妙图案。

"是不是有点像夏加尔[①]的画?"伊芙说。

伊恩说:"是了,就连我们研究城市地理的,也知道夏加尔呢。"

伊芙道:"抱歉啦。"大家都笑了。

然后讲到门柱、一闪而过的记忆、阴森的小道、废弃的农舍、生锈的机器、凌乱的房屋。

"屋主在和朋友们玩牌,"伊芙说,"他对那些一无所知。也许是真不知道,也许是没注意过。想想吧,我上次去那儿是快六十年前了,天哪。"

索菲说:"哦,妈妈,真遗憾。"看见伊恩和伊芙相处得不错,她脸上也露出轻松的神情。

"你确定找对地方了吗?"她问。

"可能找错了,"伊芙说,"可能不是那儿。"

她不会讲她在灌木丛中看见的断墙。为什么要提呢,既然已经有了那么多她觉得最好别提的事?首先,她没说和菲利普玩的游戏让他过于兴奋了。还有哈罗德和他的同伴们的种种细节。以

[①] 马克·夏加尔(Marc Chagall,1887—1985),俄国犹太裔著名画家,作品梦幻而富有象征性,色彩明亮而华丽。

及关于跳上车的女孩的所有事情。

有的人无论到了哪里都是那么体面和乐观,似乎总能把周围的气氛都清扫一新,这种人你不能什么都和他们说,会搅了他们的清净。在伊芙眼里,伊恩就是这样的人,尽管他现在好像很亲切;而索菲呢,总觉得自己能遇到伊恩是无比幸运的事。以前通常是老年人需要被这样小心对待,现在却越来越多变成了年轻人。于是像伊芙这样的人,只好小心翼翼地掩饰自己夹在中间的窘境。她的一生很有可能被他们看成一场不合时宜的折腾,一个彻头彻尾的错误。

她可以说那房子里有股恶心的气味,屋主和他的朋友们看起来醉醺醺的,又脏又破。她不能说哈罗德没穿衣服,更不能说她有多害怕。绝不能说她到底在害怕什么。

菲利普负责把玉米须捡起来,扔到外面的田边上。黛西有时候也会捡几根,然后拿着乱撒到房子四周。菲利普没有对伊芙的故事做任何补充,他似乎不关心故事是怎么讲的。不过讲完之后,当伊恩(想把这段故事纳入到他的专业研究中去)问伊芙对乡村传统生活方式的衰落,以及现在所谓农业综合企业的发展有什么看法时,原本弯着腰在大人脚边干活的菲利普却抬起了头。他看着伊芙。一个平淡的表情,一种共谋的茫然,一抹隐藏的微笑,还来不及捕捉,就已经悄然而逝。

这是什么意思?或许只是,他已经开始私下的收集和隐藏工作,他自行决定了保存什么和如何保存,以及在他尚未展开的未来,它们将对他产生怎样的意义。

如果那个女孩来找她,而他们还没走。那她刚才精心取舍的讲述就白费了。

女孩不会来的。她在高速路边等不到十分钟,就会有更好的选择出现。可能更危险,但也更刺激,好处或许也更多。

女孩不会来的。除非碰到个和她年龄相近的废物,同样的无家可归,同样的没心没肺。(我知道有个地方,我们可以去住,只要解决掉那个老太婆就行。)

过了今晚,明晚伊芙将会躺在这栋搬空的房子里,木板墙像纸壳似的罩在她四周。她希望变得再轻一点,再没有什么要紧事,心里什么也不想,只有高高的玉米地发出的沙沙声。玉米也许不会再长高了,但夜里仍然会发出生机勃勃的响声。

孩子们留下

三十年前，有一家人正在温哥华岛东海岸度假。一对年轻的夫妻带着两个小女儿，还有一对老夫妇，是丈夫的父母。

多么完美的天气。每天早晨，第一缕纯净的阳光透过高高的树枝，驱散了乔治亚海峡平静水面上的薄雾，天天都是如此。退潮后，大片空旷的沙滩依然潮湿，但很易于行走，就像快要干透的水泥。实际上，潮水变得更近了，每天早上，沙滩的面积都在缩小，不过还是足够宽阔了。爷爷对潮水的变化很感兴趣，其他人则没太大兴趣。

与这片沙滩相比，年轻的母亲包丽娜更喜欢度假屋后面的那条小路，沿着小路向北走一英里左右，就到了汇入大海的小河边。

如果没有潮水涨落，人们恐怕都不记得这是海了。隔着水面，能看到对面的山脉，那是北美大陆西边的屏障。包丽娜推着女儿的摇篮车走在小路上，透过薄雾，山峦的起伏逐渐清晰起来，可以从树枝间瞥见。这些山峦也是爷爷的兴趣所在；同样喜欢这一幕的，还有他的儿子布莱恩，也就是包丽娜的丈夫。两个男人不停地争论，这些起伏中哪些是真正的大陆山脉，哪些是海岸前面的岛屿露出来的不可思议的高度。因为排列过于复杂，日光又不断变化，这些起伏看上去忽远忽近，很难分辨。

好在度假屋和沙滩之间有一幅地图，就压在玻璃下面。你可以站在那里，看看地图，抬头看看眼前的风景，再看一眼地图，直到看明白是怎么回事。爷爷和布莱恩每天都会去看，常常吵起来——你可能觉得地图摆在那里，哪还有什么争论的空间。布莱恩认为地图画得不准；可他爸却不愿听到对这个地方的任何微词，因为这是他选定的度假地点。地图，自然也和天气及食宿一样，是完美无缺的。

布莱恩的妈妈不看地图，她说那让她心烦。两个男人笑话她，他们知道她容易心烦。她丈夫觉得这是因为她是女人。而布莱恩觉得因为她是他妈。她总在担心大家渴不渴，饿不饿，孩子们有没有戴好遮阳帽，涂过防晒霜。凯特琳胳膊上的包是怎么回事，看起来不像蚊子咬的。她非让她丈夫戴一顶软塌塌的棉帽子，还觉得布莱恩也应该戴，她提醒说，那年夏天他们去欧肯纳根玩，他就被太阳晒伤过，那会儿他还小。布莱恩有时会打断她："别说了，妈妈。"语气非常温柔，可他父亲还是会问他，这是他跟母亲说话该用的语气吗。

"她不介意。"布莱恩说。

"你怎么知道她不介意？"他父亲说。

"天哪,别吵了。"他母亲说。

每天早上,包丽娜一睡醒就从床上爬起来,从布莱恩困倦的长手长脚底下挪出来。唤醒她的,是婴儿房里小宝宝玛拉发出的第一声叫嚷,然后这个十六个月大、即将结束婴儿期的婴儿,会自己站起来,抓着床围栏,把床晃得吱吱响。五岁的凯特琳在旁边的床上翻动,还没有醒来。包丽娜把玛拉从床上抱出来,带去楼下的厨房换衣服,她继续发出轻柔又惹人喜爱的软语。换好衣服,包丽娜把她放进婴儿车,给她拿一块饼干和一瓶苹果汁,自己套一件吊带裙,趿上凉拖鞋,上厕所,梳头——一切都要悄无声息,越快越好。她们走出度假屋,又经过其他几栋度假屋,踏上了坑洼不平的小路。小路仍然笼罩在清晨的阴影中,让人仿佛置身冷杉和雪松覆盖之下的隧道中。

爷爷起得也早。从度假屋的门廊上,他能看见她们,包丽娜也能看见他。挥挥手就足够了,这两个人从来没什么话好说。(尽管有时候,在布莱恩持久的插科打诨中,或者奶奶充满歉意却又坚持不懈的过分关心中,他们会产生一种亲近感。他们默契地避开对方的目光,免得眼神中流露的阴郁让其他人脸上无光。)

这次度假,包丽娜就这样偷来独处的时间——玛拉在旁边跟独处也没什么两样——早起散步和上午洗晾尿布的一个小时,以及下午玛拉午睡的时候,她也能有差不多一个小时的自由。但是布莱恩在沙滩上搭了个棚子,还每天都把玛拉的婴儿护栏拿过去，玛拉可以在那里睡午觉，包丽娜就没有独处的借口了。他说，她总是溜掉的话，他父母会不高兴的。不过他也同意她需要时间来复习台词，等九月回到维多利亚就要开演了。

包丽娜不是演员，这只是一次业余演出，而她甚至算不上业余演员。她没去参加选角，倒是恰好读过那部戏剧——让·阿努伊[①]的《欧律狄刻》。不过那会儿，包丽娜什么都读。

六月的时候，她在烧烤会上遇见一个男人，那人问她愿不愿意出演这部剧。烧烤会在布莱恩任教的高中的校长家举办，因此参加的大多是老师和他们的伴侣。有位法语老师是个寡妇，她把成年的儿子带来了，他这个暑假和她住在一起，在市中心的一家小旅馆当夜班服务员。她告诉所有人，她儿子在华盛顿州西部的一所大学谋了一份教职，秋天就过去报到。

他叫杰弗里·图姆。"没有后面那个B。[②]"他说，好像已经受够了经年累月的嘲弄。他与母亲的姓不一样，她两度丧偶，他是她第一任丈夫的孩子。关于工作，他说："不能保证会长干，只是一份一年的合同。"

他要去教什么？

"戏——剧。"他拖长音，用玩世不恭的语气说。

说到现在的工作，他也一副轻蔑的样子。

"那地方脏得很，"他说，"你可能听说了，去年冬天一个妓

[①] 让·阿努伊（Jean Anouilh，1910—1987），法国剧作家，代表作品有《安提戈涅》等。——编者注
[②] 他的姓氏 Toom（图姆）与 Tomb（坟墓）的发音相同，所以他要特意强调写法不一样。

女在那里被杀了。住在那里的都是些人渣,要么过来吸毒,要么过来跳楼。"

大家不知道该怎么接这种话,就从他身边散去了。只剩下包丽娜。

"我在考虑导一部戏,"他说,"你想不想参加?"他问她有没有听过一部戏剧叫《欧律狄刻》。

包丽娜说:"你是说阿努伊的那一版吗?"他着实有些惊讶。他赶紧说他也不知道能不能做得成。"我就是想看看在被诺埃尔·考沃德①占领的这片土地上,有没有可能来点不一样的。"

包丽娜不记得维多利亚什么时候上演过诺埃尔·考沃德的剧,不过她想应该不少。她说:"去年冬天我们在学校看了《马尔菲公爵夫人》,小剧场演过《回荡的叮当声》,不过我们没去看。"

"是吗。"他说着,红了脸。她本来以为他比她大,至少和布莱恩一般大(他三十岁,不过大家都说他看起来不像),可是他冲她说话时却是一副漫不经心的样子,也不直视她的眼睛,她就怀疑他是在装老成。他一脸红,她心里更确定了。

果然,他比她小一岁。二十五岁。

她说她演不了《欧律狄刻》,她不会演戏。可这时,布莱恩听见他们聊天,当下表示她应该试一试。

"她就是需要有人推一把,"布莱恩对杰弗里说,"她就像一头小骡子,要她动起来可难了。说真的,她太内敛了,我总这么

---

① 诺埃尔·考沃德(Noël Coward, 1899—1973),英国演员、剧作家、流行音乐作曲家,1943 年获奥斯卡荣誉奖。——编者注

说她。她其实很聪明，比我聪明多了。"

听到这话，杰弗里终于望向包丽娜的眼睛——直勾勾地，仿佛要把她看穿。这下轮到她脸红了。

他立即决定让她来演他的欧律狄刻，因为她的样子太适合了。不是因为她长得漂亮。"我不会让一个漂亮姑娘去演这个角色，"他说，"我从没让漂亮姑娘演过任何角色。太过头了，让人分心。"

他说她的样子适合，这是什么意思呢？她的头发又黑又长，还很浓密（在当时并不流行），她的皮肤很白（"今年夏天别晒太阳"），最合适的要数她的眉毛。

"我从没喜欢过我的眉毛。"包丽娜说，不过不完全是真的。她的眉毛又黑又浓又平，在脸上非常突出。和头发一样，这种眉毛在当时也不流行。可如果她真不喜欢这眉毛，为什么不把它们给拔了？

杰弗里似乎没有听见她的话。"它们让你看起来闷闷不乐，容易搅动观众的心绪，"他说，"你的下巴比较厚，也有一点希腊人的感觉。如果是演电影更好，那样我可以给你特写。一般人喜欢找那种很空灵的女孩演欧律狄刻，可是我不想要空灵的。"

小路上，包丽娜一边推着玛拉，一边复习台词。结尾有一段词她总搞不定。婴儿车颠簸向前，她自言自语道："你太可怕了，知道吗，你就像那些天使一样可怕。你以为人人都要往前走，都和你一样光明又勇敢——啊，别看我，求你了，亲爱的，别看我——也许我不是你希望的样子，可我在这里，温暖的我，善良的我,爱你的我。我会尽我所能让你幸福。别看我,别看,让我活过来吧。"

她漏了几句。"也许我不是你希望的样子,可你能感受到我在这里,不是吗?温暖的我,善良的我——"

她告诉过杰弗里,她觉得这部剧很美。

他说:"是吗?"她的话既没有让他惊讶,也没有让他欣喜,就好像他早已想到,无须多言。他绝不会这样去形容一部剧。在他口中,这是一个需要去跨越的障碍,是给不同的对手们下的战书。他要挑战那些导演了《马尔菲公爵夫人》的学术油子——他是这么叫的,还有小剧场里的社会混子——也是他的原话。他把自己看作一个局外人,倾尽全力把他的这部剧——他称之为他的剧——砸在那些写满轻蔑和反对的脸上。一开始包丽娜以为这都是他臆想出来的,人家可能压根不认识他。接着发生了一些事,可能是巧合,也有可能不是。原定演出的教堂场地要维修,用不了了。印宣传海报的成本也超出了预算。她发现自己也开始像他那么想了。在他身边待久了,你总是会认同他的——争论是危险且令人疲惫的。

"那些狗娘养的,"杰弗里咬着牙说,又带着一些满足,"我一点也不意外。"

排练安排在费斯格达街一栋老建筑的楼上。只有周日的下午大家才能凑齐,其他时间也会有一些零散的练习。一位退休的港口引航员饰演亨利先生,他每次排练都参加,都快把别人的台词背下来了,令人颇为恼火。理发师只看过吉伯特和苏利文的轻歌剧，现在却要饰演欧律狄刻的母亲，她每次排练都待不久，总要回去看店。一位公共汽车司机演她的爱人，每天都得到岗。扮演俄耳甫斯的服务员也每天都要上班（他是唯一一个未来想当演员的）。而包丽娜有时得找那些不大靠得住的高中生来帮忙看孩子，因为暑假的前六周布莱恩在忙着教暑期班，而过了晚上八点，杰弗里又得赶回小旅馆。不过每周日下午，大家还是会聚在一起。当其他人在忒提斯湖游泳，去根山公园的树下散步、喂鸭子，或者开车出城去太平洋海滩时，杰弗里和剧组全员在费斯格达街那间落满灰尘、天花板高悬的房间内苦苦努力。窗户顶部是圆形的，就像某些朴素而庄严的教堂一样。因为天气炎热，窗户用随便能找到的东西抵着敞开——楼下开过的一家帽子店二十年代的账本，或者从画家的画框上拆下来的木头，画布堆在墙边，显然已弃之不用了。窗玻璃很脏，但外面的阳光从人行道、空旷的铺砾石的停车场、低矮的灰泥建筑上反射进来，仿佛有种周日独有的明媚。市中心的街道上几乎空无一人，也没什么店铺开门，除了在墙上凿个洞就开始经营的临时咖啡店和苍蝇乱飞的便利店。

休息时，包丽娜出去买软饮和咖啡。尽管她是唯一一个之前读过这部剧的人，却对这部剧提意见提得最少，因为只有她毫无演出经验。所以由她主动去买饮料最合适不过了。她很享受走在无人街道上的那一小段时光，感觉自己就像一个都市人，那么疏离，那么孤寂，生活在一个重要梦想的光晕之中。有时她会想起在家里的布莱恩，他一边在花园干活，一边看着孩子。他们也可能去达拉斯路了，她记得他答应过带孩子们去湖里划船。那种生活似乎磨人又乏味，哪里比得上排练室里连续几小时的努力，那种专注，那种锐利的交锋，那样的汗水和张力。就连咖啡的味道，那滚烫的苦涩，以及几乎所有人对咖啡的偏爱——而非口味更清淡更健康的冷饮，都让她感到心满意足。她还喜欢街上的橱窗。和港口附近光鲜的街道不同，这条街上到处是修鞋、修自行车的店，还有打折的衣料铺，里面的衣服和家具都有些年头，即使是新的，看起来也像二手的。一些橱窗为了防止商品被阳光晒坏，在玻璃内贴着金色的塑料膜，又皱又薄。这些商铺只是在这一天关了门，看上去却像洞穴壁画和深埋的文物一样，仿佛被时间封印。

当她说她得离开两周去度假时，杰弗里大吃一惊，仿佛他从没想过她的生活中还有度假这回事。继而他恢复冷酷和略带讥讽的样子，好像这又是一个他早已料到的打击。包丽娜解释说，她只会错过一次排练，就是两周中的那一个周末，她和布莱恩周一开车去岛上，隔周周日的上午回来。她保证会按时参加下午的排练。其实她也怀疑做不到——收拾东西启程要花的时间总是比想象中的多。她在想能不能自己搭早上的公交回来。这个要求可能有点过分，所以她没提。

她没法问他在意的是否仅仅是这部剧，是否仅仅缺席一次便会引起他那么大的震惊。当时来看，好像真的只是如此。排练时他对她说的话好像永远只和排练有关。他对她唯一不同的地方，似乎只是对她演技的要求没有对别人的那么高。所有人都觉得这可以理解。她是唯一一个因为样貌就敲定出演的，其他人都是看了他在镇上咖啡馆和书店张贴的海报，参加试镜后选中的。在她身上，他似乎期待一种稳定和笨拙，对其他人的要求则不同。可能是因为，在这部剧的后半部分，她得演一个已经死去的人。

虽然杰弗里一副随便、粗鲁又没礼貌的样子，但她以为大家都知道，以为剧组里其他人都知道他们俩是怎么回事。人们知道等大家都回了家，杰弗里就会穿过排练室，锁上楼梯门。（一开始包丽娜还会假装和其他人一起离开，甚至开着车绕街区转一圈，但后来她发现这种伎俩对她、对杰弗里、对其他人似乎都是一种侮辱。他们不会背叛她，因为至少在这段时间内，他们都被这部剧深深地迷住了。）

杰弗里穿过排练室，锁上楼梯门。每回他这么做，都好像不得不重新下定一次决心。在他下定决心之前，她不会看他。门闩插到位的声音，落锁时那不祥的、宿命感的金属碰撞声，在她的某个部位引起了一种想要投降的震颤。可是她没有动，她等着他回到她身边，卸下忙碌了一下午后那满脸的疲惫，收起公事公办和惯常的失望面孔，重新拾回那总是让她感到惊讶的活力。

"来，讲讲你那个剧吧，"布莱恩的父亲说，"是不是那种得在台上把衣服脱了的？"

"别开她玩笑了。"布莱恩的母亲说。

布莱恩和包丽娜刚把孩子们哄睡着，来到父母住的度假屋这边，喝点晚间饮品。落日在他们身后，在温哥华岛的树林后，眼前的山峦一片澄澈，起伏的线条清晰可见，泛着粉色的光。高一点的山顶上，还有粉色的夏季残雪。

"他们不在舞台上脱衣服，爸，"布莱恩用他讲课时那种有力的声音说道，"你知道为什么吗？因为他们上台的时候就没穿衣服。这是最新潮流。下一步他们准备全裸出演《哈姆雷特》，然后是全裸的《罗密欧与朱丽叶》。嗨，阳台相会那一幕，罗密欧沿着架子爬，落入玫瑰丛中——"

"行了，布莱恩。"他母亲说。

"俄耳甫斯和欧律狄刻的故事是这样的，欧律狄刻不幸丧生，"包丽娜说，"俄耳甫斯前往冥府，想把她带回人间。他的愿望实现了，冥后允许他带走欧律狄刻，条件是他不能看她。离开冥界之前他不能回头看她。她走在他身后——"

"走十二步，"布莱恩说，"多了不行。"

"故事来源于古希腊，但放在现代的背景下，"包丽娜说，"至少我们这个版本是这样，多少有点现代的意味。俄耳甫斯是个音乐家，和父亲一起周游世界，他父亲也是音乐家，欧律狄刻是个女演员。故事发生在法国。"

"翻译的？"布莱恩的父亲问。

"不是，"布莱恩说，"放心，没有法语，原文是用特兰西瓦尼亚语写的。"

"想弄明白真不容易啊，"布莱恩母亲笑得有点勉强，"布莱恩一捣乱，更搞不清楚了。"

"是用英语写的。"包丽娜说。

"所以你演的是——叫什么名字来着？"

她说："我演欧律狄刻。"

"他把你顺利带回来了吗？"

"没有，"她说，"他回头看我了，我只好永远待在冥府。"

"哟，一个不幸的结局。"布莱恩的母亲说。

"你那么漂亮吗？"布莱恩的父亲一副怀疑的口吻，"他就忍不住非要回头看你？"

"不是因为漂亮。"包丽娜说。这时，她突然觉得公公实现了某种意图，他是故意的，每次和她聊天，他总想这样做。他要求一个解释，她虽然不情愿，但也只能耐着性子给出解释，可他偏要打破这个解释的框架，看似不经意之间把它踢个粉碎。很长时间以来，他总用这种方式让她感觉很危险，今晚还不算特别过分。

但布莱恩对此毫无察觉，他还在琢磨着怎么帮她解围。

"包丽娜就是很美。"布莱恩说。

"没错。"他母亲说。

"剪剪头发的话说不定还行。"他父亲说。他一向看不惯包丽娜的长发，这已经成为他们家的固定笑料了。包丽娜也跟着笑了。她说："阳台的屋顶不修好，我哪有钱剪头发。"布莱恩放声大笑，很高兴她终于能对父亲的话一笑而过了。他一直告诉她别放在心上。

"他开玩笑,你也开玩笑,"他说,"这是对付他的唯一办法。"

"是呀,谁让你们不买个好点的房子。"他父亲说。这个话题跟包丽娜的头发一样,也是一直以来的痛处,所以大家都习惯了。布莱恩和包丽娜在维多利亚的一条街上买了一所修缮糟糕的漂亮房子,那条街上的老房子都被改成了不怎么好的公寓。那栋房子、那条街、没人修剪的老盖瑞橡树,以及房子下面居然没有地下室,这些都让布莱恩的父亲非常反感。布莱恩通常会附和他父亲,或者干脆火上浇油。如果他父亲指着隔壁布满黑色消防梯的房子,问里面住的是什么人,布莱恩就会说:"都是些穷鬼,爸爸,瘾君子。"他父亲要是再问怎么取暖,他就说:"烧煤。现在都没什么人用了,很便宜就能买到。当然,煤很脏,还有臭味。"

所以现在他父亲只要提到好点的房子,已经算是讲和的信号了,或者说可以这么理解。

布莱恩是他们家的独子。他是数学老师。他父亲是土木工程师,在一家承包公司占一点股份。也许他希望有一个工程师儿子,或许还可以进入这家公司,但他并没有提过。包丽娜问过布莱恩,他表面上看不惯他们的房子、她的头发、她读的书,是不是为了掩饰心里更大的失望。可布莱恩说:"不会。我们家抱怨什么就是什么,没那么迂回,女士。"

包丽娜还是忍不住会想。她听见他母亲说,教师应该是世界上最受尊敬的职业,可是他们哪受到过半点尊敬呢,她都不知道布莱恩一天天是怎么撑下去的。这时他父亲就会说,"说的没错,"或者是,"我可不愿干这种活儿,跟你说吧,给我钱我都不干。"

"想多了,爸,"布莱恩会说,"他们没多少钱给你。"

生活中,布莱恩比杰弗里更富戏剧性。他的课堂全靠他讲笑话和扮丑控场,包丽娜想,大概是延续了他在父母面前一贯的作风。他假装愚钝,人家羞辱他,他就羞辱回去,人家骂他,他也骂人家。他是一个善良的恶霸——一个会耍花招、嬉皮笑脸的打不倒的恶霸。

"你家小子在我们这里可是出了名的,"校长跟包丽娜说,"他可不只活下来这么简单,他还混出了名堂。"

你家小子。

布莱恩叫他的学生笨蛋,语气亲昵又无可奈何。他说他父亲是腓力斯人的国王,一个纯天然无雕饰的野蛮人。他妈妈是块洗碗布,脾气和善,疲惫不堪。可不管他怎么揶揄他的父母,他都离不开他们。他带学生去野营。他无法想象不能和父母一同度假的暑假。每年他都非常担心包丽娜会拒绝一起去。等她答应了,他又担心她不愉快,担心父亲说的话惹她生气,担心她抱怨和他母亲待的时间太长,担心她因为没有机会独处而闷闷不乐。或许她会一整天都待在度假屋里看书,假装晒伤了。

这些情况之前的假期都发生过。但是今年她好像放松了一些。他告诉她,他看见了她的变化,他很感激。

"我知道这么做很费力,"他说,"我没的选,他们是我的父母,我已经习惯不把那些事放心上了。"

包丽娜来自一个氛围严肃的家庭,就是因为事事都太正经了,所以她父母才离了婚。她母亲已经去世了。她和父亲及两个大很多的姐姐保持着友好而疏远的关系。她说,他们之间没什么共同点。她知道布莱恩不理解为什么这样就会疏远。她看得出来,今年大家相处融洽,他很欣慰。之前她以为他是因为懒惰或者胆怯,才不肯破坏这种安排,现在她意识到这是他主动追求的。他需要他的妻子、父母和孩子围绕在身边,他需要把包丽娜纳入他和他父母的生活,让父母认可她——尽管他父亲的认可暧昧不清,总是以否定的形式出现;而母亲的认可又太过浓烈,太易得到,反而没了分量。他还想让包丽娜,想让孩子们和他的童年产生联结,让现在的假期与他童年的假期产生联结,重温那些好天气或者坏天气,路上的顺利和坎坷,划船时的害怕,被蜜蜂蜇和马拉松式的大富翁游戏,所有那些他跟母亲说他早就听厌了的桥段。他希望拍些今夏的照片,放进母亲的相册,和其他那些别人一提起他就忍不住要哀号的照片放在一起。

他们只有晚上上了床才能说会儿话。这时,他们比在家说得还多。平时布莱恩回家太累了,经常倒头就睡。而白天又很难和他好好说话,因为他总开玩笑。她看得出那些笑话让他眼睛都亮了(他的肤色和发色跟她很像,都是深色头发、白皮肤、灰眼睛,但她的眼睛雾蒙蒙的,他的却很清澈,像石上的清泉)。她可以看见他嘴角轻扬,他会在你的话语间搜寻可以拿来双关或者押韵的素材。不管你讲什么,他都能插科打诨一番。他长得高,却跟中学生一样瘦得皮包骨头，身体各部分松散地拼在一起，因为常做出一副滑稽的样子而显得有些扭曲。她嫁给他之前，有一个朋友叫格雷西，是个脾气暴躁的姑娘，对男人一向没好气。布莱恩觉得得帮她振作精神，于是比平时更加卖力地逗她笑。格雷西问包丽娜："你怎么受得了他这种没完没了的卖弄？"

"那不是真实的他，"包丽娜说，"我们单独相处时他不这样。"可是回头看来，她不禁怀疑当时说的到底有几分真。她这么说，是否只是为了捍卫自己的选择，就像你下定决心走进婚姻时一样？

所以在黑夜里聊天，有一部分是因为她不用看他的脸，而且他也知道她看不见。

可即便窗户开着，在不熟悉的黑暗和寂静中，他还是会时不时开个玩笑。他管杰弗里叫"导演先生"[①]，这使得这部剧，或者说这是一部法国剧的事实显得有点可笑。也有可能是杰弗里本人，以及杰弗里对这部剧的较真让他觉得可笑。

包丽娜不在乎。提到杰弗里的名字，她很欣喜，也松了一口气。

大多数时候她不会提起他，她会围在这种欢欣的周围，讲各种旁人的事情。她谈理发师、引航员、那个服务员和自称演过广播剧的老头。那个老头扮演俄耳甫斯的父亲，最爱给杰弗里找麻烦，因为他对演戏有自己的一套顽固的想法。

---

① 原文为法语。

中年剧院经理杜拉克先生由一位二十四岁的旅行社代理人扮演。扮演欧律狄刻前男友马赛厄斯的是一家鞋店的经理，年龄和她差不多，已经结婚有孩子了。

布莱恩不明白导演先生为什么不把这两个人的角色互换一下。

"他的风格就是这样，"包丽娜说，"他看中我们的地方，只有他自己才知道。"

比如，她说，服务员扮演的俄耳甫斯笨手笨脚的。

"他才十九岁，又害羞，杰弗里只能一点一点教他。他告诉他别演得像要跟他祖母做爱似的。每一步都得他教他怎么做。双手搂着她，多搂一会儿，摸摸她这里。我都不知道这样能不能行，只能相信杰弗里，相信他心里有数。"

"'摸摸她这里'？"布莱恩说，"看来我得去盯着排练才好。"

提到杰弗里的原话，包丽娜感觉小腹，或者胃底有一种不堪重负的崩塌感，那种奇异的震颤一路向上，直击她的声带。为了掩饰这震动，她只能发出一声号叫，假装是在模仿杰弗里。（但杰弗里从不号叫或咆哮，他从未给自己的声音添加戏剧性的元素。）

"他这么单纯倒挺合适的，"她赶紧解释道，"不会那么肉欲，保持一种尴尬。"于是她开始讲剧里的俄耳甫斯，而不是那个服务员。俄耳甫斯无法面对爱情，以及现实。他忍受不了一丝不完美。他想要一种日常生活之外的爱情。他想要一个完美的欧律狄刻。

"欧律狄刻却更现实。她和马赛厄斯和杜拉克经理都有那种关系。她一直和母亲生活,看着母亲和她的情人们周旋。她知道人是什么样的。她爱俄耳甫斯。她爱他的方式比他爱她更高明。她爱得高明,因为她不是他那样的傻子。她把他当作一个正常人去爱。"

"可是她和别的男人睡觉。"布莱恩说。

"和杜拉克是没有办法,她摆脱不了他。她也不想的,但可能后来也变得享受其中了,过了某个点,她没法不享受其中。"

所以错的是俄耳甫斯,包丽娜一口咬定。他故意回头看欧律狄刻,好让她死,好摆脱她,因为她不再完美。他让欧律狄刻死了两次。

布莱恩躺在床上,眼睛睁得大大的(她知道,从他的声音就能听出来),说:"可他不是也死了吗?"

"是的,那是他自己愿意。"

"这样他们就又在一起了?"

"对,就像罗密欧和朱丽叶。'俄耳甫斯终于和欧律狄刻在一起了。'亨利先生的台词,这是全剧最后一句。然后就剧终了。"包丽娜转过身来,把脸颊贴到布莱恩的肩膀上——不是为了发出某种邀请,而是为了强调接下来要说的话。"这固然是一出美丽的剧,但在某些方面它又很荒唐。它和《罗密欧与朱丽叶》不同,它的悲剧不是由厄运或环境导致的,而是人为的。这样,他们就不用一起生活下去,结婚,生子,买房子,修房子,然后——"

"然后出轨,"布莱恩说,"他们可是法国人。"

接着他又说:"就跟我父母一样。"

包丽娜笑了:"他们出轨了吗?我想象得出来。"

"当然了,"布莱恩说,"我指的是他们的生活。"

"理论上讲,我理解有人为了不变成自己的父母而自杀,"他继续道,"但我不相信真的有人会这么做。"

"每个人都有自己的选择,"包丽娜幽幽地说,"他父亲和她母亲各有可恶之处,但俄耳甫斯和欧律狄刻未必要像他们。他们没有堕落。她确实和那几个男人睡觉,但这不能说明她堕落了。她那会儿还没有陷入爱河。她还没遇见俄耳甫斯。他有一大段台词说,她做的所有事都不会离她而去,这话真讨厌。她对他撒过的谎,她交往过的那些男人,都会成为她身上的烙印。亨利先生肯定也不会善罢甘休。他告诉俄耳甫斯,会有那么一天,他和欧律狄刻走在街上,就像男人牵着一条狗,随时准备甩掉,他做得出来。"

让她惊讶的是,布莱恩笑了。

"不,"她说,"这就是这部剧荒唐的地方。这些都不是必然的,完全可以避免。"

他们继续猜测着,以舒服的姿态争论着,这种感觉并不常有,但也不是完全陌生。他们以前也有过这种时候,在他们结婚后,偶尔聊到深夜,聊上帝,聊死亡的恐惧,聊孩子的教育,聊金钱是否重要。最后他们都困了,也说不出什么有价值的内容了,于是找一个双方都舒服的姿势,睡着了。

终于到了雨天。布莱恩和父母开车去坎贝尔河买食物和酒，然后把布莱恩父亲的车开到修理厂，从纳奈莫开过来时，车出了点故障。其实是小问题，不过新车还在保修期，布莱恩的父亲想抓紧时间检查。布莱恩只好开自己的车跟着去，如果父亲的车得留在修理厂，他可以把他们接回来。包丽娜说她去不了，她得照顾玛拉午睡。

她让凯特琳也躺下，还允许她把音乐盒拿到床上玩，但声音要小点。然后包丽娜在厨房餐桌旁坐下，把剧本铺开，喝着咖啡，又把那一幕看了一遍：俄耳甫斯说，他实在受不了了，被分隔在两副皮囊里，各自流血，呼吸也互不相通，欧律狄刻叫他安静点。

"别说，也别想。让手随心游走吧，让它享受这纯粹的快乐。"

你的手就是我的快乐，欧律狄刻说，接受它吧，接受你的快乐。

他当然说他做不到。

凯特琳动不动就喊妈妈，问几点了。她调大音乐盒的声音。包丽娜慌忙跑到卧室，让她小声点，别把玛拉吵醒。

"再放这么大声音，我就不给你玩了，知道吗？"

但婴儿床内的玛拉已经不安分了，又过了几分钟，传来凯特琳轻柔的怂恿声，她明显是想把妹妹吵醒。音乐盒的声音也时大时小。接着，玛拉开始摇晃婴儿床的栏杆，爬起来，把奶瓶扔到地上。她越哭越绝望，终于唤来了妈妈。

"我没有吵醒她，"凯特琳说，"她自己醒的。外面雨停了，我们可以去沙滩玩吗?"

她说得对,雨已经停了。包丽娜给玛拉穿好衣服,嘱咐凯特琳穿好泳衣,拿上沙桶。包丽娜也穿上泳衣,还在外面套了一条短裤,免得一会儿还在沙滩上的时候家里人就回来了。("爸爸看不惯那些穿着泳衣就出门的女人,"布莱恩的母亲对她说过,"我想我们可能是旧时代的人啊。")她收起剧本想一起带去,然而又放下了。她担心她看得太入神,没法盯着孩子。

她想到杰弗里——与其说是一个念头,不如说是她身体内的某种变化。站在沙滩上的时候(她谨遵杰弗里的指示,尽量站在灌木的阴影下,免得脸上晒黑),拧干尿布的时候,陪布莱恩看望她父母的时候,她都会想到他。大富翁玩到一半,或者玩拼字游戏、纸牌游戏时,她也会想到他。她会继续说话、倾听,照常干活儿,照常看孩子,而她隐秘生活的记忆就像四散的烟火搅动着她。然后,一个温暖的重量落下,安心的感觉填满了她所有的空虚。可安心持续不了多久,这种慰藉很快就流失了,她就像一个守财奴,面对消失不见的横财,深信这样的好运再也不会有了。渴望支撑着她,让她养成了数着日子过的习惯。有时她甚至把一天分成几段,好把挨过的时间计算得更准一些。

她想过找个借口,去坎贝尔河那边,找个电话亭给他打电话。度假屋里没有电话,唯一的公用电话在度假村大厅。但是她没有杰弗里工作的那家旅馆的号码。此外,她也不可能晚上跑去坎贝尔河。她又担心如果她白天打电话到他家,接电话的可能是他母亲,那个法语老师。他说过,他母亲暑假几乎不出门。只有一次，她坐渡轮去温哥华，去了一天。杰弗里打电话给包丽娜，叫她过来。布莱恩上课去了，凯特琳在幼儿园。

包丽娜说："去不了，我还得管玛拉。"

杰弗里说："谁？哦，抱歉。"然后又说："你不能把她带来吗？"

她说不行。

"为什么不行？带点东西来给她玩不就好了！"

不行，包丽娜说。"我做不到，我就是做不到。"这样太危险了，推着孩子踏上一场罪恶的征程。他们家里，洗洁精没有摆在高处，各种药丸、糖浆、香烟、纽扣也没有放在孩子够不着的地方。就算玛拉躲过了中毒或窒息，她的心中也会埋下一颗定时炸弹——关于在一所陌生的房子里，被母亲遗忘在门外，门内传来奇怪声音的记忆。

"我想要你，"杰弗里说，"我想要你在我床上。"

她再次拒绝，无力地说道："不行。"

那些话语不时回到她的脑海。我想要你在我床上。他的声音里有一种半开玩笑的紧迫感，还有一种决绝、一种真切，仿佛"在我床上"有别的什么意味，仿佛他说的是更宏观、脱离了物质属性的床。

她的拒绝是不是一个巨大的错误呢？这是不是在提醒她，他人口中属于她的真实生活，对她来说其实是多么大的束缚？

沙滩上没什么人——人们已经习惯了下雨。沙子太沉，凯特琳堆不了城堡，也挖不了水沟，不过这些项目她本来也只和爸爸一起做，因为她能感觉出来他是真心感兴趣，而包丽娜不是。凯特琳在水边孤独地徘徊。她可能怀念其他孩子也在的时候吧，那些不知道名字的短暂的朋友，有时又成了互扔石头、互相踢水的敌人，她怀念尖叫和四溅的水花。有一个男孩比她大一点，看样子是一个人，站在离沙滩很远的水里，水深没过了膝盖。他俩要是能玩到一块儿就好了，那这一趟沙滩也算没白来。包丽娜不知道，凯特琳一路踩着水花跑过去，是不是为了那个男孩，也不知道他看她的目光究竟是期待还是鄙夷。

玛拉倒不需要陪伴，起码现在不需要。她跌跌撞撞朝水边走去，感受海水抚摸她的脚，然后突然变卦，她停下来，四处张望，看见了包丽娜。"包，包。"她很高兴看见了她。她管包丽娜叫"包"，不叫"妈妈"或者"妈咪"。因为四处张望，她一时没站稳，跌坐在半是水半是沙的地上，发出了一声惊叫，然后变成欢呼。她毫不犹豫地采取笨拙的动作，两手撑地站了起来，摇摇晃晃，得意扬扬。她会走路已经半年了，但在沙上自如行走对她来说还是一种挑战。现在她朝包丽娜走来了，用自己的语言发表着随意又合理的评论。

"这是沙，"包丽娜抓了一块在手里，"瞧，玛拉，沙。"

玛拉不管这个叫沙，于是便纠正她——听起来像"挖"。她的防水短裤里垫着厚厚的尿布，再加上毛巾布的连体衣，屁股显得大大的，还有鼓鼓的脸颊、圆圆的肩膀和一本正经的表情，从侧面看，俨然一位淘气的主妇。

包丽娜听见有人叫她的名字。因为是个不熟悉的声音，叫了两三声她才反应过来。她站起来朝那边挥手。原来是度假村小卖部的女人。她从阳台上探出身子，喊道："基廷太太？基廷太太？有电话！"

包丽娜一把抱起玛拉，然后把凯特琳也叫过来。她和小男孩已经玩到一起了——两人正在捡水底的石头，然后再扔进海里。她没听见包丽娜叫她，也可能是装没听见。

"去小卖部，"包丽娜喊道，"凯特琳，去小卖部。"她确信凯特琳会跟上来——"小卖部"有这个魔力，那里可以买到雪糕、糖果、香烟，还有调酒用的饮料——她小跑着穿过长长的沙滩，爬上建在低矮的沙龙白珠树上的木质阶梯。爬了一半她停下来，说："玛拉，你太重了。"然后换只胳膊抱她。凯特琳一边走，一边拿树枝敲着扶手。

"可以给我买一根巧克力冰棒吗？妈妈？可以吗？"

"一会儿再说。"

"我想要巧克力冰棒嘛！"

"等等。"

公用电话在度假村大厅的公告栏旁，正对着餐厅的门。因为下雨，餐厅里正在进行宾果游戏。

"但愿他还没挂。"小卖部女人的声音传来，她现在已经钻到柜台后，看不见人影了。

包丽娜抱着玛拉，抓起垂在空中的听筒，屏住呼吸道："你好？"她以为是布莱恩，告诉她得晚点从坎贝尔河回来，或者问她想从药店带的是什么药。其实她要的很简单,就是万用止痒液,所以他没写下来。

"包丽娜,"杰弗里的声音,"是我。"

玛拉在包丽娜的怀里扑腾,急着想下来。凯特琳走进大厅,去了小卖部,留下一串带沙的湿脚印。包丽娜说:"等我一下,就一下。"她把玛拉放下来,跑去关上了门。她不记得告诉过杰弗里她在这里,只是大概提过一次。她听见小卖部里的女人抬高声音对凯特琳说,她只把东西卖给有大人在旁边的小孩。

"你是不是忘了用水冲一下脚底?"

"我在这里,"杰弗里说,"没有你我根本不行,我什么都做不好。"

玛拉往餐厅走去,一个男人的声音在说:"N 的下面是——"仿佛是对她赤裸裸的邀请。

"这里是哪里?"包丽娜问。

她读着电话旁公告板上贴着的标语。

十四岁以下儿童需有大人陪同方能上船。

钓鱼比赛。

烘焙和手工艺品销售,圣巴托洛梅教堂。

命运在你自己手中,看手相,卡牌解命,价格合理,百言百中。详询克莱尔。

"在坎贝尔河的一家汽车旅馆里。"

包丽娜睁眼之前就知道自己身在何处。没有什么意外的。她睡着了，但没有睡得沉到忘记一切。

在度假村大厅的停车场，她和孩子们一起，等布莱恩回来，向他要车钥匙。她当着他父母的面告诉他，她还有别的东西要买，得去一趟坎贝尔河。他问，什么东西？她带钱了吗？

"就是那些东西。"她说，这样他就会以为是卫生巾或避孕药，她不便明说，"带钱了。"

"去吧，但是你得加点油。"他说。

一会儿她还得给他打电话。杰弗里说这事非得她来做不可。

"我打的话他不会相信的。他会觉得是我绑架了你之类的。他不会相信的。"

可那天最怪的事就在于，布莱恩好像立刻就信了。他就站在她刚刚站过的地方，大厅的走廊里——宾果游戏已经结束，人群来来往往，她能听见人们用完晚餐出来的声音——他说："哦。哦。哦。好。"带有一种迅速展现的镇定，甚至还有一丝不费力的预见性和宿命感。

就好像他一直知道，知道在她身上会发生什么。

"好，"他说，"车怎么办？"

他又说了点其他事，一些不可能的话，然后挂断了。她从电话亭出来，旁边是坎贝尔河的加油站。

"还挺快，"杰弗里说，"比你想的简单吧。"

包丽娜说："我不知道。"

"他可能早就预感到了。人都是这样的。"

她摇摇头，让他别说了，于是他说："对不起。"他们走在街上，没有触碰，也没再交谈。

汽车旅馆里没有电话，他们得出门找电话亭。现在还早，可以悠闲地找——这是她来到这个房间后第一次感到悠闲和自由——包丽娜发现这里基本没什么东西。一个废弃的梳妆台、一张没有床头的床、一把没有扶手的软包椅子，百叶窗破了，窗帘是橙色的塑料，弄出薄纱的造型，连褶皱也没打，就在底下切掉了一块。空调噪音很大，晚上杰弗里只得把空调关上，开着门，挂着锁链，因为窗户上了锁。现在门是关着的。一定是他夜里起来关上的。

这就是她的所有了。她和度假村的关系断了，布莱恩躺在床上是睡是醒都与她无关了；同样断了关系的还有他们的那所房子，那是她和布莱恩对理想生活的一种表达。她不再拥有任何家具。她与所有大型家具、家电都失去了联系，洗衣机、烘干机、橡木桌子、翻新的衣柜，还有模仿维米尔画中造型的吊灯。同样失去的还有那些专属于她的东西——她长期收集的雕花玻璃杯，还有穆斯林祷告时用的地毯，虽然肯定是赝品，但很漂亮。尤其是这些东西。还有她的书，她可能已经忘记了。还有她的衣服。她穿去坎贝尔河的一条短裙、一件衬衫和一双凉鞋就是她现在所有的衣物了。她也不可能再回去拿什么了。如果布莱恩联系到她，问她那些东西该怎么办，她会告诉他随他的便——他要是想扔掉，可以把所有东西都打包扔进垃圾堆。(其实她知道他大概会用一个行李箱装好，里面不仅有她冬天的大衣和靴子，还有她只在婚礼上穿过一次的束腰,然后再把那张地毯盖在所有东西上面,无意也好,刻意也罢,就像是为了最后一次展示他的慷慨。)

她相信,她再也不会在意住什么样的房间,穿什么样的衣服。她也不再需要任何外在手法来向旁人传递她的身份与个性。她甚至不用向自己证明。她的所作所为已经足够说明一切。

她现在做的是她只在传闻中听过、在故事中读过的那种事。她在步安娜·卡列尼娜的后尘,做了包法利夫人想做的事。这也是布莱恩学校一位老师和学校秘书做的事。他同她私奔了。这种事就是这么叫的,私奔。出走。人们提起时,口气轻蔑、幽默又嫉妒。它比通奸更进一步。要私奔,肯定得先出轨,通奸一段时间之后,无法忍受了或者足够大胆了,才会走到这一步。个别情况下,私奔的恋人会宣称他们关系纯洁,未曾行夫妻之实。即便有人相信这话,也只会觉得他们自命清高又鲁莽至极,几乎可以和那些愿意放弃一切,到贫穷又危险的国度试试运气的人划为一类了。

其他因为通奸而私奔的人,则被看作不负责任、不成熟、自私,甚至残忍。但同时也是幸运的。幸运是因为他们的性一定非常美妙,不管是在车里,在草丛里,还是在其中一方的婚床上,甚至很可能就在这样的汽车旅馆里。如若不然,他们不会不惜放弃一切来获得对方的陪伴,也不会如此笃信他们的未来会比曾经的过去更美好,更不同。

不同。这一点包丽娜现在必须相信——生活中、婚姻中、人与人的联结中,会有这种明显的不同。有的似乎是必然,如宿命一般，有的则不然。当然，一年前的她可能也会说出同样的话。人们常说出这种话，因为他们自己相信，总觉得自己的故事最重要，最独特，即便谁都能看出端倪，看出来他们并不明白自己在说什么。那时的包丽娜也不会明白她自己话中的深意。

　　房间里很暖和。杰弗里的身体也很温暖。即便睡着了，他身上仿佛也散发着信念和冲突。他的身体比布莱恩厚实，肚子肥肥的。肉很多，不过摸起来不算松弛。总的来说不怎么好看——她知道大多数人都会这么说。他不怎么爱干净。布莱恩在床上没有什么气味，而她每回跟杰弗里在一起的时候，都能闻到一种烘烤的、轻微的油腻味或者坚果味。他昨晚没有洗澡——不过她也没洗。没时间。也不知道他带了牙刷没有，她没带。不过她也没料到自己会这样留下。

　　她来见杰弗里的时候，还琢磨着回去后撒个什么弥天大谎。于是她——他们俩——只能抓紧时间。当杰弗里跟她说他决定了，他们俩要在一起，她陪他去华盛顿州，只能放弃那部戏剧了，因为如果他们都在维多利亚的话事情会很难办。她看着他，毫无表情，就像地震发生的那一刻你茫然无措。她本可以给他列出种种理由，告诉他为什么不能这样，她以为自己就要把这些说给他听，可她的生活仿佛从那一刻起抛锚了一般。回去则无异于将脑袋伸进麻布袋里。

　　她只问了句："你确定吗？"

　　他说："确定。"他真诚地说："我永远不会离开你。"

听起来不像是他会说的话。然后她意识到他说的是剧里的台词——可能还带有讽刺意味。这话是俄耳甫斯头一次和欧律狄刻见面没多久，在车站餐厅对她说的。

她的生活就这样向前坠落；她成了私奔的人。一个不可理喻、骤然放弃一切的女人。为了爱情，旁观者会阴阳怪气地说。意思是，为了性。要不是性，这种事情一定不会有。

不过，又有多大的区别呢？不管你听来的如何，过程基本都是如此。肌肤，动作，接触，结果。包丽娜不是那种你怎么求都求不出结果的女人。布莱恩得到了结果。或许人人都能，只要不是技巧太差或者道德太坏。

可终究还是不一样。和布莱恩，尤其是和布莱恩在一起的时候，她表现出一种自私的善意，和他的生活有一种双方的共谋——永远不会有剥离感，有不可避免的逃离，有这种不必努力、只需承受就能获得的感受，就像呼吸或死亡。这种感觉只会在触碰到杰弗里的肌肤，感受到杰弗里的动作，感受到他身体的重量和心跳时才会有，还有他的习惯、他的想法、他的怪癖、他的野心和孤独（这些在她看来多半是因为他年轻）。

据她所知。还有很多她不知道。他喜欢吃什么，喜欢听什么音乐，他母亲在他生命中扮演怎样的角色（肯定重要且神秘，就像布莱恩的父母对他的作用一样），她几乎都不知道。有一件事她十分确信——他不管喜欢什么还是不喜欢什么，都一定是清清楚楚的。

她从杰弗里的手掌下面慢慢挪出，挪出带有刺鼻漂白剂气味的床单，挪到扔着床罩的地板上，然后赶紧用绿黄色雪尼尔布把自己裹了起来。她不想等他睁开眼睛，从后面看到她下垂的臀部。他见过她的裸体，但那时的气氛更为宽容。

她漱了口，洗了澡，用的是两块巧克力大小的肥皂，硬得跟石头一样。她在两腿间狠狠地搓了搓，那里已经肿胀，发出难闻的气味。小便不太容易，而且她还有点便秘。昨天晚上他们出去买汉堡包的时候，她觉得自己吃不下。或许她得重新学一遍所有这些事，它们会慢慢重拾在她生活中的重要性。只是现在她可能暂时分不开注意力。

她钱包里有一些钱。她得出去买牙刷、牙膏、香体露和洗发水。还得买管私处凝胶。昨晚他们前两次用了避孕套，第三次什么都没用。

她没戴手表，杰弗里没有手表。房间里自然也没有钟。她觉得还早——虽然温度已经上来了，但是阳光还不刺眼。商店应该还没开门，不过找个地方买杯咖啡应该不成问题。

杰弗里翻了个身继续睡。她可能吵醒他了，没一会儿他又睡着了。

他们会拥有一间卧室。还有一个厨房，一个地址。他去上班。她去洗衣店。她可能也会上班。当售货员，做服务生，或者当家教。她会法语和拉丁语——美国的高中教不教法语和拉丁语呢？没有美国公民身份，也可以找工作吗？杰弗里就没有。

她把钥匙留给了他。一会儿要进门，就得把他喊醒了。没有笔也没有纸，写不成便条。

还很早。这家汽车旅馆在小镇最北边的公路上，旁边是一座桥。现在还没有车流。她在棉白杨树下走了好久，才看到一辆车从桥上呼啸而过——可夜里的车流声常常晃动他们的床铺。

有车来了。是一辆卡车。但不仅仅是一辆卡车——更是一个严峻而巨大的现实向她走来。它并非凭空出现——它一直守在那里，自从她醒来，甚至她睡着的那一整晚，都在残忍地推着她。

凯特琳和玛拉。

昨晚在电话里，布莱恩的声音起初那么平静、克制，甚至可以说是惬意——他大概也因为自己没被吓到、没有反对、没有恳求而感到骄傲吧——可后来还是露馅了。他轻蔑而愤怒地说，也不管有没有人听到："行吧——小家伙怎么办？"

听筒开始在包丽娜的耳边颤抖。

她说："我们再商量——"但他似乎听不到她的话了。

"孩子们。"他的声音也在颤抖，充满了恨意。不说"小家伙"，改说"孩子们"，就像把一块木板砸在她身上——沉重、严肃而公正的恐吓。

"孩子们留下，"布莱恩说，"包丽娜，你听到了吗？"

"不，"包丽娜说，"是，我听到了，但是——"

"行，听到就好。听好了，孩子们留下。"

这是他唯一的办法。为了让她看清自己在做什么，看清这样做的后果，同时也为了惩罚她。没有人会责怪他。她可以耍花招，可以讨价还价，甚至低声下气，可这件事始终像一块冰冷的圆石，卡在她的喉咙里，如炮弹一般。只要她不改变心意，这块石头就不会消去。孩子们留下。

他们的车——她和布莱恩的车——还停在汽车旅馆的停车场里。布莱恩会让他父亲或母亲今天开车送他过来取车。车钥匙在她钱包里。还有备用钥匙——他肯定会带上的。她打开车门,把钥匙扔到座椅上,从里面上了锁,再把车门关上。

现在她回不去了。她没法再坐进车里,开车回去,告诉他们她一时糊涂。如果她真这么做,他会原谅她的,可他过不去心里的坎,她也过不去。他们还是会继续下去,像其他人一样。

她走出停车场,走在小镇的人行道上。

昨天,玛拉坐在她手臂上的重量,凯特琳的脚印留在地板上。

包,包。

想要回到他们身边,没有钥匙也可以,没有车也可以。她可以在高速公路上搭个便车。屈服吧,放弃吧,不管怎么样,先回去,她怎么能不回去呢?

像一具行尸走肉。

一个流动的选择,想象中的选择,泼在地上,迅速定了型。是无可辩驳的形状。

这是一种锐痛。以后会变成慢性的。慢性意味着疼痛会长久存在,但不会时刻存在。同时也意味着这种疼痛杀不死你。你既无法摆脱它,它也无法杀死你。它不会每分每秒折磨你,也不会让你有连续几天的喘息。你会找到一些方法让它不那么疼,不那么明显,你不希望付出了这么痛苦的代价所获得的东西最终付之东流。这不是他的错。他只是太天真,或者太野蛮,不知道世界上还有如此长久的苦痛。你对自己说,无论怎样都会失去她们的。她们会长大的。作为一个母亲,迟早会迎来这略带荒谬的孤独。她们会忘掉这件事,她们迟早会与你割裂。你大可以陪在她们身边,等到不知该怎么管教她们的时候,那一刻还是会来的,布莱恩就是这么做的。

可是,依旧很痛啊。她得带着这种痛苦生活下去,直到她所哀悼的一切都成为往事,不再是可能的现在。

孩子们长大了。她们不恨她。既不恨她离开,也不恨她再不回来。她们也不原谅她。也许不管她做什么她们都不会原谅的,但做了总归有不同。

凯特琳对那年夏天度假村大厅里的事还有点印象,玛拉则什么都不记得了。有一天凯特琳对包丽娜提起这件事,说"爷爷奶奶待的那个地方"。

"就是你走的时候我们待的那个地方,"她说,"只不过后来我们才知道你跟俄耳甫斯私奔了。"

包丽娜说:"不是俄耳甫斯。"

"不是俄耳甫斯?爸爸这么说的。他说:'后来你妈妈就跟俄耳甫斯跑了。'"

"他是开玩笑的。"包丽娜说。

"我一直以为是俄耳甫斯。原来是别的人呀。"

"也是那部戏剧里的人。我和他住了一段时间。"

"不是俄耳甫斯。"

"对,从来不是。"

富得发臭

一九七四年夏天的一个傍晚，飞机停靠在登机口，卡琳下了飞机，从背包里往外掏出几样东西。一顶黑色贝雷帽，她歪戴在头上，遮住一只眼睛；一支口红，她把窗户当镜子，涂了起来——多伦多已经天黑了——还有一根黑色的长烟嘴，她准备找个机会用牙叼住。贝雷帽和烟嘴是她从继母那儿偷来的，本来是继母参加化装舞会时扮演爱玛姑娘的道具。口红是她自己买的。

她知道她怎么打扮也装不了成熟的妖艳女郎，但她看上去也不再像去年夏末坐上飞机的那个十岁小姑娘了。

人群中没有人多看她一眼，即便她叼上烟嘴，故作深沉地媚笑。每个人都焦急、心烦意乱、兴高采烈或者迷迷糊糊的。大多数人的穿着都符合身份。黑人披着鲜艳的长袍，戴着刺绣帽子，嗖地走来走去；老妇人弓着背坐在手提箱上，头上系着披巾。嬉皮士们身上吊着珠串和碎布。她发现自己走到了一群看起来很阴郁的男人中间，他们戴黑帽子，卷发从两颊边垂下。

接亲友的旅客不应该到这里来，但他们还是从自动门溜进来了。在行李传送带另一边的人群中，卡琳看见了她的母亲罗丝玛丽，但母亲没看见她。罗丝玛丽穿着一件深蓝色长裙，上面点缀着金色和橙色的月亮图案。她的头发刚染过，很黑，盘在头顶，像个摇摇欲坠的鸟巢。她比卡琳记忆中的样子老一些，看上去有点失落，卡琳的目光扫过她——想要寻找德里克。德里克在人群中很显眼，因为他个子高，前额亮，一头浅色的卷发披在肩上。还因为他眼神明亮坚定，嘴角总挂着嘲讽，而且站姿笔挺。不像罗丝玛丽，她扭来扭去，伸着脖子，茫然而沮丧地四处张望。

德里克不在罗丝玛丽身后，附近也没有他的影子。如果不是去卫生间了，那他就是没来。

卡琳拿下烟嘴，把贝雷帽往后推了推。德里克不在，就没必要开这个玩笑了。对罗丝玛丽开这种玩笑只会让她困惑——她看上去已经够困惑、够失落的了。

"你居然涂了口红。"罗丝玛丽说，眼睛有点湿润和茫然。她伸出翅膀一样的袖子把卡琳揽在怀里，她身上有一股可可油的味道。"别告诉我你爸爸允许你涂口红了。"

"我就是和你开个玩笑，"卡琳说，"德里克呢？"

"没来。"罗丝玛丽说。

卡琳在传送带上看见了自己的行李箱，她从人群里挤过去，把箱子拖下来。罗丝玛丽想帮忙，卡琳只说"不用，不用"。她们挤到出口，这里还有一批没有胆量或耐心挤到里面去的接机的人。两人沉默着到了室外,往停车场走,被炎热的晚风包裹着。这时卡琳说:"怎么回事——你俩又起了'风暴'了?"

"风暴"是罗丝玛丽和德里克用来形容他们之间冲突的词,他们将之归咎于共同修改德里克的那本书时遇到的困难。

罗丝玛丽的语气异常平静:"我们不再见面了,以后也不合作了。"

"真的吗?"卡琳说,"你的意思是,你们分手了?"

"如果像我们这样的人还能分手的话。"罗丝玛丽说。

车灯的亮光倾泻在每一条进城的路上,又从立交桥的拐弯处和下方的车流中漏出。罗丝玛丽的车里没有空调——不是装不起,而是她不信那玩意儿——所以只好把车窗打开,让路上的嘈杂像河水一样随风涌入。罗丝玛丽讨厌在多伦多开车。她每周一次来跟出版社老板见面时,总是坐公交车,其他时候就让德里克开车送她。她们从机场高速上下来,在401公路上向东行驶,卡琳一直沉默着。她妈妈全神贯注又焦虑不安地开了大约八十英里之后,拐到次级公路上,很快就能到罗丝玛丽的住处附近了。

"那德里克走了吗?"卡琳问,过了一会儿又说,"他去旅行了?"

"据我所知没有,"罗丝玛丽说,"不过我也不怎么知道他的事。"

"那安呢?她还在吗?"

"或许吧,"罗丝玛丽说,"她一向哪儿也不去。"

"德里克把东西都拿走了吗?"

德里克当时带到罗丝玛丽房车的东西,可不只是修改手稿的工作所必需的。书,当然要有——不光是参考书,还有工作间隙他躺在罗丝玛丽的床上时要读的书和杂志。要听的唱片。衣服,还有他想去树林里徒步时穿的靴子,治胃痛或头痛的药,甚至还有他建露台要用的工具和木材。他放在浴室的剃须用具,还有他的牙刷和敏感牙龈专用的牙膏。厨房的桌上是他的咖啡磨豆机。(安买的那台更新、更好看,放在仍属于他的房子的厨房桌上。)

"都清出去了。"罗丝玛丽说。她把车停在了一家还在营业的甜甜圈店的停车场,这家店就在沿途的第一个小镇边缘。

"得来杯咖啡救命。"她说。

通常他们停在这种地方的时候,卡琳会和德里克留在车里。他不喝这种咖啡。"你妈妈喜欢这种地方,是因为她有童年创伤。"他说,他不是指罗丝玛丽被带去过这种店里,而是因为她父母不让她去这种地方,也不让她吃任何油炸或高糖食物,只让她吃蔬菜和黏糊糊的粥等健康食物。不是因为她父母没钱——他们有钱得很——但他们对食物的信仰超前于时代。德里克认识罗丝玛丽的时间并不长——尤其是跟卡琳的父亲特德相比的话——可是他比特德更喜欢谈她早年的生活和各种细节,包括罗丝玛丽自己都不愿提的每周灌肠的仪式。

上学的时候,和特德、格蕾丝住在一起的那些年,卡琳从不去这种甜滋滋、油腻腻、散发着香烟和劣质咖啡味的地方。可是罗丝玛丽却两眼发亮,在果酱奶油甜甜圈、焦糖巧克力和葡萄干糖霜面包圈、油炸小饼、手指饼干、夹心牛角面包和怪物饼干中扫视，挑选。如果不是担心发胖，她想不出还有什么理由拒绝这些食物，她不能理解为什么有人不爱吃。

柜台边（牌子上写着每人最好不要坐超过二十分钟）坐着两个一头大卷发的胖女人，中间是一个瘦瘦的看起来像孩子却长满皱纹的男人，他语速很快，好像在给她们讲笑话。两人女人摇着脑袋大笑，罗丝玛丽挑选杏仁牛角包时，男人冲卡琳眨了眨眼，一脸猥琐的暗示。这让卡琳想起她的口红还没擦掉。"忍不住了吧，嗯？"他对罗丝玛丽说。她笑了，觉得这是一种乡下人的友好。

"从来没忍住过。"她说。"你一个都不要吗？"她问卡琳。

"小姑娘也要保持身材吗？"满脸皱纹的男人说。

小镇往北，路上几乎没车了。空气变凉爽了，闻起来湿漉漉的。不知藏在哪里的青蛙竟叫得那么大声，几乎盖住汽车的噪声。双车道的公路蜿蜒穿过一排排黢黑的常青树，以及一片不那么黑的零星长着刺柏的田野，后面是一片片农田。在一个拐弯处，车灯照亮最前面的一堆乱石，有的石头闪着亮粉色或灰色的光，还有的是那种血迹干掉的红色。很快，又看到好几处这样的石头。有的地方石头不是乱堆在一起，而是被人铺成或厚或薄的许多层，呈灰色或者泛青的白色。卡琳记得这是石灰石。石灰岩基岩，在这里与前寒武纪地盾的岩石交替出现。德里克教过她这个。德里克曾说，他很想当个地质学家，因为他特别喜欢石头。

可他不想给矿业公司打工。而且他对历史也很感兴趣——真是奇妙的组合。爱宅家的人搞历史，爱出门的人搞地质，他一本正经地说，她就知道他在开自己的玩笑。

卡琳现在很想摆脱自己的那种局促和自矜——她真想就这样从车窗甩到午夜汹涌的气流中去。那是杏仁牛角包、罗丝玛丽正偷偷摸摸喝的劣质咖啡、柜台边的男人、罗丝玛丽嬉皮士一样装嫩的裙子和乱糟糟的发型带给她的。同时她还想甩掉对德里克的思念，那种少了一个人的空虚和各种可能的消逝。她大声说："我很高兴，他走了我很高兴。"

罗丝玛丽说："真的吗？"

"这样你会开心一些。"卡琳说。

"是的，"罗丝玛丽说，"我正在重新找回自尊。如果不找回来，你都不知道自己曾经丢失过自尊，也不知道你多么渴望它回来。希望我们俩能过个愉快的暑假。我们甚至可以来趟短途旅行。我不介意开车，只要去的地方不是太危险。我们可以去德里克带你去过的树林里徒步。我还挺想和你去的。"

卡琳说："好啊。"虽然她担心德里克不在，她们可能会迷路。她并没有真的在想徒步的事，而是在回忆去年夏天的一个场景。当时罗丝玛丽躺在床上，裹着被子，一边哭，一边把被角枕头塞进嘴里，悲痛到不能自已。德里克坐在他们的办公桌旁，读着一页手稿。"能不能想办法让你妈妈安静点？"他说。

卡琳说："她要的是你。"

"她这样子我弄不好。"德里克说着，放下看完的那一页稿子,又拿起一页。其间他望了一眼卡琳,一脸受够了的表情。他看上去疲惫、苍老又憔悴。他说:"我很抱歉。我受不了。"

于是卡琳走进卧室,轻抚着罗丝玛丽的后背,罗丝玛丽也说她很抱歉。

"德里克在干什么?"她问。

"他在厨房。"卡琳说。她不想说他在看稿子。

"他说什么了?"

"他说我应该过来和你谈谈。"

"哦,卡琳,我觉得好丢脸。"

是什么引起了这样的争吵?冷静下来、提起精神之后,罗丝玛丽总说是因为工作,工作上的分歧。"那你为什么不退出他这本书?"卡琳说,"你还有那么多自己的事可做。"罗丝玛丽的工作是编辑手稿——她也是因此遇见的德里克。并不是因为他把书交给了她供职的那家出版社——他还没交——而是她认识他的一个朋友,那人说:"我认识一个人,可以帮你做这个。"没过多久,罗丝玛丽就搬到乡下,把房车停在离他家不远的地方,这样工作的时候也能离他近一点。一开始她还留着多伦多的公寓,后来她在房车里待的时间越来越久,干脆就把公寓退了。她也做些别的工作,但并不多。她每周会去多伦多工作一天,早上六点走,晚上十一点之后回来。

"那本书是讲什么的?"特德以前问过卡琳。

卡琳说:"是关于探险家拉萨尔和印第安人的。"

"所以这家伙是历史学家吗?他在大学教书?"

卡琳不知道。德里克做过很多工作——他当过摄影师；他在一个矿场当过调查员；不过说到教书，她觉得他教的是高中。安说他的工作是"游离于体制之外"。

特德自己在大学教书。他是经济学家。

当然，她没有告诉特德或者格蕾丝两人在那本书上产生的分歧和由之带来的悲痛。罗丝玛丽认为责任在她。因为压力，她说。有时候她觉得是因为更年期。卡琳听见过她跟德里克说"原谅我"，德里克说"没什么要原谅的"，语气里带着冷静的满足。

听到这话的罗丝玛丽离开了房间。他们没有听到她又开始哭的声音，可他们等待着。德里克定定地看着卡琳的眼睛——他做出一个混杂着忧虑和困惑的滑稽表情。

所以这次我又做什么了？

"她很敏感。"卡琳说。她的声音里也充满了愧疚。是因为罗丝玛丽的行为吗？也可能是因为德里克似乎把她——卡琳——也包裹进了某种凌驾于此刻之上的满足和鄙夷之中。也因为她情不自禁地感到受宠若惊。

有时候卡琳会干脆出去。她顺着公路去找安，每次看到她安都会很高兴。安从不问卡琳为什么来，如果卡琳说"他们又因为一点蠢事吵架了"，或者——后来他们发明了专门的词——说"他们又起'风暴'了"，安似乎从不惊讶或不悦。她可能会说"德里克太苛求了"，或者"嗯，我想他们会自己解决的"。可如果卡琳还想往下谈，说"罗丝玛丽哭了"，安就会说，"我觉得有些事我们最好还是不要谈论，你觉得呢？"

但还有一些事她是愿意听的，尽管有时带着克制的微笑。安长相甜美，身材圆润，浅灰色的头发自然地垂在肩上，还留着刘海。她说话的时候总是眨眼，不怎么看你的眼睛（罗丝玛丽说那是因为紧张）。她的嘴唇——安的嘴唇——特别薄，笑起来几乎要看不见了。她微笑时总是抿着嘴，有种藏着掖着的感觉。

"你知道罗丝玛丽和特德是怎么认识的吗？"卡琳说，"在雨中的公交车站，她在涂口红。"然后她返回去解释说罗丝玛丽之所以得在车站涂口红，是因为她父母不知道她涂口红——他们信的教不允许涂口红，不用说，也不允许看电影、穿高跟鞋、跳舞、吃糖、喝咖啡、喝酒、抽烟。罗丝玛丽那年读大一，不想被人看作是笃信宗教的怪人。特德那时是助教。

"不过那时他们已经互相认识了。"卡琳说，然后又解释他们住在同一条街上。特德住在最大的那栋豪宅的门房里，他父亲是司机兼园丁，母亲是管家。罗丝玛丽则住在街对面普通富人的豪宅里（不过她父母的生活方式与普通富人完全无关，他们从不玩牌，也不参加聚会，不外出旅游，出于某种原因他们不用冰箱，只用冰盒来保冷，直到制冰公司退出市场才作罢）。

特德有辆车，是他花一百加拿大元买的。看到雨天还在等公交的罗丝玛丽，他很同情，便请她上了自己的车。

讲这个故事的时候，卡琳想起了父母回忆这件往事时的情形，他们说着笑着，熟练地打断对方。特德每次都会提到车的价格、品牌和出厂年份（斯蒂庞克，一九四七年）。罗丝玛丽会强调副驾驶的车门打不开，特德只好下车让她从驾驶座那边爬过去。然后他会讲他多么迅速地带她去看了人生第一场电影——就在那天下午——电影的名字是《热情如火》,从电影院出来的时候,光天化日之下他满脸口红印。因为别的姑娘涂了口红会拿纸抿一抿或者再扑一层粉什么的,但罗丝玛丽不知道。他总说:"热情如火说的就是她。"

后来他们结婚了。他们去了一位牧师家,牧师的儿子是特德的朋友。双方的父母都不知道他们要结婚。仪式刚结束罗丝玛丽就来了月经,于是特德作为已婚男人做的第一件事,就是出门去买一包高洁丝。

"卡琳,你妈妈知道你告诉我这些吗?"

"她不会介意的。罗丝玛丽的妈妈知道之后病倒了,他们结婚的事让她妈妈觉得糟透了。她父母要是早知道她想嫁给一个不信教的家伙,肯定会把她关进多伦多的教会学校的。"

"不信教?"安说,"是吗,真遗憾。"

也许她是想说,经历了这么多坎坷,婚姻还是没能维持,真遗憾。

卡琳从座椅上滑了下去,脑袋撞到了罗丝玛丽的肩膀。

"撞疼你了吗?"她问。

"没有。"罗丝玛丽说。

卡琳说:"我不是真的想睡。我想醒着进到山谷里。"

罗丝玛丽开始唱歌:

"起床了,起床了,亲爱的科里——"

她用一种缓慢而低沉的嗓音唱着，模仿唱片里的皮特·西格。不知过了多久，车停了。她们爬上了一段很短的坑坑洼洼的路，在房车旁的树下停了车。门上的灯亮着。德里克却不在里面。德里克的东西也不在了。卡琳不想动。她不情愿地扭来扭去，带着一点愉快的任性，如果有罗丝玛丽之外的人在场，她是不会这么做的。

"下车，下车，"罗丝玛丽说，"很快就能睡觉了，快点。"她一边拉卡琳一边笑道："你以为我还能抱得动你吗？"她把卡琳拖出来，推着她往门口走："瞧瞧天上的星星，快瞧瞧，多美啊。"卡琳始终低着头，迷迷糊糊地抱怨着。

"睡觉，睡觉。"罗丝玛丽说。她们进了屋里。一丝德里克的气息微弱地残存着——大麻、咖啡豆、木材。还有活动房里地毯和烹饪的味道。卡琳衣服也没脱就倒在了她的那张小床上，罗丝玛丽把她去年穿的睡衣扔给她。"换衣服，不然起来时会很难受的，"她说，"我们明早再收拾你的行李。"

卡琳仿佛费了此生最大的力气一样，好不容易才坐起来，把衣服脱了，穿上睡衣。罗丝玛丽正打开四周的窗户。卡琳听到的最后一句话是："那个口红——为什么要弄成那样？"她感觉到的最后一丝触感是毛巾在她脸颊上那充满慈爱却粗蛮的擦拭。她将那气息吐了出来，沉浸在肆无忌惮的孩子气和身下凉爽的床铺中，陷入深深的睡眠。

那是一个星期六的晚上。星期六晚上到星期天凌晨之间。到了星期一早上,卡琳说:"我可以上山找安吗?"罗丝玛丽说:"可以,去吧。"

星期天她们起得很晚,一整天都没出活动房。外面在下雨,罗丝玛丽有点沮丧。"昨晚明明有星星,昨天我们回家的时候星星都出来了。"她说,"你暑假的第一天就下雨了。"卡琳只好告诉她没关系,反正她也懒得出门。罗丝玛丽给她做了一杯欧蕾咖啡,切了一个甜瓜,瓜不是很熟(安会注意到这种事,但罗丝玛丽不会)。下午四点的时候她们做了一顿大餐,有培根、华夫饼、草莓和淡奶油代替品。六点多左右雨停了,太阳出来了,可她们还穿着睡衣。一天就这样浪费了。"至少我们没看电视,"罗丝玛丽说,"就这一点来说还是值得庆祝的。"

"只是目前为止。"卡琳一边说,一边打开电视。

她们坐在一摞摞罗丝玛丽从柜子里翻出来的旧杂志中。她搬进来的时候,杂志已经在那儿了,她说她终于要扔掉它们了——不过得先翻一遍,看看有没有值得留下的东西。她翻得很慢,因为总会碰上她想大声读出来的内容。卡琳一开始没兴趣听,不过后来还是让自己沉入这些旧时光,听着古怪的广告语,想想那些过时的发型。

她注意到电话机上面盖着一张叠好的毯子,问:"你不知道怎么把电话关掉吗?"

罗丝玛丽说:"我不是真的想关掉它。我要听见电话响,但是我不接。我想忽略它,我只是不想它声音太大。"

可是电话一整天没有响。

星期一早上,毯子依然盖在电话上,杂志又回到了柜子里。罗丝玛丽最终还是下不了决心扔掉它们。天上乌云密布,但没有下雨。她们还是很晚才起,因为前一天晚上看电影直到深夜两点。

罗丝玛丽把几张打印稿铺在厨房桌子上。不是德里克的手稿——那一大堆已经不见了。"德里克的书真的很有趣吗?"卡琳问。

她此前从没想过要和罗丝玛丽谈这个。那堆手稿就像一团缠在一起的铁丝网,天天放在桌上,德里克和罗丝玛丽想方设法理清它。

"嗯,他总在改,"罗丝玛丽说,"是很有趣,但也很混乱。一开始他的关注点是拉萨尔,后来又对庞蒂亚克来了兴趣,什么都想写,又总是不满意。"

"所以你很高兴能甩掉他。"卡琳说。

"太高兴了。那个没完没了的大麻烦。"

"可是你不想他吗?"

"所谓的友谊已经结束了。"罗丝玛丽心不在焉地说,她折起一张纸,在上面做了个记号。

"那安呢?"

"和她的友谊,我想也结束了。其实我在考虑,"她放下手中的笔,"考虑离开这里。不过我想等你来了再说。我不想你一回来,发现什么都没了。可是当初来这里,也是为了德里克的书。嗯,确实是因为他,你知道的。"

卡琳说:"德里克和安。"

"对,德里克和安。现在理由都已经不成立了。"

就是在这时,卡琳说:"我可以上山找安吗?"罗丝玛丽说:"可以,去吧。我们不必急着做决定。我只是有这么一个想法。"

卡琳沿着碎石路往上走,一路上想着与从前有哪里不同。除了云,她对山谷的记忆里完全没有云。然后她知道了。牧场里觅食的牛不见了,因为这里草长起来了,刺柏丛生,也看不见小溪了。

山谷又长又窄,远处的尽头是安和德里克白色的房子。谷底去年还是平整又干净的牧场,清澈的小溪蜿蜒而过。(安把这块地租给了一个养安格斯牛的男人。)山谷两边,树木繁茂的山脊陡然升起,在房子后面的尽头连成了一片。罗丝玛丽租的房车原先是安为她的父母准备的,冬天山谷里堆满积雪之后,他们就会下山去那里住。他们本想住得离商店近一点,当时商店在镇公路的拐角处。现在那里什么都没有了,只剩一块水泥平台,上面有两个洞,过去是用来放油罐的;还有一辆旧公交车,车窗上挂满了旗子,里面住着嬉皮士。他们有时会坐在水泥平台上,罗丝玛丽开车经过时,他们会郑重其事地向她招手。

德里克说他们在野地里种大麻。但他不找他们买,他不信任他们。

罗丝玛丽拒绝和德里克一起抽大麻。

"我在你身边太焦躁了,"她说,"抽了大麻也没用。"

"随便你咯,"德里克说,"说不定有用。"

安也不抽。她说她觉得抽起来会很傻。她什么都不抽,她甚至不知道该怎么吸气。

她们不知道德里克让卡琳试过一次。她也不会吸气,他只好教她。她太用力了,吸得太深,险些呕吐。他们当时在谷仓里,德里克从山上收集来的石头也都放在那里。德里克为了让她镇定下来,叫她看那些石头。

"看着它们,"他说,"用心看,它们的颜色,不要太用力,看着等吧。"

但最后让她平静下来的是硬纸箱上的字母。谷仓里有一摞硬纸箱,几年前安和德里克从多伦多搬回来的时候,安用这些硬纸箱装过东西。其中一个纸箱的侧面有玩具战舰的形状,上面写着"无畏舰"。前半部分的"无畏"(DREAD)用的是红色。几个字母闪闪发光,仿佛是用霓虹灯管拼成的。它们给卡琳下了一个远超字面意义本身的命令。卡琳只有把它拆开,才能看到其中的词。

"你笑什么呢?"德里克问。于是她告诉他她在做什么,那些词如何神奇地蹦出来。

Read(阅读)。Red(红色)。Dead(死亡)。Dare(挑战)。Era(年代)。Ear(耳朵)。Are(是)。Add(加)。Adder(蝰蛇)。Adder最好,因为五个字母全用上了。

"了不起,"德里克说,"真不错,卡琳。Dread the Red Adder(惧怕红蝰蛇)。"

他根本不必叮嘱她不要跟她妈或者安讲。那天晚上罗丝玛丽亲吻她的时候，闻了闻她的头发，笑着说："天哪，到处都有味儿，德里克真是个老烟枪。"

那是罗丝玛丽为数不多的快乐时光。她们去德里克和安家里吃晚饭，在封闭式的阳光游廊里。安说："跟我来，卡琳，帮我把慕斯从模子里取出来。"卡琳跟过去了，然后又折回来——假装来拿薄荷酱。

罗丝玛丽和德里克正倚在桌子上互相调笑，做接吻状。两人都没看见她。

或许也是在那一晚，走的时候，罗丝玛丽还嘲笑了摆在后门外的两把椅子。那是两把深红色的旧铁管椅子，铺着软垫。朝向西边，面对夕阳最后的余晖。

"那两把旧椅子，"安说，"我知道怪难看的。是我父母留下来的。"

"坐着也不舒服。"德里克说。

"不，不，"罗丝玛丽说，"它们很漂亮，就像你们俩。我喜欢它们。它们好像在说德里克和安。德里克和安忙碌了一天，坐在这里看夕阳。"

"如果能透过这么密的豌豆藤看到的话。"德里克说。

后来卡琳去帮安摘蔬菜的时候，发现椅子没了。她没有问安椅子去哪儿了。

安的厨房在半地下的地下室里，得下四级台阶才能到。卡琳下去过，她把脸贴在纱门上往里看。厨房里很黑，高高的窗外长满灌木丛，遮挡了阳光——卡琳以前每次去，灯都是开着的。可这次灯没有开，一开始她还以为厨房没人。接着她看见有人坐在桌旁，是安，但是脑袋的形状和从前不太一样。她背对着门。

安剪了头发。头发变短了，变蓬松了，就像其他灰白头发的中老年妇女一样。她在忙着什么——手肘在动。她在昏暗的光线下工作，卡琳看不清她在做什么。

她想通过盯着安的后脑勺这种把戏，让安转过身来。但不管用。她又轻轻用指甲划过纱门。最后她只能出声了。

"呜——呜——呜——"

安站起来，极不情愿地转过身。那一刻，卡琳心里闪过一个不可理喻的怀疑：安早就知道门外的人是她——她可能看见卡琳过来了，然后才摆出这种防备的姿势。

"是我，是我，你走丢的孩子来了。"卡琳说。

"哦，是你呀。"安说着，打开门。她没有拥抱卡琳——不过她和德里克从来都不抱她。

她变胖了——也可能是剪短的头发让她看起来胖了——脸上有红斑，像是被蚊子咬了。她的眼睛似乎很酸痛。

"你眼睛受伤了吗？"卡琳问，"是因为眼睛不舒服，才关着灯干活儿吗？"

安说："哦，我没注意，我没发现灯没开，我在擦银器，总觉得还能看清。"然后她似乎努力让自己高兴起来，说话间仿佛把卡琳当作小小孩。"擦银器真无聊，擦得我都快睡着了。你来帮我真是太好了。"

卡琳一时兴起，就做一回小小孩。她瘫在桌旁的椅子里，吵吵嚷嚷地说："那——老德里克去哪儿了？"她在想，安这种奇怪的举动或许说明德里克去哪个山坡上考察了，还没回来，把安和罗丝玛丽都扔下了。或者他生病了，又或者抑郁了。安以前说过"我们离开城市之后，德里克不像以前那样时常抑郁了"。卡琳不知道该不该用"抑郁"这个词。在她眼里，德里克总爱挑刺，还很容易厌烦。这算抑郁吗？

"我想他应该就在附近。"安说。

"他和罗丝玛丽分手了，你知道吗？"

"嗯，知道，卡琳。我知道。"

"你觉得遗憾吗？"

安说："我找到了一种擦银器的新方法。我做给你看。先拿一个叉子或者勺子或者随便什么，泡到这个盆里，过一会儿，拿出来，放到清水里一涮，擦干。看见没？亮得很呢！我以前又是擦洗又是抛光的。我觉得现在这样就够好了，非常亮。我再去打一盆干净的涮洗水。"

卡琳泡进去一个叉子。她说："昨天我和罗丝玛丽一整天都怎么舒服怎么来。我们没换睡衣，做了华夫饼，还读了旧杂志。过期的《妇女家庭杂志》。"

"那是我母亲的。"安的声音有点生硬。

"你妈妈很可爱，"卡琳说，"她总是很忙，她还用旁氏的护肤品。"

安笑了——宽慰的笑——她说："我记得。"

"这段婚姻还有救吗？"卡琳用一种低沉的、不祥的语气说，然后又换成哄骗和抱怨的语气编起故事。

"问题是，我丈夫太卑劣了，我真不知道拿他怎么办才好。他把我们的孩子全吃了。不是因为我没给他准备可口的晚饭，也不是因为我做了晚饭。我一整天都在热气腾腾的炉子旁忙活，给他做了可口的晚饭，可他呢，回到家的第一件事就是扯下宝宝的一条腿——"

"够了，"安隐去了笑容，"别说了，卡琳。"

"可我真的想知道，"卡琳说，语气柔和又坚定，"这段婚姻还有救吗？"

过去这一年，每当想到最想去的地方时，她想的都是这间厨房。这里很大，即便开着灯，角落里也是昏暗的。绿色的树影刮擦过窗户。堆在各处的东西严格来说并不属于厨房。那个踏板缝纫机，还有垫得又软又厚的大扶手椅，扶手上暗红色的盖布用旧后古怪地褪成了灰绿色。一幅巨大的瀑布画，是多年以前安的母亲刚结婚时画的。那会儿她还有时间画画，后来再也没有了。

（"对我们大家来说倒是件好事。"德里克说。）

院子里传来汽车的声音，卡琳想，会是罗丝玛丽吗？她一个人被丢在家里，是不是抑郁了；她是不是来找卡琳做伴儿？

当她听到厨房的台阶上传来靴子声时，她知道是德里克来了。

她高声喊道："惊喜吗，意外吗，瞧瞧谁来了！"

德里克走了进来："嗨，卡琳。"没有一点欢迎的意思。他把

233

几个包放到桌上。安客气地说:"买到你要的胶卷了吗?"

"买到了,"德里克说,"这盆里脏兮兮的是什么?"

"清洗银器的。"安说。然后又对卡琳说,似乎带着歉意:"他去城里买胶卷,给他的石头拍照。"

卡琳把头低向她正在擦的刀。如果她哭了(去年夏天她是绝不可能哭的),那简直是世界上最糟糕的事。安又问了点其他的——德里克买的杂货——卡琳努力抬起头,盯着炉子前面。这种炉子现在已经停产了,安告诉过她。这是一个木质的电火炉,炉门上印有一艘帆船,帆船上写着"克利伯炉"。

这一点,她也记得。

"我觉得卡琳可以帮你的忙,"安说,"她可以帮你摆石头。"

一段短暂的沉默,这期间,两人也许对视了一眼。然后德里克说:"好呀,卡琳。过来帮我拍照吧。"

一堆石头堆在谷仓地上——没有分类,也没有贴标签。还有的一个一个摆在架上,有印好的卡片标识。有一段时间德里克没有说话,光顾着摆石头、调相机,试图找到最合适的角度和光线。开始拍照之后,他向卡琳发出简短的指令,让她把石头挪一挪,斜一点,再从地上捡几个过来,没有标签的也可以拍。在她看来,他其实不需要——也不想要——她的帮忙。有几次他深吸一口气,好像准备说出这一点——或者告诉她别的重要而令人不快的事——但最后说出的只是"往右边挪一点",或者"帮我翻到另一面"。

去年整个夏天，卡琳用她孩子气的方式缠着，或者严肃地要求德里克带她去找石头。后来他终于答应了。他故意把这次外出弄得困难重重，当作对她的测试。他们全身喷了欧护驱蚊液，可还是有虫子跑到他们身上，钻进他们的头发，藏在衣领或者袖口下面。他们必须艰难地穿过沼泽，踩下的鞋印很快就会被水填满，他们爬过陡峭的河岸，岸旁长满了浆果藤、野玫瑰丛和坚硬绊脚的藤蔓，小心地走过又滑又陡的岩石。他们脖子上系着铃铛，这样即便分开也能知道对方在哪儿，还能警告附近的熊，让它们不要靠近。

他们碰到了一大堆熊粪，闪着新鲜的光泽，上面还有一颗没消化完的苹果核。

德里克告诉过她，这块地方到处都是矿藏。他说，几乎所有已知的矿都在这里，但储量还不足以赢利。他去过所有那些废弃不用、无人问津的矿井，挖出他的样本，甚至直接从地上捡起。"我第一次带他回家的时候，他在山脊处消失了，原来是找到了一个矿，"安说，"那时我就知道，他或许会娶我。"

矿井令人失望，不过卡琳不会这么说。她期待的是阿里巴巴见到的那种洞穴，在一片漆黑中，奇异的岩石闪着亮光。可德里克带她去的是一个特别窄的入口，就像石头上裂开的一道缝，一棵杨树在这莫名其妙的地方生了根，歪歪斜斜地长大了，几乎挡住了入口。另一个入口——德里克口中最好进入的一个——其实只是山侧的一个洞。腐烂的柱子有的倒在地上，有的仍旧撑着洞顶，砖块挡住了部分土石和瓦砾。德里克把矿石车轨道模糊的痕迹指给她看。云母散落在四周，卡琳收集了几片。至少它们还挺漂亮，有点奇珍异宝的样子。像光滑的深色玻璃片，拿到光下，又发出银色的光芒。

德里克说她应该只拿一片，自己收好，不要给别人看。"不要说出去，"他说，"我不想和别人谈论这里。"

卡琳问："那要我发誓吗？"

他说："记得就行。"接着他问她想不想去看城堡。

城堡也让人失望，而且还是个笑话。他带她来到一片水泥墙的废墟上，说这里可能曾经是储存矿石的地方。他给她看了高高的树上的裂痕，那是以前矿车轨道经过的地方，现在长出了新的树苗。笑话是，前些年有几个嬉皮士在这里迷路了，出去之后就传言这里有城堡。德里克讨厌别人犯这种错误，对眼前的东西——或是可以推导出这些东西的关键信息——视而不见。

卡琳绕着摇摇欲坠的断墙走，德里克没提醒她注意脚下，或者小心不要摔下来拧到脖子。

回来的路上下暴雨了，他们只好躲在茂密的雪松下。卡琳根本静不下来——她也不知道自己是受惊了还是过于兴奋。她想，应该是兴奋，于是她跳起来，绕着圈跑，举起双臂，在透过头顶遮挡的光亮中高声呼喊。德里克叫她安静点，坐下来，每次闪电之后数十五秒，看看后面有没有跟着打雷。

但她觉得他看到她这样也很高兴。他不觉得她害怕。

没错，有那么一些人，你宁愿伤害自己，也要取悦他们。德里克就属于这种人。如果你不能让他们满意，他们会在心里把你分个类，永远嫌弃你。害怕闪电、害怕熊粪、想把那地方想象成城堡的废墟——甚至仅仅是认不出云母、黄铁矿、石英、银或者长石——都能让德里克在心里放弃她。正如他以不同的方式放弃罗丝玛丽和安一样。和卡琳在这里，他自我的感觉更加明显，所有事他都赏脸给予关注。只有当他和她在一起，而不是她们时，他才会这样。

"感觉到今天这里有股凄凉低沉的气氛了吗？"德里克说。

卡琳用手划过一块云英，它像一块里面有蜡烛的冰。她说："是因为罗丝玛丽吗？"

"不是，"德里克说，"这事很严重。斯托科的一个骗子给了安报价，说一个日本公司想买她的地。他们想要云母矿，用来制造汽车的陶瓷发动机缸体。她正在考虑，她想卖就可以卖，那是她的地。"

卡琳说："她为什么会想卖掉呢？"

"钱，"德里克说，"为了钱。"

"罗丝玛丽付的房租不够用吗？"

"房租能用多久？今年牧场没租出去，地太潮了。维护房子要花钱，不然就要倒塌了。我一本书写了四年，还没有写完。我们快没钱了。你知道那个地产商怎么跟她说的吗？他说：'这里可能是下一个萨德伯里。'他可不是开玩笑。"

卡琳不明白和玩笑有什么关系。她对萨德伯里一无所知。"我要是有钱的话，我就可以买下来了，"她说，"你们就可以继续现在的生活了。"

"有一天你会变有钱的,"德里克认真地说,"不过远水解不了近渴。"他把相机放回包里,说:"好好陪陪你妈妈,她可是富得发臭啊。"

卡琳的脸热了起来,这四个字震动了她。她以前从未听过这种说法。富得发臭。听起来充满憎恶。

他说:"来吧——去镇上看看他们什么时候能洗出这些胶卷。"他没问她想不想一起去,她也没机会回应他。泪水正在她的眼里打转。她被他的话击中,手足无措。

她得去趟洗手间,于是她朝房子走去。

厨房里飘来一阵香味——是炖肉的味道。

唯一的洗手间在楼上。卡琳听见安在楼上她的房间里走来走去。她没和她打招呼,也没有看她。等她再出来准备下楼时,安叫住了她。

她脸上化了妆,红斑看起来不那么明显了。

床上、地上堆了许多衣服。

"我想把东西整理一下,"安说,"有的衣服我都忘记我有了。还有一些我得扔了。"

看来她在认真考虑搬走。先扔东西,然后再搬出去。罗丝玛丽当初准备搬走时,趁着卡琳还在学校,收拾好了她的箱子。卡琳没看见她是怎么决定该带哪些东西的。她只看到东西后来出现在多伦多公寓,现在又出现在房车里。一个垫子、一对烛台、一只大浅盘——很熟悉,但永远不合适。要让卡琳说,她还不如什么都不带的好。

"看见那个箱子了吗，"安说，"在那个衣柜上面？你能不能站到椅子上把箱子往外拉一点，这样我就可以取下来？我试过但我有点头晕。你往外拉一点，我就能取下来。"

卡琳爬到椅子上，把箱子拉到衣柜边缘，安接住了它。她气喘吁吁地谢过卡琳，然后把箱子扔到床上。

"找到钥匙了，钥匙在这儿。"她说。

锁很僵，卡扣很难打开。卡琳一起帮忙。盖子打开时，一股樟脑丸的气味从一堆软布料上飘出。在罗丝玛丽爱逛的二手商店，卡琳经常闻到这种气味。

"这是你妈妈的旧物吗？"她问。

"卡琳！这是我的婚纱，"安说，似笑非笑，"只是外面包了一层旧床单。"她把那块灰扑扑的布拿开，拎出一把蕾丝和塔夫绸。卡琳在床上腾出一块地方。安小心翼翼把婚纱翻到正面。塔夫绸发出树叶一样的沙沙声。

"还有我的头纱，"安说着，从塔夫绸上掀起一层薄纱，"啊，我应该收好一点的。"

裙子上有一条狭长的切口，像是刀片划的。

"我应该把它挂起来，"安说，"我应该用洗衣店的那种袋子罩住的。塔夫绸很脆弱。那个口子就是折叠时留下的。我就知道会这样。绝对，绝对不能叠塔夫绸。"

她开始试着把布料一块块分开，一边轻轻拎起，一边低声给自己打气，终于把这堆东西还原成了裙子的形状。头纱掉在地上,卡琳把它捡了起来。

"尼龙网纱。"卡琳说。她说话是因为想把德里克的声音从脑袋里赶出去。

"丝绵网纱,"安说,"丝——绵——蕾丝和丝绵。真可惜没有好好打理。能保存这么久,真是个奇迹。能留下来就是奇迹了。"

"丝绵,"卡琳说,"我从没听说过丝绵。塔夫绸我也没听说过。"

"过去很流行的,"安说,"流行过一段时间。"

"你有没有穿婚纱的照片?或者婚礼现场的照片?"

"我父母有一张,可我不知道去哪儿了。德里克不喜欢拍婚纱照。他连婚礼都不想办。我也不知道我是怎么把婚礼办成的。我们在斯托科教堂结的婚,你想想看。我请了三个女朋友来参加,多萝西·史密斯、穆丽尔·利夫顿和唐·查勒雷。多萝西弹风琴,唐当伴娘,穆丽尔负责唱歌。"

卡琳问:"伴娘穿的什么颜色?"

"苹果绿。带雪纺的蕾丝连衣裙。不对,反过来,是带蕾丝的雪纺连衣裙。"

安用一种略带怀疑、似乎一切都那么不真实的语调说着,一边检查着衣服的接缝。

"唱歌的那个人唱了什么?"

"穆丽尔唱了《完全的爱》。啊,完全的爱,超越所有人类之爱。但其实这是一首圣歌,讲的是上帝之爱。不知道谁挑了这首歌。"

卡琳抚摸着塔夫绸，感觉干燥而冰冷。

"穿上试试。"她说。

"我吗？"安说，"这是给二十四英寸腰围的人做的。德里克去镇上了吗？带着胶卷吗？"

卡琳说是的，但安没有注意。她肯定听见车的声音了。

"他觉得要用图片记录下来，"她说，"我不明白为什么这么着急。他还要全都装盒，贴好标签，像是再也看不到它们了一样。他是不是让你觉得这个地方已经被卖了？"

"那倒没有。"卡琳说。

"确实，还没卖。不到迫不得已我不会卖的。不到迫不得已我怎么会卖呢。不过我觉得迟早会有迫不得已的那一天。有时候事情由不得人。没必要把日子过得太拮据，或者自己惩罚自己。"

"我能穿上试试吗？"卡琳问。

安打量了她一遍，说："小心点穿。"

卡琳脱了鞋，又脱下短裤和衬衫。安把裙子从她头上套进去，她一瞬间仿佛被一朵白云罩住。她们小心翼翼地把蕾丝袖子往下拉，直到袖口停留在卡琳的手背上。衣袖把卡琳的手衬成了棕色，虽然她还没怎么晒太阳。腰上的暗扣要全部扣好，颈后的也得扣上。她们得把一条蕾丝紧紧卡在卡琳的喉咙处。裙子里，卡琳只穿了内裤，蕾丝扎得她皮肤刺痒。和她穿过的衣服相比，蕾丝在肌肤上的存在感要强得多。蕾丝碰到了她的乳头，让她有点退缩，好在上面被安穿得鼓了出来，比较宽松。卡琳的胸仍旧几乎是平的，可有时乳头会鼓胀、敏感，好像要喷薄而出一样。

塔夫绸得从她的两腿之间抽出来，让裙摆呈宽阔的钟形。蕾丝一层层铺在裙摆上。

"你比我以为的高一些，"安说，"把裙子提着点，走几步试试。"

她从梳妆台上拿起发梳，为卡琳梳头。卡琳的秀发垂在被蕾丝裹住的肩上。

"栗色的头发，"她说，"我记得以前书上总喜欢把女孩写成有栗色的头发。而且还真有人用栗子给头发染色。我妈妈就讲过有女孩把核桃煮了，做出染料来染头发。不过要是把颜色弄到手上就暴露无遗了，那玩意儿很难洗掉。"

"别动，"她说着，把头纱从卡琳头发上放下，然后站在她面前别上别针。"配套的头饰找不到了，"她说，"我一定是用到别的地方了，或者给别人举办婚礼用了。不记得了。反正它今天看来肯定很傻，上面是苏格兰的玛丽女王。"

她四处看看，从梳妆台的花瓶里拿来几朵绢花——一捧苹果花。有了这个新主意，她只能取下别针重新做造型，把苹果花别到头发上做装饰。花梗很硬，她好不容易才将其弯好，弯成了她满意的样子。她让开路，温柔地把卡琳推到镜子前。

卡琳说："哇，我结婚的时候可以穿这套吗？"

她并非真这么想。她根本没想过结婚。她这么说只是想让安高兴，她那么费劲儿帮她打扮。同时也掩盖一下她在镜子前的局促。

"到那时流行的款式肯定不同了，"安说，"这身早就过时了。"

卡琳把目光从镜中挪开，做好心理准备，又看向镜子。在镜中，她看见了一个圣女。光泽的秀发，淡雅的苹果花，垂落的蕾丝在她面颊上投下的浅影，童话般的坚贞，美丽之中有一种宿命般的热忱，和不谙世事的傻气。她做了个鬼脸，想打破这种感觉，可是没有奏效——似乎那个新娘，那个镜中的女孩，才是此刻的主导者。

"不知道德里克看到你这个样子会说什么，"安说，"说不定他都不知道这是我的婚纱。"她目光闪烁，困惑中带着羞恼。她走近帮卡琳摘掉头花和别针。卡琳闻到她袖口的肥皂味和指尖的蒜味。

"他会说，这是什么傻乎乎的衣服？"卡琳学着德里克高高在上的口吻说。安帮她摘下头纱。

她们听见汽车开进了山谷。"说着人就来了。"安说。她连忙帮卡琳解开扣子，手指却笨拙而颤抖。当她把裙子从卡琳头上脱掉时，有什么东西扯住了。

"真是倒霉。"安说。

"脱就行，"卡琳裹在裙子里叫道，"不用管我，我没事。"

等她终于露出脸来，她看见安的脸拧着，露出哀戚之色。

"我刚才学德里克是开玩笑的。"她说。

但也许安的表情只是对婚纱的担心和后怕。

"你说什么？"安问，"哦，算了，没事。"

卡琳静静地站在台阶上，听着厨房里他们的说话声。安已经先于她跑了下去。

德里克说:"你做的什么东西? 好吃吗?"

"但愿好吃,"安说,"我炖的小牛肘。"

德里克的声音变了。他不那么生气了。他迫切地想要讲和。安也松了一口气,声音缓和了,努力配合他的新情绪。

"够客人吃的吗?"他问。

"谁要来?"

"只有罗丝玛丽。希望够,我已经邀请她了。"

"罗丝玛丽和卡琳,"安平静地说,"小牛肘够,但没有酒了。"

"现在有了,"德里克说,"我买了一些。"

然后德里克小声对安说了些什么。他一定站得离她很近,在她的头发或者耳边说话。他似乎同时在调笑,在请求,在安慰,在承诺以后对她好。卡琳多么担心这些话会钻到她的耳朵里——她听得懂也永远忘不了的话——于是她砰砰地下了楼梯,进入厨房,大声道:"哪个罗丝玛丽? 有人说'罗丝玛丽'吗?"

"别偷听大人讲话,小朋友,"德里克说,"好歹弄出点声音让我们知道你在呀。"

"你们刚才说'罗丝玛丽'了吗?"

"没错,是你妈妈,"他说,"我保证,就是你妈妈。"

那种不悦的紧绷感全都消散了。他情绪高涨,斗志昂扬,跟去年夏天的某些时候一样。

安看了看酒,说:"这酒不错,德里克。跟小牛肘肯定很搭。让我想想,卡琳,你来帮忙吧。我们把长桌子摆到门廊去。用那套蓝色的餐具和高级银器——运气不错,我们今天刚擦了银器。再摆两套烛台。最高的黄色蜡烛放中间,再摆一圈小的白色蜡烛在周围。"

"就像雏菊一样。"卡琳说。

"没错,"安说,"就当是接风宴了,庆祝你回来过暑假。"

"那我做什么呢?"德里克问。

"让我想想。嗯——你可以出去买点做沙拉的食材。买点莴苣、酸叶草,你觉得溪里能摘到水芹吗?"

"有的,"德里克说,"我看见过。"

"那就再摘点水芹。"

德里克伸出一只手搂住她的肩膀,说:"一切都会好的。"

差不多准备妥当的时候,德里克放了一张唱片。这张唱片他带去过罗丝玛丽那里,一定是又带回来了。唱片的名字叫《鲁特琴传统曲调和舞曲》,上面画着一群身形纤瘦、传统打扮的女子,全部穿着高腰裙,小卷发垂至耳前,围成一圈跳舞。德里克听到音乐,总会跳起庄严又滑稽的舞蹈,卡琳和罗丝玛丽也会和他一起跳。卡琳跟得上他的舞步,但罗丝玛丽做不到。她太用力了,每一步都慢一拍,非要模仿那些只能是即兴的舞步。

卡琳开始围着厨房的桌子跳舞。安在桌前准备沙拉,德里克在开酒。"鲁特琴传统曲调和舞曲,"她投入地唱道,"我妈妈要来吃晚饭,我妈妈要来吃晚饭。"

"我相信卡琳的妈妈会来的。"德里克说。他抬起手:"小点声,小点声,外面是不是她的车?"

"哦,天哪。我至少应该洗把脸。"安说着,丢下手上的蔬菜,跑到过道里,上了楼。

德里克暂停音乐,把唱针拨回最初的位置,然后重新开始播放。伴着音乐,他出去迎接她——他平时可不会这么做。卡琳本来准备自己跑出去接的。既然德里克去了,她决定不冒头了。相反,她跟着安上了楼梯。不过她没有一直跟着。楼梯拐弯的地方有一扇小窗户,从未有人在那里停留或张望过。上面挂了网纱帘,从外面看不到里面。

她正好看见德里克踏上草坪,从树篱间穿过。他大步流星,迫不及待,却又不想被看出来。他可以刚好赶上罗丝玛丽停车,然后再弯腰用夸张的动作帮她打开车门,再扶她出来。卡琳还从未见他这样做过,但她知道这次他打算这么做。

安还在洗手间——卡琳能听见流水声。她还可以毫无顾忌地偷看几分钟。

她听见车门关了,但没听见两人的说话声。她听不见,音乐声如水般流泻在屋内。树篱的缝隙还没出现他们的身影。怎么还不来。还不来。还不来。

罗丝玛丽离开特德后,回来过一次。不是回家——她也不应该回家。特德把卡琳送到餐厅,罗丝玛丽也在那里。母女俩一起吃了午饭,卡琳点了秀兰·邓波儿无酒精鸡尾酒和薯片。罗丝玛丽告诉她,她要去多伦多了,她在一家出版商那儿找了份工作。

卡琳那时还不知道出版商是什么意思。

他们终于来了。只容一人通过的篱笆缝，他们却一起挤了进来。罗丝玛丽穿了一条莓子红的灯笼裤，是用又薄又软的棉料做成的，双腿在裤管中隐约可见。上衣是厚一点的棉布，缀满了刺绣和缝上去的亮片。她似乎很在意自己高高梳起的发型——她举起手，以一种紧张却迷人的姿势拂下一些小卷发，让它们垂在耳边，在她的脸颊旁飘动。（和《传统曲调和舞曲》封面女郎们垂落的卷发相似。）她的指甲涂了与裤子相配的颜色。

德里克没把手放在罗丝玛丽身上，不过看起来他像是随时要放上去。

"哦，那你会住在那里吗？"餐厅里，卡琳问。

高大的德里克俯身贴向罗丝玛丽野性又漂亮的秀发，仿佛那是一个他准备跳入的鸟巢。他是多么热切啊。无论他是否触摸她，是否与她说话。他醉心于吸引她，自己却被她吸引，还乐在其中。卡琳能分辨出那种甜蜜的调情似的态度，就像你说"不，我还不困，我醒着呢——"时一样。

这时，罗丝玛丽不知该怎么办才好，但又觉得她暂时什么也不用做。看看她在玫瑰色的鸟笼里旋转的样子。蜜糖做的鸟笼。看啊，她纵声欢唱，她释放魅力。

富得发臭，他说。

安从洗手间出来了,灰白的头发变深了一些,湿漉漉的,紧紧贴在头上。洗过澡后,她的脸上焕发着光彩。

"卡琳,你在这儿干什么?"

"偷看。"

"偷看什么?"

"一对爱侣。"

"得了吧,卡琳。"安一边说着,一边下了楼梯。

没过多久,前门(特殊情况下使用)和走廊里传来兴奋的欢呼声:"好香啊!这是什么?"(罗丝玛丽)"只是安在炖骨头而已。"(德里克)

"还有那个——真好看。"罗丝玛丽说着,像阵好交际的风似的刮进了起居室。她说的是安放在奶壶里,挂在起居室门边的绿叶、早熟禾和早熟橙百合。

"只是安从外面捡的一些草罢了。"德里克说。而安说:"哦,我觉得它们很好看。"罗丝玛丽说:"漂亮极了。"

吃过午饭,罗丝玛丽说要给卡琳一个礼物。不是生日礼物,也不是圣诞礼物——就是想送她一个礼物。

她们去了百货商店。卡琳只要停下来多看一眼,罗丝玛丽就热情得要买下来。她差点买下一件皮毛领子和袖子的天鹅绒大衣,一匹古色古香的彩绘摇摇马,一只有四分之一真人大小的粉色毛绒大象。为了结束这痛苦的游荡,卡琳挑了个便宜的摆件——一个站在镜子上的芭蕾舞者。不能旋转,也没有音乐——

找不到选它的理由。你可能以为，罗丝玛丽明白。她本该明白这一举动意味着什么——卡琳不是那么好收买的，补偿她没用，她不会原谅的。可是罗丝玛丽不懂。或者她故意不懂。她说："好啊，我也很喜欢。她真优雅，放在你的梳妆台上一定很好看。就买这个吧。"

卡琳把芭蕾舞者收进抽屉里。格蕾丝发现后，她解释说是学校里的一个朋友送的，她不喜欢，为了不伤朋友的感情才收下的。

格蕾丝那时还不了解小孩子，否则她可能会怀疑这样的说法。

"我理解，"她说，"那我把它拿去医院做义卖吧——你那位朋友不会发现的。再说这样的摆件有几百个同样的也不稀奇。"

楼下，德里克把冰块倒入杯中，发出噼啪的响声。安说："卡琳就在这附近，我确信她一会儿就会冒出来了。"

卡琳轻手轻脚爬上楼梯，来到安的房间。衣服乱七八糟地堆在床上，最上面是那条婚纱，重新用床单包起来了。她脱掉短裤和衬衫，脱下鞋子，开始艰难又绝望地把自己塞进婚纱。她没有从脑袋上往下套，而是从脚下往上提，裙子和蕾丝发出哗啦啦的摩擦声。她把胳膊插进袖子，小心不让指甲钩坏蕾丝。她的指甲很短，一般不会钩坏，但她还是很小心。她把蕾丝袖口拉到手背处。扣好腰上的所有扣子。最难的是颈后的暗扣。她低下头，耸着肩，好够得着扣子。不过，还是坏了事——一边胳膊下的蕾丝裂了一点。她吓了一跳，甚至停下了手上的动作。可是已经到这一步了，无路可退，她把剩下的扣子扣好，好在没出别的问题。她可以脱了裙子以后再把那里缝好。她也可以撒个谎，就说穿上之前这里就已经裂了。反正安可能也没注意。

现在该戴头纱了。她一定要多加小心。一点点的裂痕也很容易看出来的。她把头纱抖开，想像安那样，拿一枝苹果花固定。可是她怎么也弯不好，用别针也别不住。她想着要不然用带子把它们整个系起来。她在安的衣柜里翻了翻。衣柜里有一个领带架，上面挂着男士领带。是德里克的领带，虽然她从未见他系过。

她从架子上取下一根条纹领带，围着脑袋系了一圈，在脑后打了个结，把头纱牢牢固定在了头上。她是对着镜子系的，系完之后，她发现很有吉普赛人的感觉，招摇中带着滑稽。她突然想到一个主意，费了很大力气才把刚扣上的暗扣都解开，又把安床上的衣服揉成一团塞到了裙子前面。原本按安的胸围设计的蕾丝在她身上瘪掉了，于是她填了又填。这样最好，能逗笑他们。这样一来，后面的扣子没法全扣上了，不过够让小丑一样的假胸保持位置了。她把颈后的扣子也扣好。等全部穿完，已经出了一身汗。

安不涂口红，也不画眼妆，但在梳妆台上方，出人意料地有一罐干了的胭脂。卡琳往里面吐了口口水，然后刮了一点在脸上涂出红红的圆团。

下了楼梯就是过道,过道一边是正门,另一边连着一扇通往阳光走廊的侧门,同一侧还有一扇门通往起居室。你也可以直接从阳光走廊进入起居室,因为那边还有一扇门连通。用安的话说,这房子的布局很奇怪,或者说根本没有布局。总是想怎么改就怎么改,想添什么就添什么。又长又窄的玻璃阳光走廊采光并不好,因为它在房子的东边,被一排长势很猛的杨树遮住了光,杨树长得太快。安小的时候,阳光走廊主要是用来囤苹果的,不过她和妹妹很喜欢在三扇门间穿来穿去。现在她也很喜欢这块地方,夏天经常在这里吃晚饭。桌子一摆出来,椅子就快抵着墙了,几乎没有通行的空间。但如果只在一边摆椅子,大家都面对窗户坐——今天就是这么摆的——那么就能容一个较瘦的人通过,卡琳走过去是完全没有问题的。

卡琳光着脚下了楼。起居室里的人看不见她。她决定不从常用的那个门进去,而是从阳光走廊,挤过桌子,在他们预料不到的那个门里突然现身。

阳光走廊已经暗下来了。安点了两根高高的黄色蜡烛,簇拥在周围的白色蜡烛还没点。黄蜡烛燃烧起来有一股柠檬的清香,安可能想靠它来驱散廊里的憋闷感。她还打开了桌子对面的窗户。即便是最宁静的夜晚,也有阵阵微风从杨树林中吹来。

卡琳双手提着裙子,从桌旁挤过去。她得提起来一点,这样才好走路。而且她也不想让塔夫绸弄出太大响动。她本来想一边唱着"新娘出场来",一边出现在门口的。

> 新娘出场来，
>
> 美丽又大方。
>
> 拎着大裙摆，
>
> 飘摇步生香——

风吹得猛了些，掀起了她的头纱。不过它固定得牢，不用担心会被吹掉。

当她拐进起居室时，整片头纱飘了起来，掠过蜡烛火苗。屋里的人还没看见她，就先看见了她身后的那团火。她自己也闻到了蕾丝烧着的气味——晚餐炖的骨香味中混入了一股有毒的怪味。然后是不受控制的热浪和尖叫，她陷入了一片黑暗之中。

罗丝玛丽最先赶到她身边，用垫子使劲儿拍她的脑袋。安跑去过道拿罐子，把水呀，花呀，草呀，一股脑泼到燃烧的头纱和头发上。德里克从地上卷起地毯，紧紧裹住卡琳，桌子、椅子、饮料倒了一地，总算扑灭最后一点火苗。还有几片蕾丝在她湿透的头发里冒烟，罗丝玛丽为了揪出它们，把手指烫伤了。

她的肩部、后背，还有颈侧都被烧伤了。因为头上扎着德里克的领带，头纱一直保持在脸后，避免了毁容。可即便后来头发长了，她努力往前梳，也没法完全遮住颈上的疤痕。

做了几次皮肤移植手术之后，她好多了。上大学时，她已经可以穿泳衣了。

在贝尔维尔医院的病房里,卡琳一睁开眼,就看见了各种各样的雏菊。白雏菊、黄雏菊、粉雏菊和紫雏菊,连窗台上都摆满了。

"漂亮吗?"安说,"他们一直在送。送得越来越多,最开始送的还没蔫呢,起码没到扔的时候。每次他们在旅途中停留,就送一些过来。现在他们应该到布雷顿角了。"

卡琳说:"你把农场卖掉了吗?"

罗丝玛丽打断了她:"卡琳。"

卡琳闭上眼睛,努力恢复神志。

"你以为刚才是安吗?"罗丝玛丽说,"安和德里克离开这里去旅行了。我刚才告诉过你了。安把农场卖了,也可能还没卖,但总之是要卖的。想不到你还在惦记这事。"

"他们在度蜜月。"卡琳说。这是她的小伎俩——如果真的是安,可以让她回来——想让安带着责备的语气说:"哦,卡琳。"

"是那条婚纱让你这么想的吧。"罗丝玛丽说,"他们出去旅行,是为了找下一个定居的地方。"

看来真的是罗丝玛丽。安出去旅行了。安和德里克一起去旅行了。

"也算是第二个蜜月吧,"罗丝玛丽说,"你应该没听说过有人度第三个蜜月,或者度第十八个蜜月吧?"

一切都好,大家都在该在的地方。卡琳觉得,似乎她就是那个让大家各得其所的人——通过倾尽全力。她知道她应该满足。她也确实感到满足。不过从某种程度上说,这一切似乎都不重要了。就好像安和德里克，可能甚至包括罗丝玛丽，都在一道厚厚的篱笆后面，要爬过去太费劲儿了。

"不过我在这儿呀，"罗丝玛丽说，"我一直在这里。但他们不让我碰你。"

最后这件事，她说起来仿佛很心碎似的。

她至今仍时不时会提起。

"我印象最深的就是他们不让我碰你，我一直担心你能不能理解。"

卡琳说能，她能理解。她懒得说的是，那时她觉得罗丝玛丽的悲伤简直不可理喻。就好像她在抱怨无法跨越一个大陆。因为那就是卡琳觉得自己变成的东西——某种巨大的、发光的、充足的东西，有些地方因痛苦而隆起，有些地方则是一片漫长而无聊的坦途。在遥远的边缘是罗丝玛丽，卡琳只要愿意，随时可以把她变成一片片嘈杂的黑点。而她自己——卡琳——既可以延伸开来，又可以收缩到自己的领土之中，整整齐齐，干干净净，像珍珠，像瓢虫。

当然，她后来走出来了，又变回了卡琳。所有人都以为她和以前一样，只是皮肤变了。没有人知道她的变化有多大，更不知道对她来说，独立、礼貌、熟练地照顾自己来得多么自然。没有人明白，当她知道只有自己可以依靠时，那种清醒的、胜利的感觉。

变化之前

亲爱的罗。父亲和我看了肯尼迪和尼克松的辩论。你来过之后他就买了一台电视。屏幕很小,上面还有两只兔耳朵。电视放在餐厅碗柜前,所以现在想要拿银器或桌布相当麻烦。餐厅里连张舒服点的椅子都没有,为什么要摆在这里呢?可能是因为他们都不记得还有个起居室。也有可能是巴里太太想在晚餐时间看电视。

你还记得这间餐厅吗?除了一台电视,别处都是老样子。两边是厚重的米黄色窗帘,上面有酒红色树叶,中间还有纱帘。画上是加拉哈德牵着马,还有格伦科峡谷里的马鹿,当然不会挂格伦科惨案的画。老旧的文件柜是几年前从父亲办公室里搬出来的,一直没找到地方放,于是就摆在那儿,都没推到墙边。还有我妈的锁边缝纫机(他每次提到妈妈,都是在说"你妈妈的缝纫机"的时候),还有那排植物,和以前一样的摆法,或者看起来一样的摆法,装在泥盆或铁罐里,长得既不繁盛,也不至于枯萎。

没错，我已经到家了。没人问我要待多久之类的问题。我把我的书、论文、衣服全都塞进迷你车里，在一天之内就从渥太华开回来了。我在电话里跟父亲说我论文写完了（其实是不打算写了，但我懒得讲实情），想回来休息一阵。

"休息？"他那反应，就跟从没听过这个词一样，"行吧，只要不是神经衰弱就好。"

我说，什么？

"神经衰弱。"他笑着道，像在警告似的。他现在依然把惊恐发作、急性焦虑、抑郁、崩溃称为神经衰弱。遇到这种情况，他大概会叫病人振作起来。

不公平。说点不痛不痒的话，再开点镇定药物，他就把人打发走了。他对别人的短处总是比对我的更宽容。

我到家的时候，他态度很平淡，既没有热烈欢迎，也不觉得意外。他围着迷你车走了一圈，嘟囔了一通，推了推轮胎。

"想不到你真的开过来了。"他说。

我突然想亲亲他——更多是出于虚张声势，而不是情感流露，我想向他表明这就是我现在的行事风格。不过，当我的鞋碰到地上的砾石时，我就知道我做不到。巴里太太就站在车道和厨房之间。我过去拥抱她，用鼻子蹭着她衰老的脸颊旁怪异的中式齐耳黑色短发。我能闻见她开襟毛衣上沉闷的气息和围裙上的漂白水味，感觉到她那像牙签一样突出的骨头。她还不到我锁骨那个位置高。

慌乱中，我说道："今天天气真好，开车很顺利。"天气确实不错，车程也确实顺利。树叶还没有完全变色，只是边缘开始泛黄，割完庄稼的田野像金子一样。可为什么我父亲一出场，一到他的地盘，这些宜人的风景就荡然无存了呢（别忘了巴里太太也出场了，这也是她的地盘）？为什么从我口中说出来——尤其我还那么真诚，一点都不敷衍——感觉就跟拥抱巴里太太的行为差不多呢？一个似乎是粗鲁无礼之举，另一个则像一种自以为是的夸张表达。

辩论结束之后，我父亲起来关掉了电视。他一个广告也不肯看，除非巴里太太求情，说她想看刚长门牙的可爱小宝宝，或者一只鸡追着什么玩意儿跑（她不想说"鸵鸟"，或者忘记叫什么了）。不管她想看什么，他都会答应，哪怕是玉米片跳舞，他也不嫌弃，还说"嗯，其实也蛮可爱的"。我想，这对我是一种威慑。

他对肯尼迪和尼克松是怎么想的呢？

"他们哪，两个美国人罢了。"

我试图让话题更深入些。

"具体点呢？"

当你想让他谈他觉得没必要谈的话题，或者想与他争论的观点他并不在乎你是否认同时，他就会把上嘴唇往旁边一撇，露出那一颗颗被烟熏黄的牙齿。

"就是两个美国人罢了。"他又重复了一遍，好像头一遍我没听见似的。

于是我们就坐在那儿，不聊天，不过也不算沉默，因为你知道，他呼吸很重。他的气想要吸进去，得拖过石头垒的小巷，再穿过嘎吱作响的大门。呼出来的时候，带着一丝鸟鸣和流水声，仿佛他肺里有什么发声装置似的。塑料吸管和彩色气泡。别人最好不要有反应，我想我很快就会习惯的。可是这呼吸占据了房间太多的空间。不过就算没这呼吸，他那鼓鼓的肚子、长长的腿，还有他的表情，也够占地方的。什么表情呢？就好像他心里有个账本，上面记满了别人得罪他的地方和可能得罪他的地方；他要让你知道，有些你做的错事会惹到他的。哪些事呢？有的你知道，有的你没料到。我想，很多做父亲和祖父的，都努力修炼出这副模样——哪怕在自己的家以外毫无威信的人也是如此——可要论谁能将此技修炼到炉火纯青的程度，那还得是他。

罗。我在这里有很多事要做，所以呢——用他们的话说——没时间胡思乱想。在候诊室，一茬一茬的病人把椅背靠在墙上，墙皮都磨掉了。桌上的《读者文摘》已经破烂不堪。病历收在硬纸盒里，放在检查床下面。垃圾桶——柳条编的——顶部的一圈就跟老鼠啃过似的。我们房子的状况也不比这里好。楼下的洗手池里布满棕色头发似的裂缝，马桶里也有让人尴尬的污渍。你应该也见过。我知道这么说很蠢，但我最看不惯的是屋里的各种优惠券和广告单。塞在抽屉里，压在茶托底下，扔得到处都是，上面的打折信息都是几周、几个月，甚至几年前的了。

他们不是不嫌烦，也不是放弃挣扎了。实在是因为太复杂。他们的衣服都送到外面洗，这也挺好，不用辛苦巴里太太，可我父亲总是不记得衣服是哪天送回来，于是总说没衣服穿。巴里太太怀疑洗衣店有猫腻，怀疑他们拖时间好把名签撕下来，缝到次一点的衣服上。因此她总和来送衣服的人吵，说他故意送这么迟，他可能真是故意的。

屋檐该清扫了，本来应该是巴里太太的侄子来干这个活儿，但他背部扭伤了，于是让他儿子过来。可是他儿子要接手的工作太多，于是就耽搁了。

我父亲把她侄子的儿子喊成了侄子的名字。他对所有人都这样。就连镇上的商店，他叫的都是前一任老板或前好几任老板的名字。这可不光是因为记性不好，某种程度上更是一种傲慢之举，觉得自己没必要叫得那么准确，没必要在意那些变化、那些具体的人。

我问他候诊室的墙想刷什么颜色的漆，浅绿还是淡黄。他说，谁刷？

"我刷。"

"你还会刷墙？我怎么不知道。"

"我住的地方就是我自己刷的。"

"可能吧，不过我也没见到。你刷墙的时候，病人怎么办？"

"我周日刷。"

"周日还干活儿，有人听到了会不高兴。"

"你开玩笑吗？什么时代了！"

"这里的时代可能和你想的不一样。"

于是我说我可以晚上刷，他又说那味道第二天可能会让很多人腹痛。最后他只允许我把《读者文摘》扔了,再放几本《麦考林杂志》《女主人杂志》《时代周刊》和《星期六晚间杂志》。后来他又说有人抱怨了。他们喜欢在《读者文摘》里找他们看过的笑话。还有人不喜欢当代的作者,比如皮埃尔·伯顿。

"那太遗憾了。"我说,我不敢相信我的声音在颤抖。

于是我开始处理餐厅的文件柜。我想,好多病历的主人可能早就去世了,我可以把那些病历扔掉,好腾出空间放硬纸盒里的病历。放好之后,再把文件柜搬回办公室。

等巴里太太看到我在忙什么的时候,她一声不吭就去找我爸。

他教训我:"谁让你在这儿插手的?我可没同意。"

罗。你来的那几天,巴里太太刚好不在,她回自己家过圣诞去了。(她有一个得肺气肿得了快半辈子的丈夫,没有孩子,侄子侄女的倒有一大堆。)我想你应该没见过她。但她见过你。她昨天跟我说:"你准备订婚的那个人在哪儿呢?"她肯定看到了我没戴戒指。

"可能在多伦多。"我说。

"去年圣诞节我在我侄女那边,我们看见你和他在水塔边上走,我侄女说:'他们俩这是要去哪儿呀?'"她原话就是这样,我当时听着觉得再正常不过,今天写下来才发现不对。我想她的意思是我们想找个地方继续做那种事,可是那时天特别冷,不知道你记不记得,我们当时想离开那个家。不对。我们出门是为了继续把架吵完,再憋下去谁都受不了。

巴里太太去我们家工作，差不多就是在我开始上学的时候。之前也来过一些年轻女孩，后来她们要么结婚去了，要么去了战时工厂。我九岁还是十岁的时候，去同学家玩，回来之后问我父亲："为什么别人家的用人不和他们一起吃饭，我们家的要一起吃饭？"

父亲说："你得管她叫巴里太太。如果你不想和巴里太太一起吃饭，你可以自己去柴房里吃。"

于是我开始缠在她身边，怂恿她说话。她一般不肯开口，但只要她开口，我就赚了。我经常在学校学她说话，那段时光还挺有趣。

（我）你的头发可真黑呀，巴里太太。

（巴里太太）我们家族的头发都黑。人人都是黑头发，从不会变白。是我妈那边遗传下来的。他们进了棺材都是黑头发。我外公死的时候，他们把他在墓地放了一整个冬天，因为地面冻住了。后来春天来了准备下葬，有人就说："打开看看他冬天过得怎么样吧。"于是我们叫人把棺材板掀开，他的脸还是那样，没有变黑，也没有凹陷，头发也还是黑的。黑头发。

我甚至能模仿她的笑声，一种很短促的笑声，不是为了表示好笑，更像是加在句子里的标点。

见到你的时候，我已经厌倦这种把戏了。

巴里太太给我讲了她头发的家族史之后，有一天我看见她从楼上的厕所出来。她急急忙忙去接电话，因为他们不让我接电话。她用毛巾裹住头发，一条黑色的细流从脸边滑下。黑中带着一点紫,我当时还以为她流血了。

仿佛她的血也变成了邪恶的黑色,就像她的本性中有时显露出来的那样。

"你脑袋流血了。"我说。她道:"好,别挡路。"然后匆匆忙忙去接电话。我上楼来到浴室,看见水池里有紫色的水痕,架子上还放着染发剂。后来我和她都没提起这事,她依然大谈特谈她妈妈家里人人都是黑头发,进了棺材也不变色,她肯定也是一样。

这几年,我父亲对我颇有些心不在焉。我待在房间里,他从房外经过,却仿佛没看见我在里面。

> 亨利·金有个毛病,
> 线头爱放嘴里嚼——

有时候他又故意哄小孩似的跟我说话。

"嘿,小姑娘,要不要吃糖?"

于是我也装出一副天真烂漫的样子:"要啊,我要吃。"

"哦,"这一声要拖得很长,"哦,你不能吃哟。"

还有:

"'所罗门·格兰迪,周一呱呱坠了地——'"他朝我一指,让我接着往下念。

"'周二教堂受了洗——'"

"'周三他就娶了妻——'"

"'周四染上了恶疾——'"

"'周五病得不能起——'"

"'周六一命归了西——'"

"'周日埋到坟地里——'"

然后两人一起高声念道:"'就这样过完一辈子,所罗门·格兰迪!'"

念这些之前不解释,念完了也不讨论。我曾经开玩笑叫他所罗门·格兰迪。叫了四五次之后他说:"够了。我不叫这个。我是你爸爸。"

那之后,我们好像就再也没有一起念过这首歌谣了。

我第一次在校园遇见你的时候,我们俩都是独自一人,你的样子像是在哪里见过我,却不知是否要打招呼。你刚教过我们那一个班,我们的老师病了,你补上来,给我们讲"逻辑实证主义"。你后来还说,把神学院的人抓过来讲这个,未免有点可笑。

你似乎在犹豫要不要打招呼,于是我说:"法国的前国王是个秃子。"

这是上课时你给我们讲的例子,为了说明主语不存在,命题就不成立。可是你呢,一副被惊到了的样子,然后赶紧用职业性的假笑做掩饰。你当时怎么看我?

一个聪明的傻瓜。

罗。我肚子还是有点鼓。上面没留下痕迹,但肚皮很松,用手能捏到一起。除此以外我一切都好，体重已经回归正常，甚至还轻了一点。不过我好像看起来比以前老了，不止二十四岁的样子。我还是长头发，发型过时，乱糟糟的。因为你不喜欢我剪短，所以我一直留着长发吗？我也不知道。

最近呢，我开始在镇上长时间地散步，就当锻炼了。我以前常在夏天出门，想去哪里就去哪里。在我的脑海中，根本不存在什么社会规则，什么人分几等。或许是因为从来没上过镇上的学校，也可能是因为我们家不在镇上，要沿一条小路走很远，所以没什么归属感。我常去赛马场旁边的马厩，那里除了马主人就是驯马师，其他小孩都是男孩。我不知道他们的名字，但是他们都认识我。因为我爸的缘故，他们都让着我。我们可以给马喂饲料，还可以清理粪便。特别刺激。我戴着我爸的一个旧高尔夫球帽子，穿一条宽松的短裤。我们会爬到屋顶上，然后扭打在一起，都想把对方推下去。但他们不会动我。那些大人时不时会来赶我们走。他们对我说："你爸知道你在这儿吗？"于是男孩们就开始起哄，被起哄的那个男孩摆出一副呕吐的样子。我知道他们的玩笑与我有关，所以后来我就不去了。我也不想当什么金色西部的淑女。我去码头边，看来往的船只，但那个时候的我还不至于想去船上当水手。我也不会故意隐藏自己的女孩身份。一个男人靠在船边，向我喊道：

"喂，你开始长毛了吗？"

我差一点要问他"您说什么？"，比起感觉害怕或者丢脸，我反而很困惑。一个工作体面的成年人，怎么就对我两腿间的那点毛那么感兴趣呢？我好像应该被恶心到才对，起码听他的语气应该是期望这样。

马厩已经拆除了。去码头的路并不陡。新的储粮仓盖起来了。新的郊区也建了，离哪儿都不远，大家都很喜欢。现在没人走路了，人人都开车。郊区没有人行道，老后街上的人行道已经废弃不用了，路面因为霜冻而裂开，后来被泥土和青草掩埋。我们家门口的那条小道旁，松树下的土路已经满是松针、乱长的树苗和野生覆盆子藤。过去几十年来，人们都是走那条土路看病的。先要沿着高速公路旁的人行道出城（另一个方向是去往墓地的），然后再走到那条两边都是松树的土路上。因为上世纪末以来，有一位医生一直住在那里。

一下午都是吵吵闹闹的，小孩、老人、母亲，各种各样的病人涌了进来。到了晚上，独自就医的病人更安静一些。我以前就坐在丁香簇拥着的梨树下观察这些人。小女孩嘛，最喜欢观察。现在大队人马走了，地方空了出来，巴里太太侄子的儿子可以开始割草了。那时候我喜欢看穿得漂漂亮亮去看医生的女人。我还记得战争刚结束时人们的穿着。长裙、束腰带、蓬松的上衣，有时还戴着白色的短手套，因为那个时候夏天也戴手套，不是只有去教堂的时候才戴。帽子也不是去教堂才戴。宽檐的礼帽能把整张脸遮住。夏日的裙摆上有浅色的荷叶边，肩上的花边就像披肩一样，腰部还有腰带作装饰。起风的时候，肩上的花边会飘起，女士们伸出她们戴手套的手，把它从脸上拂下。那个姿势在我眼里，有一种不可及的女性之美。网纱的衣料飘在丝绒质地的红唇前。也可能是因为没有妈妈,所以我才会有这种感觉。可我也没见过有谁的妈妈是这样的。我一边在丁香树下吃梨,一边在心里不住赞叹。

我们有一位老师教我们读过《派屈克·司本斯爵士》《两只乌鸦》之类的童谣,于是学校里掀起过一阵编童谣的热潮。

我要下楼梯,
去见我的好兄弟。
我要进茅房,
去痛快尿一场。

童谣嘛,有时候为了押韵,顾不了琢磨文字的意思。于是有一天,我一边啃梨子,一边自己也编了一首。

长长的小路上,有一位美人,
她离开了城镇,离开了家人,
她爸很气愤,那也只能认,
她要寻找自己的命运——

等黄蜂多起来的时候,我就进屋了。巴里太太这时总在厨房,抽着烟,听着收音机,我父亲有事会叫她。她得等最后一位病人离开,打扫完卫生再走。如果办公室传来病人痛苦的喊叫声,她会尖声笑道:"可劲儿叫吧。"我从没给她讲过我看见的那些女人和她们的穿着，因为我知道她压根不稀罕谁长得好看谁穿得漂亮。她也不稀罕有人懂些没什么用的知识，比如一门外语。她只瞧得起会打牌的，还有会针线的——就这些。她觉得很多人都没用。我父亲也这样说。他用不上。我倒想问问，要是用得上，他们想怎么用？不过我知道他们不会告诉我的。相反，他们只会告诉我别整天想些有的没的。

> 他叔叔碰到了弗雷德·海德，
> 两人在泥巴里翻滚作乐。
> 这个推那个，从这推到那，
> 都没安好心，专往痛处打。

如果我想把这些信都寄给你，我该往哪儿寄呢？当我准备往信封上写地址的时候，我停住了。你的人生还在同样的地方以同样的方式继续，那里却没有我了，能不让人心痛吗。而如果你不在那里，我就连你在哪儿都不知道了，更加让人难过。

亲爱的罗，我亲爱的罗宾。你怎么会以为我不知道呢？事实时时刻刻就在我眼前啊。我要是在这里上学，或者但凡我有朋友，我肯定会知道呀。高中女同学，年龄大点的女生，不会让我蒙在鼓里的呀。

即便如此，我还是在假期瞎忙。如果我不是沉浸在自己的事中，花那么多时间在镇上闲逛，编童谣，我肯定早就发现了。现在回想起来，我才知道那些晚上来的病人，那些女人，有时是坐火车来的。她们还有她们漂亮的衣服原来和傍晚的那趟火车有关。后半夜还有一趟火车，她们想必是坐那趟车走的。当然，也有可能有小车把她们送到小路的出口。

我还听说——应该是巴里太太说的，不是他说的——她们来找父亲是为了注射维生素。我知道，因为每次听见她们尖叫，我都会想，又在打针。我还有点疑惑，她们看起来阅历丰富，气场强大，怎么偏偏怕那个针头呢。

即便今天，我也要花上好几周，才能适应家里的生活。我终于不再想刷墙，也不会随便打开一个抽屉就清理，想扔掉杂货店的旧小票前一定要问过巴里太太（问了也没用，她每次都下不了决心）。我得适应他们怎么也不愿意喝现磨咖啡。（他们喜欢速溶的，因为味道稳定。）

我父亲在我的餐盘边放了一张支票。今天中午吃饭的时候放的，今天是周日。巴里太太周日不过来。我父亲从教堂回来之后，和我一起吃了我做的冷餐，有肉片、面包、西红柿、泡菜和奶酪。他从不叫我同他一起去教堂——估计是觉得我去了会发表他不爱听的意见。

支票上写着五千块。

"给你的，"他说，"这样你也有点积蓄。你可以存起来，也可以投资，看看利率怎么样。我不会插手。将来房子也是你的。用他们的话说，到时候就有了。"

这算贿赂吗？我想。给我钱，让我可以做点生意，或者出去旅行？或者当作首付买一幢我自己的房子，或者让我把大学念完，拿一个他所谓非拿不可的学位。

五千块，把我打发了。

我谢过他。为了让谈话继续下去，我便问他他的钱是怎么处置的。他说不关我事。

"拿不准的可以问比利·斯奈德。"然后他想起来比利·斯奈德已经不做会计了，他退休了。

"又来了新人，名字很古怪，"他说，"跟伊普西兰蒂差不多，不过不是伊普西兰蒂。"

"伊普西兰蒂是密歇根州的一个城市。"我说。

"它是密歇根州的一个城市，但在它成为城市名之前它也是人名。"父亲说。好像是十九世纪希腊独立战争中一位将领的名字。

我说："哦，就是拜伦参加的那场战争。"

"拜伦？"父亲说，"你怎么会想到他？拜伦可没打过仗，他是死于伤寒。等他死了，人们才说他是大英雄，他为希腊而死之类的。"他说得愤愤不平，仿佛拜伦有这么个不实的名号，我也有责任。过了一会儿他平静下来，给我讲起了，或者说自顾自地忆起了那场反抗奥斯曼帝国的战争。他说"高门"的时候，我其实很想问这到底是个什么门，还是君士坦丁堡或者苏丹的宫殿？不过自然还是不要打断的好。当他开始讲话，就意味着一场无声的战争终于休战，我也可以松一口气。我面向窗户坐着，通过纱帘，我看见棕色的树叶堆在地上，灿烂的阳光洒下（根据今晚的风声来看，这样的阳光可能很久都不会再有了）。这让我想起了小时候，如果我提了一个问题或者因为一个意外，引得他说上一长串，我都会觉得轻松愉悦，如释重负。

比如地震。地震一般发生在地震带上，可是一八一一年，有一场大地震就发生在大陆内部，密苏里州的新马德里（注意断句，是新——马德里）。这是他给我讲的。地裂。表面上看不出有什么问题。石灰岩中的洞穴，有地下水，时间一长，山体全被侵蚀成碎石。

还有数字。我有一次问他数字的问题，他说，大家都叫阿拉伯数字，对吧，傻瓜都知道。然后他说其实古希腊人也有一个很好的数学体系，他们本来可以成为数字的发明者的，可惜他们没有发明出"零"的概念。

零的概念。我把这个知识打包，放在脑海里的架子上，等待着哪一天再打开。

如果巴里太太和我们在一起，你是不可能从他嘴里套出这些话来的。

问那么多干吗，他会说，吃你的饭。

就好像我问的每一个问题都有什么不可告人的目的，我想可能真的有吧。我想控制对话的方向。把巴里太太排除在对话之外并不礼貌。所以，地震和数字的历史讲不讲，终究还是要看巴里太太的脸色（她可不光是没兴趣，而是打心底里瞧不上），她才是话题真正的主导者。

既然又说到了巴里太太，那就再聊聊她吧。

我昨晚大概十点回来的。我去参加一个历史协会的会议了，或者说是准备筹备一场会议的会。来了五个人，其中两个都挂着拐杖。我推开厨房门的时候，看见巴里太太就站在通往过道的门口——过道连接着办公室和浴室，另一边是房子的前部。她手上端着一个盖住的盆子，正往浴室走。我进来的时候，她完全可以继续走她的，我可能都注意不到她。可她偏偏停下来，站在那里，半个身子转过来对着我，做了一个不大高兴的表情。

哟，哟，被逮住了吧。

然后她才跑到浴室里去。

都是设计好的。先惊讶，再不悦，然后跑到浴室。还故意端着个盆子，生怕我看不见。哼，不是故意的是什么。

我听见办公室传来父亲低沉的声音，他在和病人说话。我看见办公室的灯一直开着。我看见病人的车就停在外面。如今大家不需要走路了。

我脱掉外套，上了楼。我现在最在意的是不能让巴里太太得逞。我偏不问她，我也偏不明白。我才不问"哦，巴里太太，你盆子里装的是什么，你和我爸爸在干什么？"（不过我从不叫他爸爸。）我忙着在尚未拆箱的书里翻找。我在找安娜·杰姆森的日记。我答应把它给会上一个不满七十岁的男人。他是个摄影师，对加拿大上流社会的历史很有研究。他本来想当历史老师的，但是因为口吃，只得作罢。我们站在路边聊了半小时，却始终下不了决心去喝咖啡。互道晚安的时候，他对我说，他其实挺想请我喝杯咖啡，但是他的小孩腹绞痛，他得赶回去和他老婆换班。

我把整箱书都拆开了。简直就像寻找远古遗迹。我一直找一直找，找到病人都走了，父亲也把巴里太太送回了家，直到他上了楼，去了浴室，就了寝。我看会儿这本书，又看会儿那本书，看得晕头转向，都快在地板上睡着了。

到今天中午吃饭的时候，父亲终于开口了："谁在乎那些土耳其人？都是历史了。"

我说："我知道家里发生了什么。"

他扬起头，哼了一声。真的是用鼻子哼的，像一匹老马。

"你知道？你以为你知道什么？"

我说："我不是要指责你。我不反对。"

"哦？"

"我支持堕胎，"我说，"我认为堕胎应该合法化。"

"以后在这个家里不要用这个词。"我爸说。

"为什么？"

"因为这个家里能说什么由我说了算。"

"你可能没明白我在说什么。"

"我只需要明白你的嘴很不严实。管不住嘴，常识也不够。读那么多书，没长点脑子。"

我据理力争："本来就该让人们知道。"

"该知道吗？知道了就该嚷嚷吗？把这些想法从你的脑子里剔出去。"

那一天其余的时间我们都没说话。晚餐我照常做了烤肉，我们俩沉默着吃完了。我想他应该不觉得难受。我也没什么可后悔的，这事明明很蠢很离谱，而且我确实很生气。不过我也不会一直生气，有机会的话我会道歉的。（你听到这话应该会觉得很熟悉吧。）不过很显然，我是时候离开了。

昨晚那个"年轻人"说，他放松不紧张的时候，就不会结巴。比如和你说话的时候就很放松，他说。我想我可以让他爱上我吧，爱的深浅就不论了。我可以试一试，就当作放松。反正是在家，我不妨试试这样的生活。

亲爱的罗。我没走。迷你车状态不太好。我把它送去检修了。天气也变了，秋风刮得厉害，湖水都被搅了起来，拍打着沙滩。巴里太太刚出门就被绊倒了——被风——她摔倒了，胳膊肘骨折。骨折的是左边胳膊，她说可以用右手干活儿。但父亲说这个骨折比较严重，建议她休养一个月。他问我能不能把行程推迟一点。这就是他的原话——"把行程推迟一点"。他都不问我要去哪儿，他只知道我准备开车走了。

我也不知道我要去哪儿。

我说行，我会留下来帮忙。于是我们俩客客气气地说话。其实这样还挺舒服的。我学着巴里太太的样子做事，她怎么做我就怎么做。不再重新布置房间，也不修修补补。（屋檐已经修好了——巴里太太的亲戚来的时候，我既意外又感激。）我像巴里太太那样，拿几本厚厚的医学书摞在椅子上，抵住烤箱的门。我按她的方式做肉和蔬菜；即便超市里牛油果、菜蓟、蒜头在打折，我也没想过买回家。我拿罐子里的速溶粉冲咖啡。我自己也喝了一点，发现我其实也可以喝惯。我每天晚上打扫诊室，把衣服拿去洗。洗衣房的人很喜欢我，因为我从不找茬。

我可以接电话了。但如果电话那头是女人，又不肯说自己得了什么病，我就得记下号码，告诉她医生稍后回电话。我照做了，可还是有女人直接挂断电话。我告诉父亲，他说："她或许还会再打的。"

那样的病人并不多——他称之为特殊病人。我不懂——可能一个月才来一个。一般他治疗嗓子疼、肠痉挛、耳鸣之类的病，或者心悸、肾结石、胃反酸等。

罗。今晚他敲了我的门。其实门没有锁，但他还是敲了。我在看书。他问——当然不至于求我，但我觉得已经够客气了——我能不能去诊室搭把手。

这是巴里太太走后的第一个特殊病人。

我问他需要我做什么。

"尽量稳住她就行，"他说，"她年纪轻，不太适应。你先把手洗干净，用楼下浴室里的肥皂水。"

病人平躺在检查床上，腰部以下盖着床单。上半身穿着深蓝色的毛衣开衫，扣着扣子，里面是一件蕾丝领的白衬衣。她锁骨突出，胸部平坦，衣服就这样松松地搭在身上。黑色的头发紧紧扎在脑后,编成辫子,盘在头上。这身板正的装束让她的脖子看起来很长,脸上的颧骨也很突出,远看得有四十五岁。凑近了才发现她其实很年轻,只有二十岁左右的样子。她的百褶裙挂在门后的衣架上,下面露出白色内裤的边缘,看得出她是有意把它藏在后面的。

办公室里并不冷,她却抖得厉害。

"好了,马德琳,"我父亲说,"首先我们得把你的双腿蜷起来。"

我怀疑他是否认识她。或许他只是需要有个名字,便用了她给的随便什么名字。

"放松,"他说,"放松。放松。"他把脚踏摆好,让她把两只脚放进去。她的腿光溜溜的,就像从未晒过太阳。她脚上还穿着乐福鞋。

在这个姿势下,她的膝盖不停地抖,就像撞到了一样。

"尽量稳住不要动,"父亲说,"你做不好,我没法开始手术。需要盖个毯子吗?"

他对我说:"给她拿个毯子。在架子的底层。"

我拿来毯子,盖住马德琳的上半身。她没有看我。她牙齿不停地打战,嘴巴闭得紧紧的。

"往这边过来一点,"父亲说,又对我说,"抓住她的膝盖,保持两腿分开,让她放松。"

我两手抓住女孩的膝盖,尽可能温柔地把两腿分开。父亲的气息充斥着房间,听不懂的指令接连往外蹦。我只得牢牢抓住马德琳的膝盖,不让她并拢。

"那个老女人去哪儿了?"她问。

我答:"回家了。她摔伤了。我来替她。"

"她好粗鲁。"她说。

她语气很平静,似乎还带有一点不满,远不像她身体所表现出来的那么紧张。

"希望我没她那么粗鲁。"我说。

她没搭腔。我父亲拿起了一根毛衣针那么细的竿子。

"现在到最难的环节了。"他说。他的语气就像在聊天,比平时跟我说话要温柔多了。"你越紧张,越做不好。一定要放松。很好。放松。真棒。好。"

我想找点话说,好让她放松或者分散一下注意力。我现在能看见父亲在做什么了。他身旁铺了白布的桌上,放着长短相同、粗细不一的竿子。他就是用这些竿子,慢慢打开子宫颈。因为那女孩的膝盖上盖了布,从我的位置看不见这些工具具体是怎么操作的。但我能感觉得到,她身上涌来的阵阵疼痛击退了恐惧造成的痉挛,反而让她安静了下来。

你是哪里人?在哪里上的学?你有工作吗?(她戴了结婚戒指,但来做这种手术的可能都会戴吧。)你喜欢你的工作吗?你有兄弟姐妹吗?

她凭什么要回答这些问题,即便她现在不疼?

她咬牙深吸一口气,瞪大眼睛望着天花板。

"我懂,我懂。"我说。

"到地方了,"父亲说,"你很勇敢,是个好孩子,马上就结束了。"

我说:"我想给内墙换个颜色,但一直没抽出空。如果是你,你想选什么颜色?"

"哎哟,"马德琳叫了起来,"哎哟。"又猛地呼出一口气。"哎哟,哎哟。"

"黄色怎么样,"我说,"我想浅黄不错。或者浅绿?"

用到最粗的竿子时,马德琳的头已经仰到了枕头里,脖子伸得老长,咧着嘴,牙关紧闭。

"想一想你最喜欢的电影吧。你最喜欢哪个电影?"

这是一位护士曾经问我的问题,当时我正痛到了极点,感觉再也解脱不了了。世界上怎么还会有电影这种东西存在?现在我却对马德琳说了同样的话。马德琳的目光从我身上闪过,冷漠又分心的眼神仿佛在看一个和坏掉的钟没什么两样的人。

我冒险一只手松开她的膝盖,握住她的手。我没想到她居然立刻狠狠抓紧了我的手,把我的指头都快捏碎了。我可算派上了用场。

"说点——"她从牙缝中挤出几个字来,"什么,快。"

"好了,"我父亲说,"到地方了。"

背诗。

我该背什么呢?滴答滴答滴吗?

我脑海里想到的只有你说过的那首诗,《漫游者安格斯之歌》[①]。

[①] 爱尔兰诗人叶芝(William Butler Yeats,1865—1939)的诗作,此处选用裘小龙的译文,有改动。

"'我走出门,走向榛子树林。我脑袋里有一团火焰在燃……'"
后面的内容我不记得了。我没办法思考。脑海里只有最后一节。

虽然我老了,漫游得老了,
漫游遍了峡谷和山岭,
你去了哪里,我一定要把你找到,
执住你的手,亲吻你的唇——

想象一下,在父亲面前念诗。
我不知道她怎么想的。她把眼睛闭上了。
我以为我一定会害怕死亡,因为我妈妈就死于生产。但当我躺到手术台上时,我意识到,生与死就像最喜欢的电影一样,是遥不可及的话题。我被拉扯到了极限,我确信自己什么也做不了;那根本不是胎儿,而是一个巨大的蛋,是燃烧的星球。它卡住了,我也卡住了,卡在永无止境的时空里——我找不到逃离的理由,所有反抗都被击溃了。
"我需要你,"父亲说,"你得在旁边守着。去把水盆拿来。"
我端着之前看到的巴里太太端过的水盆。他用一种灵活的厨房工具似的东西刮着女孩的子宫,我就端着水盆站在旁边。(不是说真的厨房工具,只是我觉得它看上去很日常。)
在这样一种原始的状态下,即便是苗条的年轻女孩,下体看上去也相当肥大。生下孩子后的那几天,产房里,产妇们随意躺着，露出触目惊心的伤口和裂痕，仿佛带有一丝挑衅。缝合用的黑线、受到损伤的阴唇、无可救药的胯部。这是一幅怎样的场景啊。

一摊酒红色的凝胶状物和血水从子宫里滑了出来。胎儿就在其中。就像麦片盒子里送的小玩意儿，或者爆米花里的小奖品。一个小小的未成形的娃娃，和指甲盖一样不值一提。我没有去找它。我仰着头，想避开那血腥味。

"去盥洗室，"父亲说，"那里有盖布。"他指的是那些用过的竿子旁边叠好的布。我没问"是不是浴室"，我想他就是这个意思。我端着盆子穿过过道下了楼，倒掉脏水，又冲了两遍，然后洗干净盆子，把它端上去。父亲在给女孩包扎，顺便交代注意事项。他很擅长这个——他做得很好。但他的脸色很阴沉，一脸疲惫，脸上的肉都快挂不住了。我突然想到，他让我全程待在这里，可能是担心自己会倒下。我记得过去巴里太太都是一直在厨房里等着的，直到最后才进诊室。或许她现在也全程陪着了吧。

要是他真的倒下了，我不知道我该怎么办。

他拍了拍马德琳的腿，告诉她可以平躺了。

"别着急起来，先躺几分钟，"他说，"外面有车接你吗？"

"他应该一直在外面等着，"她说，声音虚弱，语气却很嫌恶，"他就应该老老实实在外面等着。"

父亲脱掉手术袍，走到候诊室的窗边。

"没错，"他说，"就在那儿。"他发出一声沉重的叹息，问：

"洗衣篮在哪里？"然后想起来洗衣篮在这边明亮的手术室里，于是走过来，把手术袍扔进去，对我说："请你把这里收拾一下。"收拾一下的意思是整体消毒和清扫。

我说好的。

"谢谢，"他说，"该道晚安了。你再躺躺，一会儿我女儿送你出去。"听到他说"我女儿"而不是我的名字，我有点惊讶。当然我以前也听他这么说过，比如他得向别人介绍我的时候。可这次我还是很惊讶。

他一出门，马德琳就翻身下了手术台。她踉跄了一下，我过去扶她。她说："没事，没事，只是下来得太快了。我把裙子放哪儿了？我可不想这副样子站在这里。"

我从门后取来她的裙子和内裤，她不要我帮忙，自己颤颤巍巍地穿上了。

我说："你可以休息一下，你丈夫会等着的。"

"我丈夫在肯诺拉区附近的林区工作，"她说，"我下周会去找他。他给我找了个落脚的地方。"

"咦，我把大衣放哪儿了？"她说。

我最喜欢的电影——如果你想知道，如果护士问我的时候我想得起来——是《野草莓》。我还记得那家有霉味的小影院，我们在那里看过瑞典、日本、印度、意大利的电影。最近它开始放喜剧，马丁和路易斯团队做的，具体名字我忘了。既然你是给未来的牧师上哲学课的，我想你应该最喜欢《第七封印》吧，不知道我说对没有。好像是部日本电影吧，讲什么的我忘了。曾经，我们一起从影院走回家，几英里的距离，我们热烈地讨论爱情、人性、上帝、信仰、绝望。到了我租的房子，我们只能闭嘴，然后蹑手蹑脚地走到房间里去。

唉，你一进屋，就会这样感激又惊诧地叹一句。

去年圣诞，如果我们不是已经矛盾深重，带你来这里我还是挺紧张的。让你面对我父亲，我肯定会保护欲过剩。

"罗宾？这是个男人的名字吗？"

你说，是的，这就是你的名字。

他摆出一副从未听过这个名字的样子。

不过，后来你们相处得很融洽。你们还讨论了七世纪不同教派僧侣间的冲突，有这么回事吧？这些僧侣争论的焦点在于到底该怎么剃头。

一根卷发的竹竿，他是这么叫你的。这话从他嘴里说出来，已经算是恭维了。

当我在电话里告诉他，我们最终还是决定不结婚，他说："哦，哦。你觉得你还能找到下一个吗？"如果我表示抗议，他肯定会说只是开个玩笑。也许确实是个玩笑。与其说我找不到，不如说我根本没有努力去找。

巴里太太回来了。本来叫她休养一个月的，不到三周她就回来了。但她每天工作不了太长时间。她穿好衣服要很久，收拾好自己家要很久,到这里时(她侄子或者侄子的老婆开车送她来),已经是上午十点了。

"你爸爸看起来很憔悴。"她一来就对我说。我想她说得对。

"他可能需要休息一阵。"我说。

"找他的人太多了。"她说。

迷你车已经检修好,钱也进了我的账户。我该启程了。可我脑子里却有了愚蠢的想法。我在想,万一又来了一个特殊病人呢?巴里太太帮得了他吗?她左手还提不了重物,光靠右手根本端不动水盆。

罗。今天。今天下了第一场大雪。雪是夜里下的,到早晨天就晴了,天空湛蓝,也没有风,亮得惊人。我早起去散步,走到松树下。雪从松针上垂直落下,明亮得很,像圣诞树上的装饰,像钻石。公路上的雪已经铲过了,我们的小路上也铲了。这样父亲可以开车去医院,我也可以开车去想去的地方。

进进出出的车辆经过,和往常每一个早晨一样。

进屋之前,我想看看迷你车能不能发动,试了一下,可以。副驾驶上有一个包裹。是一盒两磅重的巧克力,是副食店卖的那种。巧克力为什么会出现在这里——可能是历史协会的那个年轻人送我的礼物。这么想挺蠢的。可还能有谁呢?

进后门之前,我抖掉靴子上的雪,想着得把扫帚拿出去。厨房里已经亮堂堂的了。

我以为我知道父亲会说什么。

"出去欣赏大自然了?"

他坐在餐桌边,穿着大衣,帽子也戴上了。一般这时他已经在医院里了。

他问:"大道上的雪铲了吗?小路上的呢?"

我说都铲了,很干净。透过窗户他能看见小路。我烧上水,问他出门前要不要再来一杯咖啡。

"行,"他说,"既然已经铲了雪,我就可以出门了。"

"多好的一天啊。"我说。

"是啊,不用自己铲雪。"

我冲了两杯速溶咖啡,摆到桌上。朝着窗外面对日光坐下。他坐在桌子另一头,把椅子转了个方向,背对着太阳。我看不清他脸上的表情,但他的呼吸一如既往陪伴在我身边。

我开始讲述我的故事。我本来没打算讲。我想跟他说我准备走了。我张开嘴,那些话就自然流了出来,我既痛快又失落地听着,那感觉就像你听到自己醉酒后的话一样。

"你不知道我生过一个孩子,"我说,"是七月十七号生的,在渥太华。我在想这件事有多荒诞。"

我告诉他,孩子生下来就被人收养了,我不知道是男是女。是我要求别告诉我的。我还要求不必抱给我看。

"那时我和乔西住一起,"我说,"我跟你讲过的,一个朋友。她现在在英国,不过当时她还住父母家。她父母被派往南非了,真是凑巧。"

我告诉他孩子的父亲是谁。我说了是你,免得他瞎猜。我说我以为我们已经订婚了,而且是正式订婚,接下来只需要把婚一结就好了。

但你不这么想。你说我们得找个医生,让他给我做堕胎手术。

他没有提醒我不能在家里说这个词。

我告诉父亲,你说我们不能就这样结婚,因为但凡有人算算日子,就知道我是婚前怀的孕。我只有等到自己不是孕身时,才能同你结婚。

不然的话,你可能会丢掉神学院的工作。

他们会成立委员会,判你私德有亏,不适合教育年轻牧师。你会留下道德败坏的恶名。即便这些没有发生,你没有丢工作,只是受批评,或者连批评都没有,那你也晋升无望了。你的履历上会有污点。即便没人对你说什么,他们也会私底下议论,而这也是你不能忍受的。新生会从老生那里听到你的故事,他们会像讲笑话一样把它传下去。你的同事会看轻你。或许会有人同情你,但你不要他们的同情。人们会悄悄地厌弃你,甚至明目张胆地排挤你,你会变成失败者。

根本不至于,我说。

至于。你不知道人性有多恶劣。对我来说这将是灭顶之灾。那些太太们的势力太大了,老教授们的太太。她们绝不会放过我的。即便她们想仁慈一点——或者尤其当她们想仁慈一点的时候。

那我们可以离开去别的地方呀,我说。去一个没人认识我们的地方。

总会知道的。总会有人把消息传出去。

再说了,这样不就又得从头开始吗。你得领着最低的薪水,少得可怜的薪水,还有一个孩子要养,怎么活得起?

我很诧异,我不明白那个我爱的人,怎么会说出这样的话。我们一起读过的书,看过的电影,探讨过的那些话题——难道对你来说毫无意义吗,我问你。你说不是,可这就是生活。我又问,那么你是连旁人的一点嘲笑都承受不了,在教授们的妻子面前毫无招架之力的人吗。

你说,不是,当然不是。

我把钻戒扔了出去,它滚到路边的车底。我们一边吵,一边走在我租的房子旁边的路上。那会儿是冬天,和现在一样。一月还是二月。后来问题一直没有解决。我本该找个朋友的朋友打听堕胎的事,因为听说她堕过胎。我嘴上说着会问,却始终没有行动。你却连问都不敢问。后来我撒谎,说医生搬走了。再后来我承认我撒谎了。我说,我做不到。

是舍不得孩子吗?当然不是。我只是觉得在这场争执中,我是对的。

我鄙视你。看着你爬到车下去捡戒指,大衣的下摆拍打着你的臀部。我鄙视你。你扒着雪,找到了戒指,你如释重负。你准备抱我,准备朝我笑,你以为我也如释重负,以为我们俩会当场和好。我却告诉你此生别再想受人敬仰。

我说,你虚伪,伪善,还教哲学。

这还不是最终结局。后来我们和好了,但始终无法原谅彼此。谁也没有前进一步。再后来一切都晚了,我们各自都在自己认为正确的道路上走得太远,唯有分手才能解脱。是的,那时的我确信这对我们两人来说都是解脱,也是一种胜利。

"所以是不是很荒谬,"我对父亲说,"这么一看?"

我听见巴里太太在外面抖靴子上的雪,所以匆忙说完。父亲一直正襟危坐,我想是因为尴尬,或者厌恶。

巴里太太开了门,道:"得把扫帚拿出去了——"她突然惊呼:"你坐在那儿干什么呢?你怎么搞的,你没看见他死了吗?"

他没死。他的呼吸和以前一样重,甚至比以前更重。她看到他中风了,如果我没有回避他的目光,即便背光也该看到的。他全身动不了,眼也盲了。他坐着,身体朝前斜,桌沿在他腹部抵出一条弧线。我们想把他从椅子上挪下来,却搬不动他,他的脑袋不情愿地磕到了桌子。他的帽子还在头上。咖啡杯离他那看不见的眼睛几英寸远。还有一半没喝。

我说我们没法搬动他,他太重了。我给医院打了电话,让他们找个医生开车过来。镇里连救护车都还没有。巴里太太根本不理我,继续拽父亲的衣服,给他解扣子,脱大衣,哼哧哼哧用尽了全力,几乎就要哭了。我冲出去,门也没关,跑到小路上。又跑回去,拿了扫帚,放到门外。我走到巴里太太面前,一只手搭在她胳膊上,说了"你别——"或者之类的话。她看我的样子就像一只准备打架的猫。

来了一个医生。我们一起,终于把父亲抬进车里,放到后座。我也钻进去,坐在他旁边,防止他朝前栽倒。他的呼吸声愈发不容置疑,似乎在谴责我们的行径。可现在的情况是,你管得住他了,他的身体由你摆布了,这种感觉很古怪。

巴里太太看到来了医生,就安静下来,退到一边去了。她甚至没跟我们出门,没看到我们是怎么把他放上车的。

当天下午,他去世了。大概五点的时候。医生说这种情况已经很幸运了。

巴里太太进来的时候,我本来还有好多话要说。我想跟父亲说,万一法律变了呢?法律可能很快就变了,我想说。不变的可能性也有,但变的可能性更大。到那时,他就没生意做了。或者说,失去一部分生意。他的生活会不会更受影响?

我指望他怎么回答呢?

我的生意,与你无关。

或者,我照样活得下去。

不,我会说。我指的不是钱。我是说存在风险。保密的问题。权利的问题。

法律变了,人的行为也会变吗?人的本质也会变吗?

又或者,他会不会去冒别的风险,干别的麻烦事,操办起别的不能见光的慈善事业?

既然法律可以变,那么别的事也可以变。我现在在想你的事,如果你不以奉子成婚为耻,会怎么样?原本就没什么丢脸的。等再过几年,也就几年时间,甚至有可能成为美谈。怀孕的新娘戴着花环,被带到祭坛前,甚至能进入神学院的小教堂。

不过如果真有那么一天,可能又会有其他东西令人羞耻或恐惧,有其他的错误需要回避。

那我呢?难道我一定要找个满嘴仁义道德的人吗?好像他比谁都正确,比谁都高尚,总要把我的错误踩在脚下。

要改变人。我们都说希望如此。

法律要变,人也要变。可我们不希望所有的事——故事的全部——都由外部决定。我们不希望我们之为我们,这样被塑造出来。

可我口中的"我们",究竟是谁呢?

罗。我父亲的律师说:"这很反常。"我意识到这个词对他来说很严重,他要说的话都在里面了。

父亲银行账户里的钱足够给他办葬礼了。棺材钱有了,用他们的话来说。(不是那个律师说的——他不那么说话。)可办完葬礼,就不剩多少了。他在银行的保险箱里没有股票凭证,也没有投资记录。什么都没有。没有给医院或教会的遗赠,也没有在高中设奖学金。最让人震惊的是,没有留给巴里太太的钱。这栋房子和里面的东西全给了我。这就是他的全部财产了。我还有五千块钱的支票。

那个律师似乎很困惑,又担心又尴尬,同时还很担忧这桩代理。他可能怕我说他失职,诋毁他的名声。他问我家里(我父亲家里)有没有保险箱,有没有哪个地方藏着一大笔现金。我说没有。他又暗示我——特别隐晦地敲着边鼓，说我可能没听懂他的意思——我父亲可能有一部分财产不想让别人知道。所以把现金藏在了一个地方。

我告诉他我不关心钱。

怎么能这么说呢。他几乎无法直视我的眼睛。

"不如你回家好好找一找，"他说，"很显眼的地方也不要放过，可能是饼干盒，也可能是床下的某个盒子。想想那些容易忽略的地方，即便最聪明的人也有可能漏掉的地方。"

"枕头里也别忘了看看。"我出门的时候他还在说。

电话里，一个女人说她想和医生通话。

"抱歉，他去世了。"

"我打错了吗？是斯特拉昌医生家吗？"

"没错，但是他已经去世了。"

"那——他有没有什么助手可以接电话？你旁边还有别人吗？"

"没有，没有助手。"

"你能给我个别的号码吗？有没有其他医生可以——"

"我没有别的号码。我也不认识别的医生。"

"我想你也了解我所为何事。现在问题很重要，也很特殊——"

"抱歉，帮不上忙。"

"钱的事情都好说。"

"我明白。"

"麻烦帮我想想办法吧。要是你稍后想到了还有谁可以帮忙，打电话给我好吗？我把号码留给你。"

"你不该这么做。"

"我不在乎。我相信你。而且不是为了我自己。我知道人人可能都这么说，但我确实不是为了自己。是我女儿。她现在状况非常糟，精神状况很差。"

"很抱歉。"

"你要是知道我费了多大工夫才拿到这个号码，你一定会帮我的。"

"抱歉。"

"拜托。"

"真的抱歉。"

马德琳是他最后一个特殊病人。我在葬礼上看见了她。她没有去肯诺拉。也有可能是已经回来了。我一开始没认出她，因为她戴了一顶宽檐黑帽，上面还插着一根羽毛。帽子想必是借的——因为垂至眼前的羽毛弄得她很不习惯。她在教堂的礼宾台前，排队上来和我说话。我对所有人说的都是这一句话：

"感谢你能来。"

然后我意识到她对我说了一句多么奇怪的话。

"我还指望你爱吃甜食呢。"

"也许他不是每次都收费，"我对律师说，"说不定他有时不收费。有些人就是为了做慈善。"

律师对我已经习惯了。他说:"也许吧。"

"可能这就是他的慈善事业,"我说,"他只是没有留下记录而已。"

律师盯着我看了一会儿。

"慈善事业。"他说。

"不过,地下室的地板我还没撬开看呢。"我说。对我这种不当回事的态度,他挤出了一丝微笑。

巴里太太没有正式辞职。她直接不来了。倒也没什么事情需要她做,葬礼在教堂举行,接待宾客也是在教堂里。她没有去参加葬礼。她的家人也一个没来。当时人那么多,我本来是注意不到的,偏偏有人跟我说:"巴里家的人一个都没来,你看见了吗?"

过了几天,我给她打电话,她说:"我没去葬礼,因为我感冒得厉害。"

我说我不是因为这个打的电话。葬礼我应付得来,我只是想知道她以后有什么打算。

"哦,我看我以后没必要回那边了。"

我说想请她来一趟,家里有些东西想给她,就当留个纪念。那时我已经知道遗产的分配了,所以我想告诉她我也不好受。可我不知道该怎么开口。

她说:"我有些东西落在那儿了,我能出门时会去拿。"

第二天早晨她来了。她要拿的东西是拖把、水桶、刷子和一个洗衣篮。很难相信她惦记着要拿回去的是这些小玩意儿。更难以相信的是她拿回去是因为有感情了。可能是真的,这些东西她用了好多年了——她来这个家时就一直在用,不算睡觉的话,她在这个家里待的时间比在自己家里还长。

"没有别的要拿了吗?"我问,"做个纪念什么的?"

她在厨房看了一圈,咬着下嘴唇。可能这么做是为了忍住笑意。

"这里没什么我用得上的东西了。"她说。

支票我已经给她准备好了,只需要填上金额。我还没有想好从那五千块钱中分多少给她。一千?我在考虑。此时看来未免太少。不如增加一倍吧。

我把藏在抽屉里的支票拿出来,找来一支笔,填上四千。

"这是给你的,"我说,"感谢你为这个家所做的一切。"

她把支票接过去,看了一眼就塞进了口袋。我想她可能没看清上面写的是多少。然后我看见她脸红了,尴尬的潮红,想感谢却不知该说什么。

她用好的那只胳膊把要带走的东西全拿上了。我给她开门。我真希望她再说点什么,我差点就说,抱歉只有这些。

而我说出来的是:"胳膊还没好吗?"

"好不了了。"她低下头,好像怕我又扑上去亲她。最后她说:"非常感谢,再见。"

我目送她走到车边。我以为是她侄子的老婆开车送她过来的。

可这不是她侄子的老婆常开的那辆车。我突然冒出一个想法，胳膊坏了又怎样，她可能已经找到新雇主了。去别的有钱人家干活儿了。难怪匆匆忙忙，难怪神色羞赧。

哦，开车的是她侄子的老婆，她下车来帮她拿东西。我挥了挥手，可她忙着放拖把和桶。

"车很漂亮。"我喊道，我想这种恭维话那两个女人应该都爱听吧。我不知道这车是什么牌子，但它崭新又气派，是银紫色的。

她侄子的老婆喊道："是呀。"巴里太太低下头，表示默认。

我没穿外套，冻得发抖，或许出于愧疚，又有一些好奇，我一直站在外面招手，直到车驶出了视野。

之后我没法安下心来做任何事。我给自己做了咖啡，坐在厨房里。我从抽屉里拿出马德琳的巧克力，吃了一点。我不讨厌甜食，但也不太能接受橙色或黄色色素做成的夹心。但愿我谢过她了。现在想谢也谢不成了——我连她姓什么都不知道。

我决定去滑雪。我们的房子后面有个大坑，我记得告诉过你。我穿上老旧的木制滑雪板，以前冬天路上没人铲雪的时候父亲就穿这个，因为他得穿过田野去给人接生或者做阑尾手术。这套滑雪板只能用交叉带来固定双脚。

我滑到坑里。这么多年过去了，坑里已经长满了草，现在又落上了雪。上面有狗的爪印、鸟的足迹，还有田鼠跑动留下的模糊的一圈圈脚印，唯独没有人的痕迹。我滑上滑下，一开始比较谨慎，沿着对角斜线滑，后来开始尝试更陡的坡。我有时会摔倒，但新下的雪很厚实，不碍事。就在一次跌倒爬起来的过程中，我好像明白了什么。

我知道钱去哪儿了。

慈善事业。

气派的新车。

我还从五千块钱里分出四千。

自那以后我就开心起来。

我有一种眼睁睁地看着钱从桥上撒下或者抛向空中的感觉。钱、希望、情书——所有这些东西都可以抛到空中，落下的时候就变了样，变得轻飘飘的，再无累赘。

我无法想象父亲会屈服于勒索，尤其是被不聪明或不可靠的人勒索。而且这一次全镇都会站在他这边，至少也会保持沉默。

我能想象的，是一次任性的表态。也可能是为了先发制人，为了体现他不在乎。期待着律师的震惊，期待着我会在他死后更加努力地理解他。

不，我想他应该想不到这里。我想我对他的了解也不至于那么深入，这些不过是我的一厢情愿罢了。

我不愿承认的是，这么做可能是出于爱。

是啊，出于爱。怎么能排除这种可能呢。

我从坑里爬出来，一到田野上，风就向我吹来。风吹起的雪盖住了狗的爪印和田鼠的一圈圈脚印，以及父亲滑雪板的痕迹。

这可能是他的滑雪板最后一次留下痕迹了。

亲爱的罗，罗宾——我最后要对你说什么呢？

再见，祝你好运。

给你我的爱。

（会不会有人真这么做——把他们的爱随信寄出，这样就可以彻底摆脱了？那么他们寄出的究竟是什么呢？一盒有着火鸡蛋黄颜色夹心的巧克力。挖空眼睛的泥娃娃。一堆快要腐烂的玫瑰。一个用带血迹的报纸包着的没人愿意拆开的包裹。）

好自珍重。

记住——现任法国国王是秃头。

我妈妈的梦

夜里——或者说在她熟睡的时候——大雪纷纷落下。

我妈妈透过一扇巨大的拱形窗户向外望去,是那种别墅或者老式公共建筑的拱形窗户。她看到草坪、灌木、树篱、花卉和乔木都埋在了雪下,一堆一堆的雪,既没有被风抚平,也没有被吹乱。雪的白不像在日光下的那么刺眼,而是那种日出之前青空下的白。一切都是静止的,就像《小城伯利恒》里唱的那样,只不过星星已经隐去。

然而,有什么地方不对劲儿。这场景中有点问题。大树、小树,以及灌木,都长满了夏天才有的绿叶。草地上,未被雪覆盖的地方,也是一片鲜嫩的绿色。大雪一夜之间在盛夏落下。这季节变化让人琢磨不透,出乎意料。而且,大家都不见了——虽然她想不起来"大家"指的是谁——只剩我妈妈一人住在这栋高大宽敞的房子里,被精心修剪的树木和花园包围。

她想,过不了多久她就会知道这到底是怎么回事的。然而,没有人来。电话没有响；花园的门闩也没有被拉起。她听不到任何一点车流声，她甚至搞不清街道——或者路在哪边，如果她是在乡下的话。她必须到房子外面去，这里的空气太过沉闷。

到了室外，她想起来了。她想起她把孩子留在了什么地方，那是下雪之前的事了。很久之后才开始下雪。这记忆，这确凿无疑的感觉，夹杂着恐惧向她袭来。她好似从梦中惊醒。梦里，她从梦中梦醒来，想起了她的责任和她犯下的错误。她把孩子扔在外面过了一夜，她忘得一干二净。就那样把孩子扔在外面，仿佛那是她玩厌了的娃娃。而且，也许不是昨晚，而是一个星期以前，甚至一个月以前。她把孩子扔在外面，一整个季节，甚至好几个季节都没有管过了。她忙别的事去了。她甚至可能出了一趟远门，刚刚返回，要回哪里她却不记得了。

她在树篱下、在阔叶树下寻找着。她能想见孩子皱成一团的样子。孩子可能死了，黑枯枯、皱巴巴的，脑袋像核桃一样，脸也缩在一起，那表情仿佛不是悲伤，而是失去亲人的痛苦，一种古老而长久的悲戚。那表情中没有对她——这个妈妈——的谴责，只有在等待救援或等待死亡时的安静与绝望。

我妈妈感到悲伤，孩子一直在等她，她却一无所知；她本是孩子唯一的希望，可她却忘了。孩子那么小，才刚刚来到这个世界，连躲到没雪的地方都不会。她悲痛得不能呼吸。她再也装不下别的事了，全被她犯下的这个错误填满，再也没有别的念想。

接着，当她发现她的孩子在婴儿床里时，她觉得被解救了。小家伙趴着睡着了，脑袋扭向一侧，皮肤苍白而甜美，头上的胎毛像黎明的晨曦一样微红。这个安全无虞的孩子，有着和她一样的红头发。她觉得得到了宽恕，她很欢喜。

雪、郁郁葱葱的花园、奇怪的房子全都消失了。唯一残留的白色是婴儿床里的盖毯。浅米色的羊毛婴儿毯，盖住了孩子的半个背，形成一道褶皱。天很热，是盛夏的酷热，孩子只穿了一条尿裤，外面套了一条防水短裤，免得把床单尿湿。短裤上还有蝴蝶图案。

我妈妈还想着那遍地的雪和理应随之而来的寒冷，于是把毯子往上拉了拉，盖住了孩子的背和肩，又盖住了长着红头发的脑袋。

这一切发生在真实世界的一个清晨。一九四五年七月的一个清晨。平时这个时候，孩子已经在要早上的第一顿奶了，今天却还在睡觉。而妈妈，尽管站在跟前，眼睛睁着，却没有清醒过来，意识不到哪里不对。孩子和妈妈都被一场战役拖得太久，而那一刻妈妈连这一点都已经忘却。大脑有些短路，无边的宁静降落在她和孩子的脑海里。这位妈妈——我的妈妈——对日益亮起的天光无动于衷。她没有意识到她站在这里的时候，太阳已升上了天空。她没被昨天的记忆惊醒，对夜里发生的事也一无所知。她把毯子盖过孩子头顶，盖过那温和而满足的睡颜。她轻轻地回到自己房里，倒在床上，立刻陷入了沉睡。

发生这件事的房子与梦里的房子并不相似。这是一栋一层半高的白色木屋，拥挤却不失体面，玄关距离人行道不过几米远，餐厅的飘窗外是篱笆围成的小院。房子位于一条偏僻的小巷里，它所在的镇子在外人眼里与十几英里外的其他小镇无异——都在休伦湖畔人口稠密的农业地区。我爸爸和他的两个姐姐就在这所房子中长大，我妈妈搬进来时，爸爸的姐姐和他们的妈妈依旧住在这里——我也一同来了，在她的肚子里越长越大——那时距欧洲那场战争结束不到几个星期，我爸爸死在了战场上。

明亮的午后，我妈妈——吉尔——还站在餐桌旁。在教堂进行的葬礼结束后，人们被请到房子里。他们喝着茶或咖啡，另一只手捏着小块三明治、香蕉面包片、坚果面包，或者奶油蛋糕。奶油蛋挞和葡萄蛋挞的表皮松脆，得用甜点叉和小瓷盘，盘子上的紫罗兰还是吉尔的婆婆做新娘时画上去的。吉尔直接用手抓着食物。酥皮碎了，葡萄干掉了，弄脏了她的绿丝绒连衣裙。这样的天气穿这条裙子太热了，而且它也不是孕妇装，而是一条为演出准备的宽松礼服，是她在公开演奏小提琴时穿的。因为我的缘故，裙子的前摆凸了起来。可是，她要出席丈夫的葬礼，这是唯一一件穿得下也穿得出去的衣服。

怎么能吃这么多？人们没法不注意到。"肚子里还有一个呢。"阿莉萨对客人解释道，这样一来，无论他们对她的这位弟媳说三道四或者什么也不说，她都会觉得好受点。

吉尔一整天都觉得恶心反胃，谁知到了教堂里，她正想着风琴有多难听，突然感觉饿了，饿得像匹狼。唱《勇敢的心》时，她想的是肥美的汉堡包，上面滴着肉汁和融化的蛋黄酱。现在她正试图从核桃、葡萄干和红糖的混合物中，从甜掉了牙的椰子糖霜、口感绵密的香蕉面包和一大口蛋挞中寻求安慰。当然，这些都替代不了汉堡包，可她照吃不误。现实中的饥饿已被填满，可想象中的饥饿还在折磨着她。不安达到了近乎恐慌的地步，迫使她不断往嘴里塞着东西，连味道都来不及细尝。她说不明白到底这是怎样一种不安，只觉得好像不透气的皮毛。窗外阳光下的伏牛花树篱茂密又多刺，丝绒裙贴在她潮湿的腋窝下，一绺绺卷发——和蛋挞里的葡萄干同样颜色——垂在大姑子阿莉萨的头上，还有那画在盘子上的紫罗兰，好像可以抠下来的痂一样，这一切都让她感觉格外厌恶而压抑，尽管她知道它们其实再普通不过了。它们似乎承载着关于她未知的新生活的某种讯息。

为什么是未知呢？她知道我的存在已经有一段时间了，她也知道乔治·科尔姆上了战场就有可能没命。他可是空军。（今天下午在科尔姆的房子里，周围人都在说——当然不是对她这位遗孀，也不是对他的姐姐——他是那种你知道早晚会战死的人。他们的意思是，他仪表堂堂、斗志昂扬，是家族的荣耀，全家人都把希望寄托在了他身上。）这些她都知道，可她继续过着平凡的生活，在昏暗的冬日清晨，把小提琴拖上有轨电车，一直坐到音乐学院，一连几小时地练琴，对其他声音充耳不闻，昏暗的房间里只有暖气片相伴。手上的皮肤一开始被冻得发红，后来又因为干燥而皲裂。她继续住在租来的屋子里，窗户关不严，夏天进苍蝇，冬天往屋里飘雪。她幻想着——当她不犯恶心的时候——香肠、肉饼、一块块黑巧克力。在音乐学院，人们小心地不去谈论她怀孕的事，就好像她不是怀孕，而是得了肿瘤。一开始很长时间都并不明显，身材胖、盆骨宽的女孩初次怀孕时都是这样。我在她肚子里翻着跟斗，她仍能淡定地当众演出。她浓密的红发齐肩披下，宽阔的脸盘散发着光彩，表情中透出沉着的专注。这是她人生中迄今为止最重要的独奏。门德尔松小提琴协奏曲。

外界她也有所关注——她知道战争结束了。她以为我出生后不久，乔治就该回来了。那时她就不能继续住在这间屋子里——她得和他住了，虽然不知道住哪里。她也知道我会到来。但是在她的脑海里，我的出生更像是某种结束，而非开始。不会再有人踢她腹部一侧始终疼痛的地方，起身时不会再因血涌向阴部而疼痛（那感觉就像在那里贴了一块烧红的膏药）。她的乳头终于不再肥大、发暗、僵硬，也终于不用每天早上起床后给静脉曲张的小腿缠上绷带。她终于不用每半小时就去小便，脚也能消肿，穿回原来码数的鞋子。她想着，我出生以后，她就没那么多麻烦了。

后来她知道乔治回不来了，她想过把我养在这间屋子里。她有一本育儿书，也买了一些必需品。楼里有位老妇人可以在她练琴时帮忙照看我。她有军人遗孀抚恤金可领，而且六个月之后，她就能从音乐学院毕业了。

可是阿莉萨坐火车过来，接走了她。阿莉萨说："我们怎么能把你一个人丢在这里呢。乔治出国打仗时，人们都问怎么不把你接来。现在你也该和我回去了。"

"我家里人都是疯子。"乔治曾经对吉尔讲过,"艾奥娜成天紧张兮兮,阿莉萨该去做军士长,我妈妈呢,老糊涂了。"

他还说过:"阿莉萨很有头脑,可我爸爸去世后,她只能退学去邮局上班。我呢,相貌不错。到了可怜的艾奥娜那里,什么好的都没了,只剩下糟糕的皮肤和脆弱的神经。"

吉尔第一次见他的姐姐们,还是她们一起去多伦多给乔治送行的时候。婚礼是两周前举办的,她们没有出席。当时除了乔治和吉尔,牧师、牧师的妻子之外,还有一个临时叫来的邻居,再没有别人。我也在现场,在吉尔的肚子里,不过他们并不是因为我才结婚的,当时他们还不知道我的存在。婚礼结束后,乔治坚持要和吉尔去拍几张正经的婚纱照,他们找到一家当地的自助照相亭。他倒一直兴致勃勃。"这下她们该后悔了。"他看到照片时说。吉尔也不知道他说的"她们"是谁。是阿莉萨吗?还是那些追过他的漂亮女孩?给他写情书,还给他织袜子。他一有机会就穿那些袜子,还在酒吧里读她们的情书取乐。

婚礼前吉尔没吃早餐,仪式进行到一半时,她已经满脑子煎饼和培根了。

两个姐姐的样子比她预想的还要普通。家族的好相貌确实是被乔治继承了。他有一头柔顺的深棕色头发,眼睛亮而有神,五官清晰出众。他唯一的缺点是身高。他的个头刚好够和吉尔平视,也刚好够当一名空军。

"他们不要太高的人当飞行员,"他说,"我可比他们厉害,那些臭高个儿。好多电影演员都不高,拍吻戏的时候脚下要垫箱子。"

(看电影的时候乔治话很多。有吻戏时他还会喝倒彩。生活中他也不喜欢接吻。他会说,直接进入正题吧。)

他的两个姐姐也很矮。她们的名字取自苏格兰的地名。他们的父母破产以前,曾去那些地方度过蜜月。阿莉萨比乔治大十二岁,艾奥娜比他大九岁。在多伦多联合车站的人流中,她俩看上去又矮又胖,满脸困惑。两人都戴了新帽子、穿着新衣服,就好像新婚的是她们。两人又都很沮丧,因为艾奥娜把她的高级手套落在火车上了。艾奥娜确实皮肤不好,虽然这几天没有起疙瘩,粉刺也差不多成为过去时了,可是疤痕让她的脸坑坑洼洼的,即便擦了粉,也能看出肤色暗沉。她的卷发从帽内垂下来,眼里泪汪汪的,可能是被阿莉萨斥责了,也可能是舍不得弟弟奔赴战场。阿莉萨的头发烫了小卷,发顶压着帽子,金边眼镜后是一双精明的眼睛,粉色的双颊圆润,下巴中间有个小窝。她和艾奥娜都身材很好——胸大、腰细、翘臀——可是对艾奥娜来说,这身材就好像不是她自己的一样,她要么含着胸,要么抱着胳膊,总想遮掩。阿莉萨则竭力使她的曲线看起来自信而非充满诱惑,仿佛她是由坚硬的瓷器做成的。她们和乔治一样,都是深棕色头发,但是没有乔治那种光泽。她们似乎也没有他的幽默感。

"好了,我该走了,"乔治说,"我要在帕斯尚尔捐躯了。"艾奥娜说:"可别这么说,别说这样的话。"阿莉萨撇了撇莓红色的嘴唇。

"那里有失物招领的告示,"她说,"不过不知道是招领丢在车站的东西,还是火车上找到的也算?帕斯尚尔不是一战时的吗。"

"哦,是吗?那我去晚了?"乔治一副捶胸顿足的样子。

几个月后的一次飞行训练,他驾驶的飞机在爱尔兰海上空烧毁。

阿莉萨一直保持微笑。她说:"我很为他骄傲。是的。但是失去亲人的不止我一个。他做了他该做的事。"有人觉得她的淡然处之有点不可思议,也有人会说"可怜的阿莉萨"。她全心全意精心培养他,省钱供他上法学院,他却无视她的付出——他报名入伍,就这么离开,还丧了命。简直迫不及待。

两个姐姐牺牲了自己读书的机会。甚至连矫正牙齿都放弃了。艾奥娜倒是上过护理学校,可现在看来,那笔钱还不如拿来给她矫正牙齿。于是现在,她和阿莉萨得到了一个英雄。人人都承认这一点——英雄无疑。年轻人都觉得家里出了个英雄很光荣。他们以为这种光荣会持续下去,会一直跟随着阿莉萨和艾奥娜。《勇敢的心》会永远在她们周围回荡。年纪大些的人还保留着上一场战争的记忆,他们知道英雄不过是纪念碑上的一个名字罢了。因为只有他的遗孀,那个正拼命往嘴里塞食物的女孩,将得到那笔抚恤金。

阿莉萨很亢奋,部分是因为她为了打扫卫生,已经两夜没睡了。家里其实挺干净,也没有哪里无法待客。可她偏要把所有的盘子、罐子都洗一遍，把每件陈设都擦一遍，把每幅画的玻璃擦亮，再把冰箱拽出来前前后后刷干净，连地下室的楼梯也要仔细洗过，垃圾桶都要用漂白剂清洗一遍。餐厅天花板上的灯具也要拆下来，每个部分都要泡在肥皂水里洗净，擦干，再重新组装。因为邮局的工作，这些活儿阿莉萨只能晚饭后才开始干。她现在是邮局局长了，给自己放一天假也不是难事，可她是阿莉萨，阿莉萨绝不会这么做的。

现在，她涂了胭脂的脸在发烫，深蓝色的蕾丝领绸连衣裙下的身体很不自在。她停不下来。她不断往盘子里加菜，在客人之间传递。客人的茶凉了，她就赶紧跑去再烧一壶水。她记挂着客人的身体，问候他们风湿或其他小病痊愈了没有。她自己遭遇悲剧，却始终面带微笑，不断说着自己的失去不算什么，处境困难的不只有她，乔治不希望看见亲友难过，他一定会感激战争结束。她永远精神饱满，志气高昂，和邮局里大家熟悉的那个她并无二致。于是人们心里反而开始疑惑，担心会不会说错了话，就像在邮局里他们总觉得是自己字迹太过潦草或者包裹没有扎实，给人添了麻烦一样。

阿莉萨意识到自己音调过高，笑容太多，客人明明说了不要，她还在给人添茶。在厨房烫茶壶的时候，她说："我也不知道自己是怎么回事，我太焦躁了。"

听她说这话的是和她隔着后院的邻居，尚茨医生。

"很快会好的，"他说，"需要来点镇定剂吗？"

餐厅的门开了，他立马变了语气。"镇定剂"三个字说得严肃又正经。

阿莉萨的语气也变了，从忧愁变得勇敢。她说："不用了，谢谢，我自己能挺过去。"

艾奥娜的责任本来是照顾母亲，免得她把茶洒了——不是因为笨拙，而是因为健忘——以及要在她开始哭泣时就把她带走。但其实科尔姆太太大部分时候都举止优雅，待人接物比阿莉萨更为妥帖。每过一会儿，她会清醒一刻钟左右，会想起来一切都是怎么回事——反正看上去是想起来了——然后坚强地表示，她会永远思念她的儿子，也非常感恩有女儿在身边陪伴：阿莉萨做事可靠，一直让人刮目相看，艾奥娜则非常善良和蔼。她甚至不忘提到她的新儿媳，只不过她说的话有点不合时宜。在这种场合下，还有男士在场，她这个年纪的女人一般不会这么说。她看着吉尔和我，说道："我们马上要有一个小生命诞生了。"

在房间里来回几趟，见了许多客人之后，她又突然把什么都忘了。她环顾自己的房子，问："我们怎么都聚在这儿？怎么这么多人——庆祝什么呢？"然后她想起来好像跟乔治有关，便说："是乔治的婚礼吗？"等她弄清大致情况，还是没判断出来。"应该不是你的婚礼吧？"她对艾奥娜说，"嗯，我想应该不是。你没有过男朋友，对不对？"一副让我们实事求是、认下这份倒霉的语气。当她瞥见吉尔时，她笑了。

"这该不会就是新娘吧？哦，这下明白了。"

事实就像刚才突然离开她的脑海一样，突然又回来了。

"有什么消息吗？"她问，"关于乔治的消息？"接着阿莉萨担心的哭泣终于还是来了。

"一旦她开始失态，就赶紧把她带走。"阿莉萨之前嘱咐过。

艾奥娜没法把母亲带走——她一生中从未对任何人施加过强力——好在尚茨医生的妻子抓住了老妇人的胳膊。

"乔治死了吗？"科尔姆太太担忧地问。尚茨太太说："是的，他死了，但他的妻子已经怀着宝宝了。"

科尔姆太太靠在她身上，一下子泄了气，轻声说道："我能喝杯茶吗？"

不管我妈妈在这栋房子里走到哪里，似乎都能看到我爸爸的照片。他最近的一张照片，也是他的遗照，是他穿着制服照的，照片摆在餐厅窗台的缝纫机上，底下垫了一块刺绣盖布。艾奥娜本来在照片四周放了花，阿莉萨又把花拿走了。她说摆了花看着太像天主教里的圣徒。楼梯旁的墙上还有一幅他六岁时在外面的人行道上拍的照片，他在自己的小车里。吉尔睡的那个房间还有一张他在自行车旁的照片，他还背着一大袋《自由新闻》报纸。科尔姆太太的房里有一幅他八年级时参加歌剧演出的照片，脑袋上还戴着一顶纸做的金冠。他不会唱歌，演不了主角，但他无疑得到了最好的配角角色，国王。

餐台上手工上色的艺术照是他三岁时照的，这个金发的小家伙拖着布娃娃的一条腿，面孔有些模糊。阿莉萨本想把它取下来的，因为看了不免让人感伤，可取下来之后墙上就像打了一块浅

色的补丁,所以只好把照片留在原处了。谁也没说什么,只有尚茨太太把不久前说过的话又说了一遍,一点也不感伤,反而有些欣喜:

"这不是克里斯托弗·罗宾嘛。"

大家习惯了尚茨太太的说话方式,所以谁都没有在意。

乔治的每张照片都仿佛金币般闪闪发光,招人喜欢。他总有一缕头发明晃晃地垂在额前,除非戴着军官的帽子或者王冠。看样子他还是个孩子的时候,就知道自己会成为风趣幽默、招人喜欢的角色了。他绝不容忍冷场,一定要逗人发笑。有时候开自己的玩笑,更多的时候则是开别人的玩笑。吉尔还记得他常常喝酒,但他不会醉,他忙着引诱其他醉酒的人吐露真心,坦白他们的恐惧、犹疑、忠贞或者不忠,然后再把这些编成笑话或者可笑的绰号,那些人也只能强颜欢笑。因为他的朋友和追随者甚多,他们依附于他,有可能是出于畏惧——也有可能是,像别人说的那样,他总能活跃气氛。他出现在哪里,哪里就是中心,他周围的空气永远充满了刺激和愉悦的味道。

对这样一个爱人,吉尔怎么看呢?遇见他的时候,她十九岁,此前从没有谈过恋爱。她不知道自己究竟哪里吸引了他,也看得出来其他人同样不理解。在她的同龄人看来,她就像是一个谜,一个无聊的谜。一天到晚都在练琴,也没有什么别的爱好。

也不完全是这样。她喜欢躲在她的破被子下,想象一个爱人。不过这个爱人绝不像乔治那样阳光幽默。她想象的是一个温暖的熊似的男友,又或是比她大十岁的音乐家,已经声名远扬,男子气概十足。她想象的爱情是歌剧一般跌宕起伏的，虽然歌剧不是她最喜欢的音乐类型。可乔治连做爱的时候都在讲笑话，完事后还要在屋里蹦跶；他弄出的声音粗鲁又幼稚。他的简单直接没有给她带来太多愉悦，还不如她自慰时体验过的愉悦，可要说完全失望倒也不至于。

倒不如说这一切发展得太快了，让她有点猝不及防。她也想在接受物质与社会现实的同时感受快乐——带着感恩。乔治的关注、她的婚姻——都像是生命美妙绝伦的延长。好似灯光璀璨的房间里，那种令人目眩的辉煌。然后一个炸弹投来，一阵飓风刮来，灾难降临，整段生命就此告结。炸毁，消逝，而她留在原地，又被打回了原形。她失去了什么。失去的是她从未真正拥有过的东西，关于未来的一片幻梦。

现在，她吃得够多了。双腿由于长时间站立而开始疼痛。尚茨太太在她旁边，问："你见过乔治在这儿的朋友了吗？"

她指的是聚在门口的那几个年轻人。两个漂亮女孩，还有一个穿着海军制服的小伙子。瞧着他们，吉尔明白，并没有人真的在伤心。也许阿莉萨算一个，但她伤心的理由不止于此。没有人是为乔治的死而伤心。即便是那个在教堂里掉了眼泪，好像有流不完的泪一样的女孩。这个女孩终于可以认为她爱过乔治，乔治也爱过她——不管是否属实——反正他不会再说什么或做什么来证明她想错了。人们也终于不用去想，当聚在乔治周围的一群人开始大笑时，他们到底笑的是谁，乔治究竟讲了什么。再没有人需要绷紧神经好跟上乔治的节奏，也不用在他开玩笑的时候，努力克制自己，保持体面了。

她没有想过，如果乔治没有死，他可能会活成另一种样子。她自己从不想活成另一种样子。

她说："没有。"看她没什么热情，尚茨太太说："我懂。认识新朋友确实不容易。尤其是——如果我是你，我也宁愿找个地方躺下。"

吉尔觉得她要说的分明是"找个地方喝一杯"。不过这里除了茶和咖啡，没有别的可喝。吉尔几乎不喝酒。但是她能闻出别人身上的酒味，尚茨太太身上似乎就有。

"去躺躺吗？"尚茨太太说，"你也累得不轻了，我会告诉阿莉萨，你去歇着吧。"

尚茨太太身材娇小，有一头细软的银发，一双明亮的眼睛，还有一张布满皱纹的尖脸。每年冬天她都会去佛罗里达州独自待一个月。她有钱。她和丈夫盖的房子在科尔姆家后面，房子又长又矮，白得亮眼，墙角做成了弧形，外墙还贴了玻璃砖。尚茨医生比她年轻二十到二十五岁——是个身材魁梧、精神饱满、看上去和蔼可亲的男人，额头高而亮，一头漂亮的卷发。他们没有孩子。据说她在上一段婚姻中生过孩子，可孩子从不来探望她。又据说尚茨医生是她儿子在大学里的朋友，儿子请他来家里做客，结果他爱上了朋友的母亲，她也爱上了儿子的朋友，于是她离婚了，他们又结婚，远走他乡，另择良宅，对往事闭口不谈。

吉尔确实闻到了威士忌的味道。尚茨太太每次参加——用她的话说——死气沉沉的聚会时,总要随身带一小瓶。她喝了酒不会胡言乱语、打架斗殴,也不会见人就抱。她总是有几分醉意,但从来不真的大醉。她已经习惯了让酒精以温和可控的方式一点点渗入身体,让她的脑细胞既不至于太迷糊,也不会太清醒。唯一出卖她的是酒味(在这座极少喝酒的小城,很多人都以为这是她服用的某种药物的气味,或者是擦在胸上的药膏的气味)。这种气味,和她说话时故意为之的语气,让她自动与周围人划出一段距离。她说的话,是生长在这里的女人不会说的。她会讲自己的故事。她说,她时不时会被人错当成她丈夫的妈妈。她说大多数人发现自己弄错以后,会手足无措,尴尬万分。还有些女人——比如餐馆里的服务员——会向她投去不友好的一瞥,好像在说:他怎么会把青春浪费在你身上?

尚茨太太会跟这些人说:"我知道这不公平。但人生就是不公平的,你们最好趁早学会接受。"

这个下午,她怕是没机会小酌一口了。厨房,以及后面的小储藏室,一直有女人进进出出。她得上楼去洗手间里偷喝,还不能去得太频繁。快到晚上的时候,吉尔离开后没多久,她再上楼,发现洗手间的门锁了。她想着不如溜进一间卧室,但是不知道哪间是空的。然后她听见洗手间里传来了吉尔的声音,"等一下"。大概是这个意思。反正是很正常的内容,可语气却很紧张。

尚茨太太抓住这个有情况的片刻,站在走廊里就灌下一口。

"吉尔,你还好吗?我能进去吗?"

吉尔跪着,想要把地上的水渍擦干净。她在书上读到过羊水破裂——她也知道宫缩、见红、产程转换期和胎盘——可当那一股暖流流出时，她还是惊慌失措。她只能用卫生纸擦，因为阿莉萨把毛巾都拿走了，换成了光滑的绣花亚麻布，所谓的客用毛巾。

她抓住浴缸的边缘，尽力站起来。开门的那一刹那，第一次阵痛向她袭来。她没有什么温和的生产前兆或漫长的第一产程，一上来就是无情的疼痛和撕裂般的分娩。

"放松，"尚茨太太说着，上前用全身力气扶住她，"哪个是你的房间，我扶你去躺下。"

还没到床上，吉尔的手指已经把尚茨太太的细胳膊抓得青一块紫一块了。

"这可真快，"尚茨太太说，"头胎生这么快还真不常见。我得把我丈夫叫来。"

我就这样出生在了家里，比预产期提前了十天，如果吉尔没算错的话。阿莉萨还没来得及把客人都请走，吉尔的叫声已经响起来了，难以置信的叫声，不知羞耻的叫声。

按那时的习惯，即便产妇意外在家里生产了，之后还是要送她和婴儿到医院去。但那会儿镇上的夏季流感很厉害，医院里都是严重的流感病患，于是尚茨医生决定就让吉尔和我待在家里。毕竟，艾奥娜也上过护理培训的课程，她正好休两周的假，可以照顾我们。

吉尔对于家庭生活一无所知。她是在孤儿院里长大的。从六岁到十六岁,她都住在宿舍。灯会定时打开和熄灭,暖气会在统一的日子供应和关闭,他们吃饭、做作业都在一张铺着油布的长桌上,街对面有家工厂。乔治喜欢听她讲这些。他说,这样能让女孩变得坚强,她会变得冷静、独立又强硬,她不会对浪漫抱有不切实际的幻想。可孤儿院并不像他想的那样没有人情味,里面的工作人员也并非硬心肠之人。吉尔十二岁的时候,和几个孩子一起被带去听了场音乐会,也就是在那时,她决定学小提琴。她在孤儿院的时候,已经会弹钢琴了。有人花心思给她弄了一个二手劣质的小提琴,又让她上了几节课,就在这样艰苦的条件下,她拿到了音乐学院的奖学金。孤儿院为赞助人和董事们举办过一次聚会,大家都盛装打扮,还安排了演讲,准备了水果潘趣酒和小蛋糕。工作人员让吉尔也讲一讲,表达一下感谢,可她内心里觉得其实一切都是顺其自然的。她确信自己和小提琴命中注定是捆绑在一起的,不需要别人帮忙,也一定会走到一起。

她在宿舍里有朋友,但她们早早就去工厂打工或者去办公室上班了,她慢慢就淡忘了她们。在专门接收孤儿的高中,老师和她谈了一次话,话里提到"正常生活"和"全面发展"。那个老师似乎认为音乐是吉尔的一种逃避或代替物——因为缺乏兄弟姐妹、缺乏友情或爱情,才沉迷音乐。她建议吉尔把兴趣铺开一点,不要只专注音乐。放松点,打打排球,喜欢音乐的话可以加入学校的合唱团。

吉尔从此便开始躲着这位老师。为了不跟她说话,宁愿爬楼梯、绕远路。要是在书上碰到"全面发展"或者"受欢迎"这类字眼，就干脆不看这一页。

到了音乐学院就好过多了。这里她遇见了和她一样，不全面发展，只往一条路上使劲儿的同学。她有了新的朋友，不谙世事、争强好胜的朋友。她的一个朋友有个哥哥是空军部队的。这个哥哥很崇拜乔治·科尔姆，也常被他拿来开玩笑。在一次朋友家举办的周末聚餐中，吉尔受邀去了，他和乔治恰巧也来了。他们是准备上别处喝酒的。乔治就是在这里遇见的吉尔。我爸爸遇见了我妈妈。

为了照顾科尔姆太太，家里得时刻有人在。于是艾奥娜上蛋糕店的夜班。她负责给蛋糕裱花——包括最漂亮的婚礼蛋糕——她会在凌晨五点把第一轮要烤的面包放进烤炉。平时，她的手抖得厉害，给人递茶都困难，可遇到只需要自己独立完成的工作，她的手就会变得强壮灵巧有耐力，甚至不乏创造力。

有一天早晨，阿莉萨出去工作之后——当时吉尔已经住到这个家，但我还没有出生——吉尔从艾奥娜房外经过，听到她发出嘘声。好像有什么秘密。可要瞒着这屋里的谁呢？显然不可能是科尔姆太太。

艾奥娜费了好大的劲儿，才把她书桌上一个卡住的抽屉拉开。"该死，"她一边说，一边笑，"该死，在这儿。"

抽屉里装满了婴儿的衣服——不光是普通的衣服、睡衣，这种必需品吉尔在多伦多的二手商店、卖瑕疵品的店里都买了，还有针织小帽子、小毛衣、小靴子、尿布和手工制作的小袍子。各种不同的淡彩色，有的还是几种颜色混在一起——不仅是粉红或粉蓝——上面还有编织或刺绣的花鸟和羊羔。这种东西，吉尔几乎见都没见过。她要是把母婴用品商店逛个遍，或者多看看别人家的婴儿穿什么，她就会发现的，不过她没有。

"我也不知道你准备了些什么，"艾奥娜说，"你可能已经有好多了，也有可能你不喜欢手工做的，我不知道——"她咯咯笑了起来，既是想停顿一下，又像是因为没能直说而表示歉意。她说的每句话，每个表情和姿势，都磕磕巴巴的，像是糊满了黏稠的蜂蜜，又像是挤满了歉意的鼻塞，吉尔不知该怎么回她。

"真不错啊。"她淡淡地说。

"哎呀，我都不知道你愿不愿意要，也不知道你喜不喜欢。"

"很可爱。"

"这些不都是我做的，还有一些是买的。我去逛了教堂的集市和医院的志愿者会。我觉得不错就买了，你要是不喜欢，或者已经有了，我就送到教堂的捐助箱里。"

"我需要，"吉尔说，"这样的东西我一件都还没有呢。"

"你真的没有吗？我做的也没多好，不过教堂里的女人还有医院的志愿者，她们做的应该不错。"

乔治说艾奥娜总是紧张兮兮的，指的是这个吗？（据阿莉萨说，她在护理学校之所以崩溃，就是因为脸皮太薄了，教师对她又太严厉。）你可能以为，她想尽办法是想求一个放心，但不管你怎么做，她总是不接受、不放心。吉尔觉得艾奥娜的话、她的咯咯笑、她的抽泣和湿漉漉的表情（显然她的手心也是湿漉漉的）像是爬在她身上——吉尔身上——的虫子一样，想要钻到皮肤底下。

但是时间久了，她也习惯了。也可能是艾奥娜表现得不那么明显了。每天早上阿莉萨出了门，她和艾奥娜就松了一口气——就像是老师离开了教室。她们开始喝第二杯咖啡，科尔姆太太去洗盘子。她洗得很慢——每个东西都要放到特定的架子或抽屉里——有时候还会走神。但还有一些惯例她从来不忘，比如把咖啡渣洒到厨房门口的灌木丛上。

"她觉得咖啡能让它们长得好，"艾奥娜悄悄说，"尽管她只是洒到叶子上，都没浇到土上。每天我们都得拿水管把叶子冲干净。"

吉尔感觉，艾奥娜说起话来很像孤儿院里最容易被领养的女孩。可是只要你越过了艾奥娜那一连串的道歉和各种卑微的抱怨（"店里的事情他们除非没人可问才会问我""阿莉萨才不会听我的意见呢""我知道乔治瞧不起我，他从来也没掩饰过"），她也是能聊有趣的内容的。她告诉吉尔他们祖父的房子现在成了医院的主体，她还跟她讲是怎样一桩黑幕让他们的父亲丢了工作，还有蛋糕店里两个已婚人士的奸情。她还讲了大家猜测的尚茨一家的历史，还有阿莉萨对尚茨医生的柔情。艾奥娜在精神崩溃后所接受的休克疗法好像给她的判断力钻了个洞，从洞里漏出来的话语——一旦所有掩饰的话都被拿掉——则变得阴险而恶毒。

吉尔也愿意靠聊天来打发时间——她的手指太肿，拉不了小提琴了。

然后我就出生了,一切都变了,尤其是艾奥娜。

吉尔得卧床一周,即便能下床,她走起路来也颤颤巍巍像个老妇人,刚坐下就得大口喘气。她浑身都疼,腹部和胸部裹得紧紧的,像木乃伊一样——当时有这个传统。她的奶水很足,即便裹上了也会渗出来。艾奥娜把布带松开,想把乳头放到我嘴里。可我不愿意衔住。我拒绝喝我妈妈的奶。我叫得要死要活。又大又硬的乳房杵在我脸上,就像是怪兽的鼻子一样,艾奥娜抱着我,给我喂了点温水,我才消停。我的体重一直在降。我不能靠喝水活着。于是艾奥娜给我冲了奶粉,当我开始乱动、开始哭的时候,就把我从吉尔的臂弯中抱出来。艾奥娜轻轻摇着我,安抚我,用奶嘴的橡胶头碰我的脸颊,发现我更喜欢这个。我贪婪地喝着奶粉,全都吞了下去。艾奥娜的臂弯和她掌管的橡胶乳头成了我选定的家。吉尔的胸部只好系得再紧一些,放弃掉自己的奶水(要知道,这可是大夏天),忍受那种痛苦,直到不再产奶。

"真是个小猴子,真是个小猴子,"艾奥娜柔声说道,"你这个小猴子,居然不要妈妈的好母乳。"

我很快就长胖了,也变壮了。我哭的声音更大了。只要艾奥娜以外的人抱我,我就哭。我拒绝阿莉萨,也拒绝专门把手焐热的尚茨医生。这些都不打紧,最引人关注的,是我对吉尔的排斥。

吉尔起床后,艾奥娜就把她扶到椅子上坐着,给我哺乳;她把自己的上衣披在吉尔肩头,再把奶瓶放到吉尔手里。

没用，我才不会被骗呢。我扭着脸躲开奶瓶，伸直腿，肚子往外挺成一个球。我可不接受换人。我哭了起来，我绝不放弃。

我的哭是新生儿那种纤弱的哭，但在家里听来也够烦的了。只有艾奥娜才有办法让我消停。只要碰我或者跟我说话的人不是艾奥娜，我就哭。艾奥娜不抱我了，要把我放下睡觉，我也哭，直哭到精疲力竭，然后睡十分钟，醒来接着哭。对我来说，不分乖和不乖，只分有艾奥娜和没有艾奥娜。而没有艾奥娜，则意味着有其他人——越来越频繁地——有吉尔。

艾奥娜怎么可能两周时间一到，就回去工作呢？她不可能回去。这是显而易见的事情。蛋糕店只好重新雇了个人。艾奥娜已经从家里最不受重视的人变成了最重要的人。她成了联结家里的常驻民和我这个永远不满意的麻烦制造机的纽带。她得时刻打起精神，才能让这个家正常运转。不光尚茨医生担心她，连阿莉萨都担心她。

"艾奥娜，别把自己累坏了。"

这时，一个美妙的变化发生了。艾奥娜脸色依旧苍白，但皮肤却焕发出光彩，仿佛终于长大成人了。她能够注视每个人的眼睛了。她的声音不再颤抖，不再尴尬地笑，也不再畏畏缩缩。她变得像阿莉萨一样杀伐果断，个性也快活了起来。（她最快活的时候，就是批评我对吉尔态度不好的时候。）

"艾奥娜现在可是开心到极点了——她对那个孩子宠得不行。"阿莉萨对众人说。可实际上艾奥娜的做法可比宠爱粗鲁得多。为了让我消停，她不在乎自己闹出多大动静。她咚咚咚跑上楼，一边喘气一边喊："我来了，我来了，别着急。"她会一只手抱着我，随意地让我趴在她肩上，另一只手忙着别的与我的生存相关的活计。她是厨房的统治者，她征用了炉子作消毒用，霸占了桌子冲奶粉，水槽也得归她，用来给婴儿洗澡。如果东西放错或不小心洒了，她会愉快地骂人，即便阿莉萨在场。

她知道，当我发出我的第一声哭号的时候，她是唯一一个没有退缩、没有感到毁灭的威胁的人。相反，她开始心跳加速，她想起舞，因为她感受到了自己的力量，她心怀感激。

绷带取下后，腹部也平坦了，吉尔看了看自己的手，肿已经消了。她下楼，从壁橱里拿出小提琴，拆开琴套。她准备试奏几个音阶。

这是星期天的午后。艾奥娜躺下小憩，她一直没有睡熟，怕我哭。科尔姆太太也躺下了。阿莉萨在厨房涂指甲油。吉尔开始调音。

我爸爸和他的家族对音乐没什么兴趣。他们也不懂音乐。他们觉得受不了某类音乐、厌恶某类音乐（他们说到"古典"两个字的时候语调都不一样），是因为他们性格刚直，不容易被糊弄。就好像音乐从曲调中脱离出来，想要强加于你一样。他们觉得人人心里都是这么想的，只不过有的人——为了装作高雅，失去了单纯和诚实的品质——才不肯承认这回事。于是，在这种附庸风雅和姑息纵容之下，诞生了交响乐团、歌剧、芭蕾舞和让人昏昏欲睡的音乐会。

镇上大多数人都是这样想的。吉尔不在这里长大，不了解这种思想有多根深蒂固。我爸爸从未大张旗鼓地谈论过这种想法，也没把这当作什么美德，他本来对美德也不感兴趣。他觉得吉尔当音乐家挺好的——并不是因为音乐，而是因为这样一来，就显得他的选择非同一般——还有她的穿着打扮、生活方式，以及她不羁的发型。通过选择她，他暗示了他对其他人的看法。这是做给那些想要追他的女孩们看的，做给阿莉萨看的。

吉尔关上了起居室那扇带帘子的玻璃门，小声调着音。应该没有声音漏出去吧。要是阿莉萨在厨房听到了响动，可能会以为是外面的声音，比如邻居家的收音机。

吉尔开始练习音阶了。她的手指不肿了，但很僵硬。她的整个身体都很僵硬，姿势也不自然，琴虽然被她夹住了，但是感觉对她很不信任。但是没关系，她会慢慢把音阶拉好的。她确信自己之前也有过这种感觉，比如得了流感之后，或者练过了头非常疲惫的时候，或是毫无缘由但就是觉得别扭的时候。

我醒了，没有发出一点哼唧。没有预告，没有起势，直接就是尖锐的一声喊叫，像瀑布一样的尖叫对着这所房子倾泻而下，我还从未发出过这样的哭号。像是一股始料未及的痛苦喷涌而出，像是悲伤的巨石惊起了波涛对整个世界的迁怒，像是从刑讯室的窗户里掷下的痛不欲生的哀号。

艾奥娜当即醒来，她第一次被我的声音吓到了。她叫道："怎么了，怎么了？"

阿莉萨赶紧跑去关窗户，同时还喊着："是小提琴，是小提琴。"她一把推开起居室的门。

"吉尔，吉尔，这样不行。你没听见孩子哭吗？"

她得把起居室窗户上的帘子掀开才能把窗关上。她本来穿着睡衣在涂指甲，这会儿正好一个男孩骑自行车经过，往里瞧时瞥见了她里面的衬裙。

"老天爷，"她说，她几乎从未这样失控过，"你能不能把那东西拿走。"

吉尔放下小提琴。

阿莉萨又跑到走廊里叫艾奥娜。

"今天是星期天，你能不能让孩子消停会儿？"

吉尔一言不发地起身，来到厨房。科尔姆太太穿着丝袜，紧靠在餐台上。

"阿莉萨怎么回事？"她问，"艾奥娜做什么了？"

吉尔出去，坐在后门的台阶上。她瞧着对面尚茨家的外墙，在阳光下闪着光。旁边是其他人家热腾腾的后院和热腾腾的外墙。里面住的人早已把对方的脸看熟，名字也好往事也好，全都相互熟悉。从这里往东走三个街区，或者往西走五个街区，或者往南走六个街区，或者往北走十个街区，你会看见庄稼已经长得很高了，田里有的放着干草，有的种着小麦和玉米。你会看见这地方有多富足。庄稼、仓院和家畜的气味直往人鼻子里冲。远处的林地在向人招手，好像是一处阴凉宁静的庇护所，实际上里面蚊虫沸腾。

我该怎么描述音乐对吉尔的意义呢？忘掉图景，忘掉对话吧。我想，音乐更像是一个她需要严格地努力地去解决的问题，她将此视作人生的责任。想想看,如果把帮她解决这些问题的工具拿走。问题还在,依然堂而皇之地矗立在那里,由其他人来承受,她却与之无关了。对她来说,只有脚下的台阶、眼前的白墙和耳边我的哭声了。我的哭声是一把刀,切断了她生活中所有没用的东西。对我来说没用的。

"进来吧,"阿莉萨从纱门内对她说,"进来吧,我不该吼你的。快进来,人家会看见的。"

到了晚上这场闹剧就会过去。"你们肯定听见今天这边的猫叫了。"阿莉萨对尚茨夫妇说。他们请她去院子里小坐,艾奥娜在哄我睡觉。

"看来这孩子不喜欢小提琴,没有继承妈妈的音乐细胞。"

连尚茨太太都笑了。

"看来是后天习得的品味。"

吉尔听见了。也许没听清她们说的话,但听见笑声,也能猜个大概。她正躺在床上,读《圣路易斯雷大桥》,这是她自己从书架上拿的,她不知道要先征求阿莉萨的许可。尚茨院子里的笑声不时传来,她看不进去了,隔壁艾奥娜在柔声哄着孩子,因为心里郁闷,她出了一身的汗。要是在童话故事里,她这会儿就该从床上爬起来,像小巨人一样铆足力气,把家里的家具全砸一遍,再把所有人的脖子拧断。

阿莉萨和艾奥娜每年都会在固定的日子带她们母亲去贵湖的亲戚家住一晚。我快六周大的时候,这一天到了。艾奥娜想把我也带去。但是阿莉萨叫来了尚茨医生，劝她说大热天的带这么小的婴儿出远门不好。于是艾奥娜不想去了。

"我一个人没法又开车又照顾妈妈。"阿莉萨说。

她说艾奥娜对我太依恋了，让吉尔自己照顾孩子，也就一天半的时间，不会有问题的。

"对吗，吉尔？"

吉尔说是的。

艾奥娜掩饰道，她并不是想跟我在一起，主要是这种天气开车的话，她容易晕车。

"你不用开车，你只用坐在车里就好了。"阿莉萨说，"那我呢，你以为我去是为了玩吗？我去是因为人家想见咱们。"

艾奥娜只好坐在后排，虽然她说这样会让她的晕车更严重。阿莉萨说让妈妈一个人坐后排不好。科尔姆太太说她不介意。阿莉萨说不行。阿莉萨点火的时候，艾奥娜把车窗摇了下来。她盯着楼上一间房的窗户，早上给我擦洗喂奶之后，她把我放在那间房里让我睡觉。阿莉萨冲站在前门的吉尔挥手告别。

"再见了，小妈妈。"她的口气愉悦又戏谑，不知怎的让吉尔想起了乔治。因为要离开家了，前方可能有新的麻烦，这些都让阿莉萨精神振奋。同时让她感觉不错的——或者说安心——是艾奥娜回到了自己原本的位置。

她们走的时候，差不多是早上十点，接下来的一整天对吉尔来说将是最漫长难熬的一天。就连生我的那天，那噩梦一样的苦役，都无法与这一天相比。车还没到下一个镇子，我就在难过中醒了过来，仿佛感受到了艾奥娜的离开。艾奥娜刚喂过我没多久，吉尔觉得我不可能饿。但是她发现我尿了。虽然她看书上说婴儿不用尿一次就换一次尿布，也未必尿了就会哭，但她决定还是给我换了。她给我换过尿布，但每次都换得很费劲儿，经常换到一半就得艾奥娜接手，才能把尿布换好。我故意不让她好换——我手脚乱动，拱起背来，尽全力翻过身，故意大哭大闹。吉尔的手在抖，怎么也没法把别针别上。她佯装镇定，和我说话，模仿艾奥娜哄孩子的语气，可是没用，拙劣的演技让我愈发愤怒。尿布终于换好了，她把我抱起来，想让我靠在她肩上，可我偏不配合，挺直了身子，仿佛她身上全是烧红了的针尖。她坐下来，摇着哄我。她站起来，抛着我玩。她给我唱摇篮曲，歌词那么甜美，声音里却充满了愤恨，她厌恶我。

吉尔和我。我们都是对方的怪物。

后来她终于把我放下，比我预想的要温和一些。我也安静了下来，以为可以摆脱她了。她蹑手蹑脚地走出房间。没过多久，我又开始闹了。

就这样循环往复。我不会一直哭。我会休息两到五分钟，或者十到二十分钟。后来她给我喂奶粉，我接受了，僵硬地躺在她怀里，一边喝一边发出不好惹的声音。喝到一半的时候我又开始闹。后来我终于心不在焉地带着哭腔喝完了奶。我睡着了，她把我放下。她悄悄下了楼，站在过道里，好像在想走哪条路比较安全。天又热，我又磨人，所以她满头大汗。在这难得的易碎的宁静中,她潜入厨房,小心翼翼地把咖啡壶放到炉子上。

咖啡还没过滤,我杀猪一样的哭声又直冲她的脑门。

她想起来她忘了一步。我喝完奶后她没给我拍嗝。她赶紧上楼把我抱起来,走来走去,拍着我生气的后背,没过一会儿我打出嗝了,可依旧哭个不停,她放弃了,把我放到床上。

婴儿的哭声为何如此强大,能打破你内在和外在的各种秩序呢?就像暴风雨一般——说来就来,哄也哄不走,可是呢,它又很纯粹,不带任何目的。它是责备,不是恳求——它是出于未被回应的愤怒,生而有之的愤怒,毫无爱和怜悯,随时准备把你的大脑碾碎。

吉尔能做的只有抱着我走动。在起居室的地毯上走过去走过来,围着餐厅的桌子绕圈圈,走到厨房的钟前,看时间过得有多慢。她连坐下来喝口咖啡的工夫都没有。饿了也没法给自己做三明治,只能抓点玉米片吃,吃得满地都是碎屑。吃饭也好,喝水也好,明明是再寻常不过的事,却跟乘着小舟在风暴的中心,或住在横梁快被风吹垮的房子里一样,危机四伏。你没法将注意力从风暴上挪开,稍有不慎它就会攻破你最后的防线。你竭尽全力,想专注于手头的一点事,可风的呼啸——我的哭号——随时都能把东西砸到地上,在窗户上弄出旋涡。我绝不让你逃跑。

房子关得严严实实,像一个盒子。阿莉萨的羞耻心影响了吉尔。就算没有阿莉萨,她自己也会感到羞愧。哪有妈妈安抚不了自己的孩子——还有比这更丢人的吗?于是她把门窗都关上。便携的落地风扇她也没开,因为忘了这茬。她根本不想着怎样能舒

325

服点。她也没想到这个周末是整个夏天最热的,我可能是因为天热才烦躁不安的。一个有经验或者有天赋的妈妈肯定会给我通通风,而不是把成为恶魔的权力交到我手上。她脑子里想的应该是这恼人的热浪,而不是十足的绝望。

下午的某个时候,吉尔做了一个愚蠢,或者说走投无路的决定。她倒没有离开家,把我独自留在屋里。但是在我造的这座监狱内,她想要一个自己的空间,一个她可以逃遁的地方。她取出她的小提琴,那天拉了音阶以后她就再没碰过它,唯一的一次尝试被阿莉萨和艾奥娜当成了家里的笑话。她的琴声弄不醒我,因为我已经醒了,难道还怕我比现在更暴躁吗?

她算是给了我尊严。她也不假惺惺地安慰我了,也不唱摇篮曲了,也不担心我肚子痛了,也不宝贝长宝贝短地哄来哄去了。现在,她要练习门德尔松的小提琴协奏曲,这首曲子她在独奏会上演奏过,期末还得再拉一遍,才能获得毕业证书。

门德尔松是她自己选的——她没有选贝多芬的小提琴协奏曲,虽然她更喜欢——因为她相信拉门德尔松得分要高一些。她觉得她能够驾驭得更充分——她已经驾驭得很不错了;她相信不会出岔子,她有信心打动评委老师。她想好了,这项任务做完也就完了,不会一直缠着她,不需要她不停努力来证明自己。

她只需要好好拉就够了。

她调好音,拉了几个音阶,她努力想屏蔽掉我的声音。她知道这样有点狠心,但她决定狠心一次。她指望着进入到音乐的世界里,她的问题就不那么大了。

她开始拉琴，她继续拉，她一直拉，她从头拉到尾。她拉得很糟糕，简直是折磨。可她不能放弃，她想一定会变好的，她能变好，可她没有。一切都完了，她跟杰克·本尼故意搞怪时拉得一样烂。小提琴就好像被施了咒语，它恨她。它让她想要的一切都变了样。没有比这更糟的了——还不如她照镜子的时候发现自己的脸垮了，一副病容，神情古怪。这种把戏她是不会信的，她会看看别处，再看看镜子，看看别处，再看看镜子，希望自己是一时眼花。于是她一直拉，不停拉，想把那个魔咒打破。可她没有成功。她拉得越来越差。汗珠从她的脸颊、臂膀，以及身体的一侧滚落，她的手开始打滑——她的演奏糟糕得没有底线。

拉完了。她终于拉完了。她几个月前就已经驾驭的曲子，后来日臻完美。明明没有什么难的，结果就这样打败了她。那种感觉就好像有人一夜之间偷光了她的所有财产。

她没有放弃。她做了最糟糕的选择。她在绝望之中再次开始练习，这次她要试试贝多芬。当然拉得也不好，一次比一次差，她的内心一定在咆哮。她把琴和弓放到起居室的沙发上，然后又把它们拿起来，塞到沙发下面，免得看着心烦，她想象自己在戏剧之中，恨不得把它们往椅背上砸。

我始终没有放弃。我自然不会放弃，在这种角力中。

吉尔躺在坚硬的天蓝色织锦沙发上，那里从来没人躺过，也没有人去坐，除非有人陪，而她却睡着了。谁知道过了多久，她醒了，潮热的脸贴着织锦，纹路都印在了她的面颊上。她流了点口水，弄脏了天蓝色的面料。我的哭声依旧一浪接一浪传来，像阵阵头痛一样让人不堪其扰。而她也确实头痛起来。她站起来,拖着脚步——就是这种感觉——穿过炎热的空气来到厨房,找到阿莉萨放镇痛片的橱柜。厚重的空气让她想到了污水。为什么不呢?她睡着的时候我尿湿了尿布,臭味慢慢充斥了整栋房子。

找到了。再冲一瓶牛奶吧。上楼。她没把我从婴儿床上抱出来,直接换了尿布。床单和尿布都脏得一塌糊涂。镇痛片效果还没上来,她弓下身子的时候头痛愈发厉害。她把脏尿布和床单扔出去,清洗我身上弄脏的地方,别上一块干净尿布,然后把扔出去的尿布和床单拿到厕所去洗。她把它们扔进一桶消毒水里,里面已经装满了婴儿衣物,因为今天该洗的她还没有洗。然后她给我拿来奶瓶。我再次安静下来大口喝奶。也是奇怪,我居然还有力气喝奶,不过我就是有。喂奶比往常晚了一小时,我真的饿了——也有可能是故意不配合——总之是愈发委屈。我大口喝着,把瓶里的都喝光了,然后在疲乏中睡去,这次是真的睡着了。

吉尔的头痛变轻了些。她在晕晕乎乎中洗着我的尿布、外衣、睡袍和床单。又是刷又是漂,还得把尿布煮一遍,免得我又长尿布疹。然后全部用手拧干,晾在室内。因为明天是星期天,阿莉萨要回来,她可不喜欢看到星期天有衣服晾在室外。吉尔正好也不想出门,此刻夜幕降临,大家都出来坐着纳凉。今天屋里传出那样的声音,她怕被邻居看到——即便是好相处的尚茨夫妇,她也不想跟他们打招呼。

漫长的一天终于过去了。遍地的热浪和拉长的影子开始消退,酷热有所动摇,露出一丝凉爽的缝隙。仿佛就在一瞬,一簇簇星星亮了起来,树影如云,摇落下一片静谧。可这静谧不能持久,更不属于吉尔。离午夜还有好一阵子,微弱的哭声就起来了——你没法说它是试探性的,但它起码是尖细的,仿佛试验一般,就好像我突然丢失了这个技能,虽然已经练习了一整个白天。又或者我是在想到底值不值得这么哭。我歇了一会儿,喘息是假的,放弃更不可能。在那之后,是惊天动地、含冤带屈、誓不罢休的再爆发。那个时候吉尔正准备再煮点咖啡,好对付一下残余的头痛。她以为这一回她终于能坐在桌边好好喝一口了。

于是她只得把炉子关上。

差不多到今天的最后一顿奶了。如果前一瓶奶按时喂了的话,我这会儿就该饿了。可能我已经饿了?热牛奶的时候,吉尔决定再吃点镇痛片。她转念一想,觉得镇痛片也不管用,得来点效力更强的。在厕所的柜子里她只找到了治胃痛的、治便秘的和爽足粉,还有她不敢乱吃的处方药。但她知道阿莉萨会吃一种更强效的药来对付痛经。于是她来到阿莉萨的房间,把她书桌的抽屉翻了个遍。她果然找到了一瓶止痛药,放在几片卫生巾上,非常合理。这也是处方药,但是可以应对哪些症状,说明书上写得很明确。她取出两片,回到厨房,发现隔水加热的水已经烧开了,牛奶太烫了。

她把奶瓶拿到水龙头底下冲,让它凉一点——我的哭声向她传来,就像是捕食的鸟儿在河面上制造出的嘈杂喧嚣——她看了一眼放在台面上的药片,下定决心,就这么办。她拿出一把小刀，从一片药片上刮下一点粉末，奶嘴拧下来，粉末拨到刀片上，然后把它们——真的只有一点点——撒到牛奶里。她自己吞下了剩下的一又八分之七，或者一又十二分之十一，甚至一又十六分之十五的药片，然后把奶瓶拿上了楼。她抬起了我条件反射式绷直了的身体，把奶嘴塞进了我极不情愿的口中。温度还是烫了些，我一开始给吐了回去。过了一会儿我觉得也能喝，就全喝了下去。

艾奥娜在尖叫。吉尔醒来，屋里是刺眼的阳光，艾奥娜在尖叫。

阿莉萨、艾奥娜和她们的妈妈原计划在贵湖的亲戚家待到傍晚再回来，这样就不用在大太阳下开车。可是吃完早餐艾奥娜就待不住了。她想要回家照顾宝宝，她说她一整晚都没睡好，一直在担心宝宝。当着那么多亲戚的面，阿莉萨也不好跟她理论，只得妥协，她们中午不到就回来了，打开了静悄悄的房门。

阿莉萨说："嘿，咱们家是这个味吗，因为以前我们一直住着所以才感觉不到？"

艾奥娜迅速从她身边跑过，上了楼。

现在她在尖叫。

死了，死了，是谋杀。

她又不知道药片的事，凭什么说是"谋杀"？是那个婴儿盖毯。她看见毯子盖在了我的脑袋上。是窒息。不是下毒。她从"死亡"的现象得出"谋杀"的结论，花了不到半秒。就是这么迅速，这么跳跃。她把我从婴儿床中抱出来，死亡盖毯还缠在我身上，她就把这样包裹着的我紧紧抱在胸前，尖叫着冲出去，冲进吉尔的房间。

吉尔已经睡了十二三个小时了，此刻正挣扎着想起来。

"你杀了我的孩子。"艾奥娜朝她大喊。

吉尔没有纠正她——她没有说，是我的孩子。艾奥娜把我递给吉尔看，还没等吉尔看上一眼，就又把我揽了回去。艾奥娜呻吟着，弓着身子，仿佛腹部中了一枪。她把我抱在怀里，跌跌撞撞地下了楼，撞到了正准备上楼的阿莉萨。阿莉萨差点被撞倒，赶紧抓住栏杆。艾奥娜丝毫没有在意，她似乎想把那一团我塞进她身体新出现的可怖的空洞中。断断续续的话语从她呻吟的间隙蹦出。

孩子。我的爱。亲爱的。噢。噢。快去。憋死了。毯子。孩子。警察。

吉尔睡的时候，什么也没盖，也没换睡衣。她还穿着昨天的短裤和挂脖上衣，她不知道自己刚才是睡了一整夜还是睡的午觉。她也搞不清她在哪儿，今天是几号。艾奥娜刚刚说的什么？吉尔像是从温暖的羊毛中苏醒过来，与其说是听见了艾奥娜的尖叫，不如说是看见了。那尖叫就像一道道红光，在她的眼内闪烁。她在不明就里的奢侈中沉浸了一会儿，然后她明白了。和我有关。

但吉尔以为艾奥娜弄错了。艾奥娜进入了那个犯了错误的梦境。那一部分已经结束了。

婴儿什么事都没有。吉尔照顾得很好。她过来看了的,还专门给她盖了被子。没有问题。

楼下的过道里,艾奥娜努力喊出了几句话:"她把毯子罩在孩子脑袋上,把孩子捂死了。"

阿莉萨下了楼,依旧抓着扶手。

"把她放下,"她说,"把她放下。"

艾奥娜紧紧抱着我,哀号着。她把我抱给阿莉萨看,说:"你看,你看。"

阿莉萨把头撇到一边。"我不看,"她说,"我不看。"艾奥娜又走近了一点,快要把我塞到她脸上了——我还裹着那个毯子,但阿莉萨不知道,艾奥娜没注意或者不在乎。

现在轮到阿莉萨尖叫了。她跑到餐桌的另一头,叫道:"放下。把她放下。我可不看尸体。"

科尔姆太太从厨房走进来,说道:"姑娘们,姑娘们,你们怎么回事?我最受不了大喊大叫了,知道吗。"

"您看。"艾奥娜放过了阿莉萨,又绕过桌子把我拿给她母亲看。

阿莉萨来到过道,抓起电话,向接线员报出了尚茨医生的号码。

"哦,小宝宝。"科尔姆太太说着,把毯子往旁边扯了扯。

"她把她闷死了。"艾奥娜说。

"不会吧。"科尔姆太太说。

阿莉萨在和尚茨医生通电话,颤抖着声音让他赶紧过来。挂了电话，她转向艾奥娜，深吸一口气让自己镇定下来，然后说："你，给我安静点。"

艾奥娜发出了一声尖锐的抗议，从她身边跑开了，穿过过道跑进起居室。她怀里还抱着我。

吉尔已经走到了楼梯边上。阿莉萨看见了她。

她说："下楼来。"

把她叫下来之后，该对她说什么，做什么，阿莉萨并不知道。阿莉萨那样子，像是想要给她一巴掌。"这会儿发疯可没用。"她说。

吉尔的挂脖上衣扭到了一边，大半个胸脯都露了出来。

"把自己收拾一下，"阿莉萨说，"你没换衣服就睡了吗？看着醉醺醺的。"

吉尔感觉自己还走在梦中那个明晃晃的雪地里。可是梦里闯入了几个疯狂的外人。

阿莉萨总算有工夫想想该怎么办了。无论发生了什么，都不能是谋杀。孩子确实死了，无缘无故死的，在睡梦中死的。这些她都听到了。绝不能叫警察。不能验尸——简单举行个葬礼就行。麻烦在于艾奥娜。尚茨医生可以给艾奥娜打一针，让她睡一觉。不过，让他每天都过来打针也不现实。

可以把艾奥娜送到莫里斯维尔去。那是一家精神病院，过去叫疯人院，将来可能叫精神专科医院，甚至可能叫心理健康专区。不过大多数人还是叫它莫里斯维尔，因为附近那个村庄叫这个名。

送去莫里斯维尔,大家都这样说。他们把她送去莫里斯维尔。一直不接出来,你就会在莫里斯维尔终了一生。

艾奥娜去过,再去一次也无妨。尚茨医生可以把她送进去,等到判定她能出来了,再放她出来。就说孩子夭折,打击太大。有妄想症。一旦安上这个名头,就不怕她乱说话了。她说什么大家都不会信的。可以说她精神崩溃了。就她现在这个状况,说不定真没说错——她看起来似乎已经崩溃了,跑来跑去,大喊大叫。可能是永久的。也可能未必。现在的治疗手段多了去了。有药物可以让她镇定,还可以用休克疗法让她忘掉一些记忆。迫不得已的时候,他们还可以给那些实在糊涂又痛苦的病人动手术。莫里斯维尔不给做手术——得把病人送到城里。

所有的这些——阿莉萨一瞬间在脑袋里想到的对策——都得指望尚茨医生。需要他不那么好奇,且愿意从她的角度来看问题。但是这应该不难,了解她经历的人应该都能做到。她为了家族荣誉所做的牺牲、她遭受的那些打击:父亲的工作本就不体面,母亲又头脑混乱,妹妹在护理学院遭遇崩溃,弟弟在战场上牺牲。这样的阿莉萨,难道人们忍心让她陷入舆论旋涡——忍心在报纸上大肆宣扬,忍心和她对簿公堂,忍心让她的弟媳锒铛入狱?

尚茨医生肯定不忍心。不单是因为作为关系要好的邻居,他的作证可以让这些理由更加可信。也不单是因为他能理解人一旦失了颜面,迟早会感觉人世凉薄。

他之所以愿意帮助阿莉萨,原因全在他从后门赶来,穿过厨房，呼唤阿莉萨名字时那关切的声音里。

吉尔在楼梯的最下层，嘴里念叨着："孩子没事。"

阿莉萨道："你给我闭嘴，让你说话你再说。"

科尔姆太太站在厨房通往过道的门边，正好在尚茨医生来的路上。

"哦，很高兴见到你，"她说，"阿莉萨和艾奥娜吵架了。艾奥娜在门口发现了一个孩子，她说那孩子死了。"

尚茨医生抓住科尔姆太太，把她扶到一边。他又喊了一声："阿莉萨？"然后伸出双臂，不过只是双手重重拍在了她肩上。

艾奥娜空着手从起居室出来了。

吉尔问："你把我的孩子弄哪儿去了？"

"藏起来了。"艾奥娜满不在乎地说，还朝她做了个鬼脸——那是一种极度恐惧的人在佯装邪恶时会做的鬼脸。

"尚茨医生会给你打一针，"阿莉萨说，"让你好好歇歇。"

于是就有了这样荒唐的一幕：艾奥娜四窜逃跑，狠狠撞在前门上——阿莉萨大步过去拦她——她又往楼梯上跑，让尚茨医生抓了个正着。他跨坐在她身上，钳住她的双手，说道："好了好了，艾奥娜，别怕，一会儿就好了。"艾奥娜又哭又叫，渐渐没了声音。她闹出来的动静，她四处乱窜、逃避打针的样子，都跟玩游戏似的。就好像她发现跟阿莉萨和尚茨医生对抗是不可能成功的——她也确实束手无策了，于是只能借助于这样的闹剧。这也就说明——可能这才是她的真实意图——她不是想和他们作对，而是确实精神崩溃了。崩溃得又叫人尴尬又徒增麻烦，所以阿莉萨吼她："你也不觉得自己恶心！"

尚茨医生一边推着针，一边安慰道："很好，艾奥娜，真乖。"他回过头去对阿莉萨说："照顾好你母亲，让她坐下来。"

科尔姆太太正拿手揩着眼泪。"我没事，亲爱的，"她对阿莉萨说，"我只是希望你们姐妹不要吵架。艾奥娜有孩子，你应该告诉我的。她要是想养就让她养着吧。"

尚茨太太在睡衣外面套了个日式浴袍，也从厨房那边进来了。

"大家都还好吗？"她问道。

她看到厨房的台面上放了一把刀，把它拿起来放到抽屉里去了。大家闹成一团的时候，最怕手边有一把刀了。

在这个当口，吉尔好像听到了微弱的哭声。她笨手笨脚地爬过栏杆，绕过艾奥娜和尚茨医生——艾奥娜往楼梯上冲的时候，她又往上躲了几步——终于下到一楼。她穿过双开门，来到起居室，一开始没看到我在哪儿。随着微弱的哭声再次传来，她循着声音朝沙发下望去。

我就在那里，被塞到了小提琴旁边。

在从过道到起居室的那段短短的路程中，吉尔把一切都想起来了，一瞬间她仿佛呼吸都要停止，恐惧盘踞在她口中，紧接着欢欣又让她活了过来，就像在梦里一样，她的孩子还活着，不是一具脱水的小尸体，脑袋也没有像肉豆蔻一样皱在一起。她抱起我。这一回，我没有使劲儿挺直或者乱蹬乱踢，也没有拱起背来。我依然昏昏沉沉的，因为牛奶里的镇定剂，我已经睡了一整晚加半个白天了。如果量再多一点——也许不需要再多多少——我可能就真的完蛋了。

裹着我的也不是什么毯子。但凡好好看一眼，就能发现小被子很轻薄，不可能一盖到头上我就呼吸不了。透过被子呼吸就跟透过渔网呼吸一样轻松。

而且我可能也是太累了。叫了一整天，如此强烈的自我表现，可能也把我累得不轻。再加上牛奶里的白色粉末，让我陷入了深度睡眠，甚至连呼吸都变得那么轻，让艾奥娜没有察觉。你可能会想，她应该能注意到我还有体温，而且她抱着我又哭又叫又跑又跳，应该能把我弄醒。我也不知道我为什么就是没醒。我想她没注意到，是因为她太慌乱了，而且她在发现我之前，就已经十分焦虑了。可我为什么没早点哭呢，我也不知道。也有可能我哭了，可能当时太乱，没人听到。也有可能艾奥娜听到了，还看了我一眼，然后才把我塞到沙发下的，因为那个时候，事情已经一发不可收拾了。

后来吉尔听见了。是吉尔听见的。

艾奥娜也被扶到那个沙发上。阿莉萨给她把鞋脱了，免得把沙发弄脏。尚茨太太上楼去给她拿个薄被子盖上。

"我知道她不冷，"她说，"但是我想她醒来的时候要是身上有个被子，会觉得好受些。"

当然，在这之前，大家都聚在一起看我是不是真的活着。阿莉萨在自责没有第一时间就发现我活着。她不愿承认她是害怕看见死尸。

"肯定是被艾奥娜的神经病传染了,"她说,"我早该发现的。"

她又望向吉尔,那意思像是说让她在挂脖上衣外面再套一件。然后她想起来刚才对吉尔太凶了,而凶她的理由已经不复存在,所以她什么也没说。她也没跟她妈解释说艾奥娜没有宝宝,但是她低声对尚茨太太说:"今天这一遭够大家聊一百年的了。"

"好在没出什么大事,"科尔姆太太说,"我刚刚还以为艾奥娜把自己的孩子给杀了呢。阿莉萨,别再怪罪你妹妹了。"

"不会的,妈妈,"阿莉萨说,"我们去厨房坐会儿吧。"

还有一瓶冲好的牛奶,按理说我应该是早上要喝的。吉尔把它热了热,一直把我抱在怀里。

她一进厨房,第一件事就是找那把刀,然后发现刀居然不在那儿。但是她依然能看见台面上轻微的粉末痕迹——或者说她以为看见了。她用那只没抱我的手把痕迹擦去,然后再打开水管接水热奶。

尚茨太太在忙着煮咖啡。趁着过滤咖啡的时候,她把消毒器放到炉子上,洗昨天的瓶子。她得体又能干,虽然感觉到这场闹剧另有隐情,随之也有点亢奋,但依然不动声色。

"我想艾奥娜对这个孩子是关心过度了,"她说,"这种事迟早要发生。"

尚茨太太从炉子那边转过身来,对着她丈夫和阿莉萨说完最后几个字。这时她看见尚茨医生正轻轻将阿莉萨抱住脑袋的两只手拿下来，然后做贼心虚地赶紧撤开自己的手。如果不是撤得那么快，那个举动看起来只是正常的安慰，对一个医生来说合情合理。

"我说阿莉萨，我感觉你妈妈也需要躺下休息。"尚茨太太若有所思地说，紧接着补充道，"我去劝劝她吧，睡一觉之后，她应该都会忘了的。艾奥娜说不定也会忘了，如果我们幸运的话。"

科尔姆太太在厨房里晃了一下就出去了。尚茨太太在起居室找到了她，她正坐在艾奥娜旁边，摆弄着被子，帮她盖好。科尔姆太太并不想躺下，她想要有人给她解释解释——她知道她自己的理解有点偏差。她希望人们能像以前那样和她聊天，而不是一个个都摆出自以为和善的样子。不过她习惯了客客气气的，她也知道自己在社区没什么话语权，所以尚茨太太说要带她上楼，她便同意了。

吉尔正在读冲泡婴儿奶粉的说明书。说明书印在玉米糖浆罐子的侧面。她听见上楼的脚步声，想着得趁此机会赶紧把那件事做了。她把我抱到起居室，放在一张椅子上。

"好好的，"她低声悄悄说道，"别乱动。"

她跪下来，伸手够了够，把小提琴从沙发底下轻轻拖了出来。她把琴盒和上面的遮挡物换了个地方藏好。我没有动——连翻身都还没来得及——也没有发出声音。

现在厨房里只有尚茨医生和阿莉萨了。估计他们没有抓住机会赶紧拥抱，只是互相望着对方。心意相通，虽然给不了承诺，倒也不至于绝望。

艾奥娜承认她当时没有摸我的脉搏。她也没说过我凉了,她只是说我很僵硬。后来又改口说不是僵硬,是很沉。太沉了,她说,她立马就觉得我没有生气了。就像一个肿块,是死亡的重量。

我想她可能说得没错。我虽然没有死,更谈不上死而复生,但我确实好像离开过一会儿,甚至有可能回不来了。能不能回来,我想靠的是意志。也就是说,由我决定,走哪条路。

而艾奥娜的爱,我所感受过的最全心全意的爱,没能影响我。她的哭喊、她紧紧的拥抱,都于事无补,不是最关键的因素。因为我知道,艾奥娜不是我的归处。(我能知道吗——我甚至能知道最后的最后,会真正为我考虑的,也不是艾奥娜吗?)是吉尔。她才是我的归处,是我真正能获得养分的地方,即便她能给我的似乎不值一提。

对我来说,只有在那时,我才成了女性。我知道性别早在我出生很久以前就已确定,我也知道我一生下来,性别对所有人来说都是显而易见的。可对我来说,只有当我决定回来,当我放下与妈妈的抗争(我争的大概就是她的投降),当我决定选择生存而不是胜利(死亡就是我的胜利),我才真正成为女性。

从某种程度上来说,吉尔也是在这个时候才成为了女人。清醒以后,她怀着感激之心,不敢再去想她差点失去了什么。她开始爱我,因为如果不爱,将是灭顶之灾。

尚茨医生察觉到了异样，但没有深究。他问吉尔我前一天表现怎么样，是不是烦躁不安。她说是的，特别闹腾。他说早产儿，哪怕只是早产了几天，也很容易受惊，因此照顾的时候要格外小心。他建议让我以后都躺着睡觉。

艾奥娜不必接受休克治疗了。尚茨医生给她开了药。他说她是照顾我太累了的缘故。在蛋糕店接替她工作的女人不想干了——她不喜欢上晚班。于是艾奥娜回蛋糕店上班了。

那是我六七岁时，关于暑假去姑姑家最深的记忆。在不合常理、一般不让出门的大半夜，我被艾奥娜带到蛋糕店去，看她戴上白帽子，系上围裙，看她揉着巨大的白色面团，面包变化着形状、吐着气泡，就像活物一样。然后她切出饼干的形状，把边角料给我吃，有的时候还要做婚礼蛋糕。蛋糕店的那个操作间真明亮啊，外面的黑夜填满了每一扇窗户。我从碗里刮蛋糕上的糖霜吃——融化的、浓烈得让人无法抗拒的糖。

阿莉萨觉得我不应该熬到那么晚，更不应该吃那么多甜食。可她并没有阻拦。她说不知道我妈妈会怎么说——似乎吉尔才是那个举足轻重的人，而不是她。阿莉萨的一些规矩我在家不必遵守——外套要挂起来，杯子要洗干净再擦干，否则会有水痕——吉尔记忆中那个严厉难缠的阿莉萨我并未见过。

后来大家再没有说过贬低吉尔音乐的话。毕竟，她靠这个养活了我们。她并未完全被门德尔松击垮。她完成了学业，拿到了文凭。她头发剪短了，人也变瘦了。她在多伦多的海柏公园旁租了一个复式公寓，雇了一个保姆在她没空的时候过来照顾我，因为她有军人遗孀的抚恤金。她在广播台的乐队找了一份工作。她应该感到骄傲，在她的所有职业生涯中，她都是以音乐家的身份受雇，从来没有沦落到教课的地步。她说她知道自己不是什么伟大的小提琴家，她没有了不起的天赋，也没有那种使命感，但起码她可以做自己喜欢的事情，还能靠这个养活自己。即便后来和我继父结了婚，我们搬到埃德蒙顿去住（我继父是地质学家），她也在当地的交响乐团演奏。我的两个同母异父的妹妹相继出生，她每次都工作到生产的前一周。她很幸运，她说——因为她的丈夫从未反对。

艾奥娜后来又遇到了一些挫折，最严重的一次是在我十二岁那年。她被送到莫里斯维尔，待了几周。她在那里注射过胰岛素——回来之后变胖了，话也变多了。我去探望她们的时候，她不在家，吉尔带着我和我的第一个小妹妹，那会儿她刚出生没多久。从我妈妈和阿莉萨的谈话中我得知，如果艾奥娜在家的话，她们是不建议把小婴儿带来的，因为那样有可能"让她发作"。我不知道把她送去莫里斯维尔，是不是也跟某个小婴儿有关。

那次探访，我感觉自己被冷落了。吉尔和阿莉萨都染上了烟瘾，她们会在餐桌边坐到很晚，喝着咖啡，吸着烟，等着到深夜一点喂小婴儿。（这个孩子我妈妈是亲自用母乳喂的——听说我没有享受过这种肌肤相亲的喂养，我还挺高兴的。）我记得因为睡不着，我气鼓鼓地下楼，看到她们俩时，装模作样地非要加入她们的聊天。我明白她们讲的东西不想让我听见。也不知为什么，她们俩就成了好朋友。

我抓起一根烟，我妈妈说："自己玩去，别捣乱，大人在说话。"阿莉萨叫我从冰箱里拿点喝的，可乐或者姜汁汽水都行。于是我拿了一瓶，没有上楼，而是来到了外面。

我坐在后门的台阶上，两个女人谈话的声音太低了，我听不出她们是在后悔，还是在庆幸。于是我就在后院乱逛，走出了纱门内投出的那片光亮。

那栋用玻璃砖做墙角的狭长白房子已经易主。尚茨夫妇搬走了，常年住在佛罗里达。他们会给我姑姑家寄橘子，阿莉萨说吃了他们寄的橘子，在加拿大再买什么橘子都觉得难吃。新房主建了一个游泳池，经常在里面游泳的是两个十几岁的漂亮女孩——她们在路上看见我，只会把我当空气——以及她们各自的男朋友。姑姑们的院子和她们的院子之间，灌木丛已经长得很高了，但我还是能看见他们围着泳池追逐打闹，再把对方推入水里，伴随着尖叫和四溅的水花。我对这种行径很不以为然，我对生活比较严肃，我推崇那种细水长流的浪漫。可我依然希望能得到他们的注意。我想让他们看见我穿着白色的睡衣在后院游荡，以为我是鬼魂，然后发出真正惊恐的叫声。

图书在版编目（CIP）数据

好女人的爱情 /（加）艾丽丝·门罗著；杨雪译.
北京：北京十月文艺出版社，2024.8. -- ISBN 978-7
-5302-2407-6
Ⅰ．I711.45
中国国家版本馆CIP数据核字第2024LX9414号

著作权合同登记号　图字：01-2024-2269

The Love of a Good Woman by Alice Munro
Copyright © 1998 by Alice Munro
This edition is arranged with William Morris Endeavor Entertainment, LLC.
through Andrew Nurnberg Associates International Limited
Simplified Chinese edition © 2024,Thinkingdom Media Group limited.
All rights reserved.

好女人的爱情
HAONÜREN DE AIQING
[加拿大] 艾丽丝·门罗 著
杨雪 译

出　　版	北京出版集团
	北京十月文艺出版社
地　　址	北京北三环中路6号
邮　　编	100120
网　　址	www.bph.com.cn
发　　行	新经典发行有限公司
	电话 010-68423599
经　　销	新华书店
印　　刷	河北鹏润印刷有限公司
版　　次	2024年8月第1版
印　　次	2024年8月第1次印刷
开　　本	850毫米×1168毫米　1/32
印　　张	11
字　　数	224千字
书　　号	ISBN 978-7-5302-2407-6
定　　价	59.00元

如有印装质量问题，由本社负责调换。
质量监督电话　010-58572393

版权所有，未经书面许可，不得转载、复制、翻印，违者必究。